阅读日本
书 系

谣曲入门

[日] 伊藤正义 著

何慈毅 王燕 译

笹川日中友好基金
The Sasakawa Japan-China Friendship Fund

南京大学出版社

图书在版编目(CIP)数据

　　谣曲入门/(日)伊藤正义著;何慈毅,王燕译.
－南京:南京大学出版社,2015.4
　　(阅读日本书系)
　　ISBN 978－7－305－15069－2

　　Ⅰ.①谣… Ⅱ.①伊… ②何… ③王… Ⅲ.①歌舞剧
－剧本－作品集－日本－古代 Ⅳ.①Ⅰ313.35

　　中国版本图书馆 CIP 数据核字(2015)第 090052 号

《YOUKYOKU NYUUMON》
© Yuriko Ito 2011
All rights reserved
Original Japanese edition published by KODANSHA LTD,
Simplified Chinese character edition publication rights arranged with KODANSHA
LTD. through KJODANSHA BEIJING CULTURE LTD. Beijing CHINA.
本书由日本讲坛社授权南京大学出版社发行简体字中文版,版权所有,未经书面同意,
不得以任何方式作全面或局部翻印、仿制或转载。
江苏省版权局著作权合同登记　图字:10－2013－341 号

出版发行　南京大学出版社
社　　址　南京市汉口路22号　　　　邮　编 210093
出 版 人　金鑫荣

丛 书 名　阅读日本书系
书　　名　谣曲入门
著　　者　伊藤正义
译　　者　何慈毅　王　燕
责任编辑　田　雁
照　　排　南京紫藤制版印务中心
印　　刷　江苏凤凰盐城印刷有限公司
开　　本　787×1092　1/32　印张 10　字数 164 千
版　　次　2015 年 4 月第 1 版　2015 年 4 月第 1 次印刷
ISBN　978－7－305－15069－2
定　　价　40.00 元

网址:http://www.njupco.com
官方微博:http://weibo.com/njupco
官方微信号:njupress
销售咨询热线:(025)83594756

阅读日本书系编辑委员会名单

阅读日本书系选考委员会名单

译 者 序

　　谣曲，简单来讲就是日本"能乐"的唱本。能乐，是日本一种古老的有情节的表演艺术，其中包括"能"和"狂言"两种形式。它通过笛子、大鼓、小鼓等乐器的伴奏以及谣曲伴唱在舞台上载歌载舞。究其源流可一直追溯到奈良时期由中国唐朝传入日本的"散乐"。散乐传入日本以后，与日本本土的各种技艺相融合，逐渐演变成一种新的表演形式。能乐的特点之一是可以通过耳濡目染去感受它的韵律之美，欣赏到表演艺术家优美的舞姿，并通过聆听台词领略到其中的幽默诙谐。

　　谣曲的结构一般分为序、破、急三个阶段，序段大多是叙述角色由某地来到戏剧事件中心的过程，使得观众产生悬念。破段又可分为前、中、后三个段落来展开故事情节。急段是结尾部分，当故事形成高潮便旋即结束。由于故事的展开和情节的变化主要是通过演员和舞蹈来表现，因此上场人物不多，一般是主角一人，配角一人，有时主配角各带副手一人或数人。谣曲唱词典雅优美，讲求韵律音节，有日本学者认为谣曲是模仿中国的元曲，由禅僧作词，由能剧演员谱曲。其唱词的内容主要来自于中国和日本的传说故事及古典文学，较多引用汉诗与和歌，因此也具有较高的文学价值。

保留至今的谣曲唱本共有 240 余个剧目，主要作者有观阿弥、世阿弥、金春禅竹、观世信光等。其中世阿弥在谣曲创作方面所取得的成就最大，由他创作和改编的能乐谣曲有 50 多个剧目，最具代表性的作品有《高砂》、《老松》、《忠度》、《敦盛》、《赖政》、《井筒》、《班女》、《融》及《当麻》等，这些作品现在都成为了日本能乐表演艺术中的经典。其中《高砂》一曲被日本民众看做是祝福新婚夫妇永远相爱，祝愿老人长命百岁的颂歌广为流传。今天的日本人在举行结婚仪式时，一般都会吟唱《高砂》之曲。因此，能乐谣曲这种通过听觉和视觉相结合的形式来表现的表演艺术，至今在日本社会仍具有广泛的社会认同和深远的影响。

何慈毅

2015 年 3 月 8 日

目 录

葵姬——那边的厢房

　　《葵姬》是根据《源氏物语》的葵卷所编写的能乐。在表演开始时，舞台中央放有一袭小袖和服，这小袖和服代表了卧病在床的葵姬，也就是光源氏的正室夫人。为了查明葵姬的病因，侍奉朱雀帝的下臣（配角助演）便差使照日的巫女（助演）用梓木弓施法，于是六条妃子（前场主角）的怨灵现了形。妃子叨念着怨言，飘到枕边来捶打葵姬，留下诅咒后不见了踪影（幕间休息）。下臣又请来了横川的小圣（配角）进行祈祷，已成为鬼态的妃子的生灵（后场主角）开始出场，后被小圣降服。这就是主要内容。

　　世阿弥[①]的传书《申乐谈仪》记载了与现行版本不同的古时候的演出版本，本论就此展开论述。二者间确实存在较大的差异，首先是古时候的演出中前主角是乘着道具车出场，车旁还跟随有助演侍女（青女房）。而在现行版本的演出中，助演已是照日的巫女而非青女房，但还保留着"原为青女房"这一唱词，只是青女房的台词由照日

　　———————
　　① 世阿弥：(1363年—1443年9月1日)是日本室町时代初期的猿乐演员与剧作家。

的巫女讲了，这就出现了矛盾。而且，配角助演与现行版本中饰演光源氏之兄"朱雀帝"的下臣之间也没有必然性，其实，由葵姬的父亲"左大臣"来担任助演可能会更自然些。这种情况在能乐中比比皆是，因为配角的身份总被定型为"侍奉当朝天皇的下臣"。再者，是阿伊（左大臣家的下人）的情形也有所变化，我推测现在配角助演的台词"在那边的大床（厢房）"当初应该是阿伊的台词。"大床"这个词本来是指横川小圣进行祈祷的厢房，却被误解为葵姬的病榻。考虑到演出所发生的这些变化，我们就可以明确谣曲原本的样式和意思了。最后，横川小圣也不是《源氏物语》中的人物，他的出场有一个契机，就是相应和尚通过祈祷治愈了重病嫔妃这一事迹，我认为这可以作为诠释"大床"的题材之一。

众所周知，《申乐谈仪》中记载了近江猿乐的犬王所主演的《葵姬》，其采用的表演方法与现行演出的形态大相径庭。

首先，在犬王主演的《葵姬》中，前主角乘着道具车出场，这不仅代表六条妃子的这个身份，还暗含了她怨念的根源，即是在贺茂神社举行被禊仪式时，与葵姬一行人争夺车道（出自《源氏物语》葵卷）所致。故而其唱词尤为强调对车的印象。前主角身边伴有作为配角助演的随车侍女（青女房），展现出"原为青女房，车无牛而辕损，潸然泪下"的姿态。因此，在"枕"打葵姬那一段情节里，应该是配角和助演（青女房）两人的对手戏。之后的版本，省去了车道具以及助演（青女房）的出场，但唱词却原封不动地保留了下来，这就导致两人的对手戏演变成了现在舞台上所看到的那样，是配角和助演（照日的巫女）在对话了。这是能乐表演在对多人出场的古老形式进行精简的过程中所做的处理，对此，我们既不能一概而论地说演出被越改越差，但也不能否认其的确残留有矛盾以及不合理的地方。

1984 年 10 月，法政大学能乐研究所举办了参照古代版《葵姬》的试演，这是一个可以详细地观赏到上面所说的古法能乐的绝佳机会。虽说我也很期待关西方面能举办那样的演出，不过就古代版《葵姬》的复原形式而言，除上述演出以外，还应该有其他推测的可能吧。例如以助演身份出场的梓巫女，她一身白水衣的装束，用棉带挽起袖子，手持水晶佛珠，拨响弓弦，施展巫术。因此她也有可能与《歌占》中拿弓的主角一样，本来就是持弓出场的。阿部泰郎告诉我，在森畅先生最近介绍的《职人歌合绘十二番本》（"古美术"74 页）中可以看到当时的梓巫女的画像。伊达家的旧藏书据说是镰仓末期或室町初期的版本，其中有一幅"巫女"图，是画在朱红色高脚木盘上的，左手横持弓，弓弦朝上，右手持梓，鼓就放在了旁边。这一点与《东北院歌合》中的"巫女"图中抱着鼓有所不同。这幅图颇为珍贵，它形象地展现出了梓巫女的姿态。森畅先生同时还介绍了大东急本、福井家旧藏本，这两个版本和伊达家的旧藏书大同小异，只是巫女身上多挂了个护身符袋子。而将弓置于桶上，其目的是为了与桶产生共鸣声。那么，如果把这种形式运用到古代版《葵姬》的试演中的话，又会如何呢？

在《葵姬》中，梓巫女奉命要找出鬼怪的原形，而下命令的却是配角助演"侍奉朱雀帝的下臣"。可为什么是朱雀帝的下臣呢？《葵姬》一曲中并没有明确指出其必然性。这里解释一下，朱雀帝是光源氏的哥哥，也是天皇，而葵姬则是光源氏的正室夫人。而且葵姬还是"左大臣的千金"，所以由左大臣担任配角助演更加合情合理。我在揣测原型时，实在想象不出朱雀帝以何理由参与其中，我认为原本是由左大臣召请梓巫女来的，演出中不过是将一曲开头的通报姓名类型化，结果就处理成了"侍奉当朝天皇的下臣"。在演出的后半段中，配角助演又请来横川的小圣（配角），小圣说道："最近有场特别的法事，所以比较忙，难以抽身，不过既然是大臣派使者来……"这里与上文大臣派遣使者前后相呼应。

去请梓巫女的使者是由阿伊担任的。在现行版本中，配角助演在一开始就出场了，接到"赶快去把梓巫女请来"的命令后，立刻吟唱"天清净……"。但是按照室町时期的古抄谣曲①的形式来看，应该是由配角助演先叫来阿伊，命令他去请梓巫女，然后梓巫女应阿伊之请出场。室町时期的古抄谣曲与江户初期的版本基本一致，而现行版本应该是之后又进行了修改的。

葵姬病情恶化了，于是阿伊再次成为了使者，去请横川的小圣。而现行版本是，阿伊完成使者任务，向配角助演复命，传达小圣的承诺后就从舞台上退下来，这样的表演形式在室町末期好像就已经统一了。可是阿伊不是应该和稍后的舞台展开还有关联吗？例如，配角问"病人现在何处"，回答说"在那边的厢房"的却是配角助演，但这应该由阿伊出面回答更为贴切。配角助演只需说"请您及早进行祈祷仪式吧"便可。

此外，阿伊带路的作用暂且不论，明明小圣做祈祷的厢房是"大床"，却引申为葵姬的病榻，这一点好像自古以来就有

---

① 谣曲：谣曲是日本最早的表演戏曲剧本。谣曲具有高度的语言艺术成就，其中有对白也有唱词，有一定的韵律。唱词大多引用了日本的和歌或汉诗。是日本古典文学中的瑰宝。谣曲的基本结构分为序、破、急，是能乐的规范。

所误解。原本大床是指寝殿造①的主屋旁边的厢房，因此那里不应该是葵姬卧病之处，而葵姬必定是居于主屋的。为此，我认为引导小圣到厢房的应该是阿伊，这样的处理就比较妥当。而相应和尚被认为是横川小圣的原形也与这一渊源有关。正如新潮日本古典集成《谣曲集》在简介中所述的，根据《拾遗往生传》可以知道，相应和尚原本在山中修行，被请去为右大臣良相的千金、生了重病的西三条女御做祈祷，于是他便下山了。在剧中，他坐在厢房边，居众僧中央，念佛经来镇压恶灵，祈祷病人痊愈。在威仪凌然的一众高僧中，那些隐身山中潜心修行的得道和尚被引导的地方便是厢房。可以说，能乐《葵姬》在取材于《源氏物语》的同时，又在原故事中本没有的横川小圣咒语诗中，将相应和尚的典故糅合了进去。正因如此，我才把葵姬说成在厢房，这似乎应该是《葵姬》在不断演变的过程中所产生的一种误解。

（《观能》二六三号，昭和六〇年十一月）

---

　　① 寝殿造：寝殿式建筑。日本平安时代至室町时代贵族住宅的建筑形式。以寝殿为中心，东、西、北建对屋，南侧东西两面建水榭，分别用穿廊链接。宅地用瓦顶板心泥墙围起，设有东、西、北门。

安宅——辽远东南云起

《安宅》作品的题材在《义经记》等中也很常见，由此改编成的歌舞伎《劝进帐》也广为人知。它讲述了安宅关的守将富樫（配角）受命抓捕源义经的故事。故事说遭到兄长源赖朝追捕的源义经（少年演员）和以武藏坊弁庆（主角）为首的家臣们（助演〈立众〉）一起，乔装成苦行僧逃往奥州，途经安宅关。为了能通过关口，一行人就劝源义经乔装成侍从，而弁庆则伪装成了化缘募款重建东大寺的苦行僧，并当场展开经卷宣读劝进帐中所写内容，于是被允许过关。不料源义经却遭到了盘问，因此弁庆就用金刚杖责打源义经，最终顺利通过了关口。正当源义经一行人在山阴处休息时，富樫追赶了上来，并为之前的失礼行为道歉的同时还向各位敬酒，弁庆为此翩翩起舞，舞毕一行人又匆匆赶路。

摆脱了安宅关危机的一行人正在山阴处感叹此时的境遇，本论就围绕一节进行论述。关于在谣曲后半部分出现的"辽远"一词难以解释，我认为是汉字本身就存在问题。原来的谣曲脚本是以假名书写的，而室町末期编写的谣曲注释书《谣抄》却使用了汉字，之后一直沿用至今。不过,那并不是"十分遥远"的意思。根据"东南——云起,西北——风"这种谣曲类型句,以及其他谣曲中有从"云起"联想到"龙吟则云起……"这样的表述综合来看,我认为使用汉字"龙渊"来对应更为合适。"龙栖之渊"应指源义经的隐居之处,这还可解释为其隐喻了英雄源义经在此起事,号令诸士,以讨伐平家。

在续论中将会谈及弁庆在安宅关宣读的劝进帐这一节。因为是东大寺募捐的苦行僧,所以在解释重修东大寺的缘起中,还专门叙述了圣武天皇的发愿动机是"与最爱的夫人死别",不过这和光明皇后在圣武天皇驾崩后还活着的历史事实并不相符。在此,我想指出的是,因为这是以中世人们所相信的皇后曾一度死亡后又死而复生的故事为背景的。《东大寺大佛之缘起》中甚至也说圣武天皇是圣德太子的再生,同样的说法还存在于两部神道所描写的世界里。神道世界和中世的文艺有很大关联,谣曲也不例外。在此,我将引用龙谷大学所藏的室町末期抄本《金刚证寺仪轨》中有关东大寺修建的故事作为例子。

在躲过了生死一线的危机之后,源义经一行人便在距离安宅关甚远的山阴处休息,并感叹此时的境遇,这一幕应该是《安宅》的最重要曲调之一。曲的后半段如下:

少年演员(源义经):"时常想,事不随人意方是坎坷尘世"。伴唱:"可是,即便如此,如今世道,正直之人受苦,馋臣却得势，逃难到遥远的南方吉野山，又被追杀到西北的雪国，若能对我们这些可怜之身稍予谅解该多好啊。可这世间既无神明又无佛祖，太过残酷无情了。可恨的尘世啊，可恨的尘世。"这里是在抱怨人世间的无情。那么，之后的"辽远东南云起"这句话究竟是什么意思呢，这个难解之谜自古以来就令人伤透脑筋。"辽远"在室町时期的谣曲谱中应该是用假名书写的。虽然我没有能对各种版本逐个确认，但可以推测与元赖职语版本中的"れうゑん"相似。在室町末期编写的《谣抄》中有说"レウエントウナン，估计是辽远东南吧"。于是，这样的汉字对应的推断，就被原封不动地沿袭至今。一旦对应了文字"辽远"（十分遥远之意），从此以后都是按照此意来解释文章了。江户时代具有代表性的注释书《谣曲拾叶抄》也清晰明白地解释了"辽远"的意思，说道：

　　云起东南，飘向西北，预示天气异常。东南指吉野，西北在此谣曲中指代北国。

　　但是沿用了这一解释的《谣曲大观》却认为源义经一行人"逃到了遥远的南方吉野山，现在又迷路走上了通往北方的雪路。其间，表示方向的文字只是一种文章修饰，并没有实质意义"。我们可以看到，在现代的各种注释中，大致也都是沿用了这种解释，但是我认为必须将汉字"辽远"还原到假名"レウエン"，然后再重新进行解释。

　　当我们在重新探讨的时候，看到"东南云起，西北霜雪……"的唱词时就立刻会联想到"东南云收，西北风静"（《吴服》）之类的表现形式吧。相同的情况在《志贺》和《寝觉》中也都可见，还有像《调伏曾我》中所述的"此乃国家大治之标志，东南云收而西北风静"之句，其意是表述天下太平。所以即便是像"大治之都花繁盛，东南西北静无声"（《右近》）这样采用了省略的表现手法，也还是有为人们所理解的基础的。如果把这句话稍作修改，那就是《梅枝》中所说的"西北云起，东南雨脚，很快就风吹天晴"；要是把前后颠倒过来，还可以有"东南风起，西北云涌"（《熊坂》）这样的用法。从平安时代开始，与《蒙求》、《新乐府》等一起常被当做启蒙读物的还有李峤的《百咏》，在他的吟雨诗中就有"西北云肤起，东南雨足来"之句，我认为这是"东南……西北……"这种表现形式的原型。之后还发生了譬如像"百咏云，东南云肤起，西北雨足来"（东大本《和汉朗咏集见闻》）这样的误读或是变型。总之，虽然"西北—云起，东南—雨"这样的对句（《梅枝》中的例子就这个意思，所以是正统的），之后究竟经历了怎样的变迁暂且不详，但在谣曲的世界里，通过"东南—云起，西北—风"这样的形式，创造出了一种独特的固定句型，确是千真万确的。而《安宅》中的"东南—云起，西北—雪霜"就是根据以上固定句型所做的文章修饰，而且"雪霜"这一表现又因为与"云"有缘而被广泛使用，之所以不用"雨"和"风"而用"雪"和"霜"，是因为"雪霜"一词隐喻了饱尝艰难困苦的意思，对此，在诸桥的大汉和辞典中还专门引用了杜甫的诗等做例子。

关于"云起"我还想到了"龙吟则云起，虎啸则风生"（《龙虎》）的表现，另外在《和布刈》等中也可以看到类似成语的表达。比如"同声相应，同气相求……云从龙，风从虎"（《周易》）在《史记》中也有类似的句子，而"夫云集而龙兴，虎啸而风起"（《文选》）之句则可谓表现出了更加直接的关系吧。这是英雄振臂呼，众人齐响应的比喻。如果说《安宅》是将这两句成语糅合成一体的话，那么"レウエン"不应该是"辽远"，而是"龙渊"更为合理，不是吗？龙栖息的渊借代卧龙（源义经）隐居的场所。我认为源义经起事，号令加盟的诸士来讨伐平家的意思就在于"龙渊东南云起"这一句。另外，人们普遍认可的说法是"若能对这可怜之身稍予谅解该多好"的主语是神佛，这其实也应该是指源赖朝吧。

根据以上的一己之见，我再尝试着翻译开头的曲调文章。

　　说实在的，虽然我知道人世间不能随心所欲，即便如此，我还是反复思量，廉洁正直的人（源义经）受苦受难，而进谗言陷害他的臣子（梶原景时）却越来越权势显耀，曾经为了复兴源氏奋勇而起，成就了讨伐平家的大业，现在却因不实之罪而遭受苦难，源赖朝本应明辨是非，如今却一味听信谗言，难道说这个世道真的已经没有了神明和佛祖了吗？啊！这世道真是可恨啊！

　　　　　　　　　　（《观能》二三四号，昭和五十五年一月）

安宅（续）——与爱妻别离

在安宅关高声朗诵的劝进帐中有这样一节：

> 不久以前有一位天皇，名号为圣武天皇，他与最爱的夫人死别，眷慕难舍，潸然悲叹，泪水涟涟，寄此念于修善根之道，故而建立毗卢遮那佛。

这讲述的是东大寺建立的缘由。众所周知，圣武天皇发愿是历史事实，但是我们并不知道谣曲的注释中将其动机解释为"与最爱的夫人别离"的缘由。因为说起天皇夫人，人们会立刻联想到光明皇后，但是光明皇后在天皇驾崩后还活着也是历史事实。因而又有人推测是其他皇后，但在神话传说一类的故事中，流传的天皇夫人除了光明皇后之外，很难想象会是别的什么皇后。如《松山镜》中就有这样的记载，说：

我朝圣武天皇的皇后、光明皇后逝世之后，圣武天皇悲痛于和皇后的永别，于是向梵天祈愿，阎王怜悯他，就用玉轿抬着光明皇后，将她再度送回凡间。

其中明确指出"最爱的夫人"就是光明皇后，同时也以死而复生的情节来契合她在天皇驾崩后还活着的历史事实。这不可能是谣曲作者捏造出来的。正是因为中世的人们相信并理解此事，所以在《大佛供养物语》（《室町时代物语集》四）等中也能觅得同样内容的蛛丝马迹，尤其在《大佛的御缘起》（古典文库《室町时代物语》六）等中备受关注。应该说在《安宅》和《松山镜》中看到的有关圣武、光明的故事在东大寺建立的缘由中也都被提到过，而且在元和本《东大寺大佛之缘起》（同上）中的"东大寺建立劝进僧正之事"里，还可以看到圣武天皇是圣德太子再生的说法。这也都是已经翻印过的资料，在此就不作详述了。我认为这些说法并非是在室町时期创作出来的故事，而是根据之前的说法或是经过详细说明后的产物，不过关于其出处，我还没能找到确切的资料。而在上述《大佛之缘起》类中，净土宗的色彩非常浓厚，这也许和解释地狱诸相的说教有关。另一方面，两部神道的部分内容中也有这类似说法。神道世界所讲的神话虽然是尚未开拓的领域，但对于中世的文学艺术而言也是一个重要的线索。谣曲中有一例正如之前《春日神龙》中所记叙的那样，那些前面所写的室町时代物语有关的建立东大寺的故事，以及与神道世界有关并且应该受到关注的各种说法，在《朝熊山仪轨》中也能找到。朝熊山对于伊势神宫来说有着极其重要的位置，它的缘起有各种各样的翻印版本，而其他仪轨的抄本却很少，鲜为人知。

（《观能》二三五号、昭和五十五年三月）

（追记）圣武天皇是圣德太子再生的说法在文保本《太子传》三十二岁等中可以看到，另外在《东大寺缘起绘词》中也可以看到。（黑田彰氏赐教）

蚁通——以和歌精神为道

《蚁通》的内容如下。纪贯之（配角）在前往住吉、玉津岛参拜和歌之神时，骤然间天色变暗，大雨倾盆而下，他骑着的马也倒地不起了。正当他束手无策之际，神社看守（主角）打着伞、手持火把出现了，他建议纪贯之吟诵和歌以抚慰神灵。贯之当即吟诵和歌，马儿立刻就站立起来并开始行走。神宫看守双手捧着祈祷词，亮明自己乃明神的身份，旋即消失在鸟居之后。

《俊赖髓脑》是源俊赖写于平安时代后期的和歌论著，许多人指出该曲能就是以书中所记载的蚁通明神感应的民间传说为蓝本的。不过，在这里我则要阐释《蚁通》的作者世阿弥并不是援引《俊赖髓脑》来进行创作的，而是根据他自己对和歌的见解创作出来的，其中就引用了有关蚁通的民间传说。世阿弥的见解就是谣曲开头的"和歌精神"，也就是用《古今集》假名序、真名序阐述的和歌所拥有的力量。我们从纪贯之所作的打动蚁通明神的和歌中看到了假名序中所说的"动天地，感鬼神"这种和歌的力量，我便是以此为题的。

关于《蚁通》这一曲，它的传说特性受到了人们的极大关注。昭和五十三年（1978），《宝生》杂志在一月到三月间连续刊登了题为《蚁通及其周边》（佐藤健一郎·鸟居明雄氏）的文章，《观世》杂志还在五月出了专刊，刊登了《蚁通溯源》（森正人氏），这两篇文章都是围绕蚁通传说展开论述的。另外，在蚁通传说中，还有以《枕草子》为代表的蚁通传说——借蚂蚁将线穿过迂回曲折的玉的难题故事——这和当前所言的《蚁通》的原始传说并无直接联系。不过，作为《蚁通》的原始传说，正如上述各文所明示的那样，《俊赖髓脑》这本有关和歌学的论著中所记载的和歌的传说就非常重要。

纪贯之骑马来到和泉国，在黑暗中懵懵懂懂地准备通过蚁通明神门前的时候，坐骑突然倒地猝死。他大吃一惊，思忖何以如此？于是借着火光看到了神明的鸟居，便问此处乃何方神明的圣所，有人答言此乃蚁通明神，这位神明会责罚不敬行为。纪贯之又道：只怪太暗，不知此处有神明，故而就骑着马过了。他唤来管理神社的人询问该如何是好，那人一副非凡之相，回答到："你骑着马打我神社门前而过。当然，既然你不知，就该原谅你，但知你精通和歌，若能作和歌来吟诵此道的话，你的马必定会站起来的。此乃明神所谕。纪贯之即刻洗手净身，吟咏和歌，书于纸上，并贴在神社柱子上，后再三跪拜，过了一会儿，马便伏起打颤，嘶鸣着站立了起来。神社的人说明神已原谅你了，于是亮明真身。

　　纪贯之所作和歌为"あま雲のたち重なれる夜半なれば神ありとほしもおもふべきかは"，大意是"雨云集几重，夜半行匆匆，无心犯明神，许我过蚁通。"

　　以上摘自和歌学大系本，而在其他版本中如松平文库本（《唯独自见抄》），和歌为"あま雲のたち重なれる夜半なればありとをしをもふべきかは"，大意是"雨云集几重，夜半行匆匆，不知有明神，尊号为蚁通。"有人指出这与谣曲引用的形式是一致的（吉田宽《关于谣曲蚁通的典故出处》、《佐贺大学文学论集》昭和三十九年〈1964〉三月）。

　　谣曲《蚁通》为世阿弥所创作，这是确确凿凿的，不过《俊赖髓脑》也可以说是一部为世阿弥的和歌素养打下坚实基础的书籍，这点在《姨捨》中也能略见一二。但是，世阿弥并不是根据《俊赖髓脑》来创作《蚁通》的。关于这一点，只要看完整曲的《蚁通》便可一清二楚。因为无论是从下歌、上歌、曲目，还是两人对演、敲击等，全曲始终都贯穿了世阿弥对于和歌的一贯主张，并沿着这条主线来叙述蚁通神话的。那么，世阿弥的主张究竟是什么呢？其实在谣曲的开头就已经由配角登场时的唱词明确地表示出来了，"以和歌精神为道，以和歌精神为道，前往参拜玉津岛"。关于这登场曲的意思，一般解释为"在漫长的旅途中，要牢记和歌之道，并以和歌精神为力量"，或者是"以自己一颗热爱和歌的心为旅途指南"等等。不过，问题是"和歌精神"又是指什么呢？在古今集的假名序中，首先指出了和歌是动天地、感鬼神、化人伦、和夫妇的诗歌。纪贯之正是领悟了如此这般的"和歌精神"，并为付诸实践而去玉津岛参拜的。途中，他通过蚁通明神这一事例，亲身体验到了和歌"感鬼神"的实证，我认为这才是《蚁通》的主题。

世阿弥应该是读了《俊赖髓脑》中纪贯之的这一故事后创作《蚁通》的。正因如此，他才会在曲之后运用了《古今集》的假名序、真名序等来吟唱和歌之功德。从中我们也可以看到世阿弥对于和歌的关注，当然《蚁通》中所反映的有关和歌理论的书籍不只是上述列举出来的那些。所谓曲之前的下歌部分就有"凡和歌有六义，固定置于六道之巷，以辨六色"，虽然我还未能找到其确切的依据，但这种说法必定是有典故出处的。例如：

　　和歌的六体……开悟之前为六道之报佛身,迷途之前……成六道之巷。……长歌在于人道,旋头歌在于修罗道,混本歌在于畜生道,回文歌在于恶鬼道,俳谐歌在于地狱道,该是如此譬喻。(书陵部本《和歌知显集》)

　　这里所说的就是六义和六体虽存在有差异,但还是颇为相似的。在《俊成忠度》的重要曲调中可以看到这样一段:

　　凡和歌皆有六义,在六道之巷吟咏,千早振神代的和歌,字数也无规定,其后天照大神之兄……

　　我想这也是出自相同的依据吧。实际上,我曾看过大永期的神道书(天理图书馆吉田文库本《神祇阴阳秘书抄》),其所记载的内容与上述文章几乎相同,虽说是汉文体,但因为意思基本一致,所以关于此事我目前还不能妄下判断。

　　　　　　　　　　　(《观能》二三三号,昭和五十四年十一月)

鹈饲——传说中的游子伯阳

《鹈饲》是世阿弥改编的作品。故事说的是安房郡清橙的僧人（配角）和同行之人（配角助演）来到了甲斐国的石和町，向用鸬鹚捕鱼的老人（前主角）打招呼。其中一位僧人说他曾在此地受到过一位用鸬鹚捕鱼的渔夫的招待。老人告诉他说，当时的那位渔夫被官府发现在禁止渔猎的地方用鸬鹚捕鱼，就被沉入河中处死了。接着老人表明自己就是那位渔夫的亡灵，并显现出生前样貌，然后便消失在黑暗中（幕间休息）。僧人随后为其超度，地狱的鬼（后主角）现身了，相告说老人因法华经的法力已经成佛了，于是又开始赞美法华经。

在这里我想指出的是，主角登场的场景曲中有一节是叙述七夕一星，即牵牛和织女故事由来的。这部分内容的典故，出自中世对《古今和歌集》假名序的注释《古今和歌集序闻书三流抄》（以下简称《三流抄》）中的说法。因为这一传说是在《三流抄》中首次出现，所以也可验证与其密切相关的《江谈抄》第六所说的故事。故事说的是黄帝有四十个孩子，最小的孩子喜爱旅行，他在旅途中临死之前发誓要成为守护旅客的神明，于是在死后就变成了道祖神。其中对"游子"的关注被认为是根据《和汉朗咏集》"晓"中的一节，大江匡房曾对《和汉朗咏集》进行了注解，由此我认为《江谈抄》是继承了《和汉朗咏集》的注解。伊藤氏等人明确指出，虽然江注，也就是大江匡房的注解本身没有留存下来，不过保留下来的注释即此处所引用的《和汉朗咏注闻书》，则以某种形式继承了大江匡房的见解，继而《三流抄》系列中有关古今集的注解被作为谣曲的出处而被广泛应用，因为其也涉及对神道世界的阐述。

　　　　传闻游子和伯阳，对月起誓订立契约，夫妇二人化身
　　为双星

　　在《鹈饲》曲中，对牵牛和织女这七夕二星的由来进行了如上的极为简洁的介绍，但是绝曲《朝颜》却使用了整个唱曲，故而内容更加详尽。不过，众所周知，牵牛、织女的传说不仅出现在谣曲中，在《曾我物语》和《鸦鹭物语》等中也可以看到，而这些作品的典故出处，都源自《古今和歌集序闻书三流抄》。因此，关于古今集假名序的"时而思月，近无故人，吾心暗中行"这一节的注解论述，被中世文学的诸多作品所引用，还作为民间传说广为传播，成为了谣曲的素材，这点

我已经于此前发表的《谣曲的和歌基础》（"观世"昭和四十八年〈1973〉八月）那篇拙文中提到过。由于版面有限无法引用《三流抄》，敬请大家参阅上述拙文。

而我之所以再次提起此事，那是因为尽管谣曲的出典或原作是指《三流抄》，这还算令人感到欣慰，但我还想探讨一下这个传说在《三流抄》中首次出现的背后所包含的意义。

关于这方面，我们还可以在《江谈抄》的第六话中看到与该传说有着紧密关系的故事。

游子为黄帝子事。

游子有二说。一者黄帝子也。黄帝子有四十人，其最末子好旅行之游。敢以不留宫中，于旅游之路死去云云。其欲死之时，誓云：我常好旅行之游。若如我有好旅行之者，必成守护神，拥护其身。卜誓，成道祖神，令护旅行之人。此事见集注文选祖席之所也。饯送之起，此之缘也。予又问云：此事尤有与？祖饯两字，训读如何？被命云：两字共向也。旅行之人，令酌酒令飨，以其上分，面向道祖神，令祈付旅行也。仍号祖席云云。予又问云：其今一说如何？被命云：件一人游子，只为游子，然者有乎？其亦见事侍也。不详。

实际上这个传说在古本系《江谈抄》中是没有的。因此这就存在一个关于《江谈抄》成立及其性质的问题，虽然可暂且不论，但我觉得其内容还是可以看作是出自江家的吧。我认为对于问题的所在，其依据就在于《和汉朗咏集》中以"晓"为题的"游子犹行残月"这一诗句里的游子。大江匡房注解《和汉咏集》一事可见诸于各书籍。不过，所谓的江注虽然现在已不复存在，但还是可以从中搜寻出片言只语的，因此不妨认为其中部分内容和游子有关吧。

说起《和汉朗咏集》的注释，在江注之后还有信救的《和汉朗咏集私注》，另外永济的注在中世也曾广为流传。北村季吟曾弄到其中的一本，由此出版了《和汉朗咏集注》，而关于著者永济，伴蒿蹊在《近世畸人传》中记载有他的传记，而传记中的西生永济一直为人所信，不过我得说这有可能是蒿蹊的误解。例如《太子传玉林抄》（文安五年〈1448 年〉编）对永济注就已有引用，由此可见那时已然流传开来了。引用永济注的书籍众多，而且这些书或是增补，或是省略，至今都未能对其原型进行过考证，而出版的《和汉朗咏集注》也是其中的一本，但因北村季吟对其增补或省略过多，所以称不上是一本佳作。现在我们来看一下室町时期抄写的龙谷大学版本《和汉朗咏注闻书》中的一段：

　　所谓游子即为旅行之人。昔黄帝有子四十人，其中最末之子，好道行之事，常游行。其名亦称为游子。一日誓曰：我身死后，成道畔之神，以护道行之人，遂成神。世人云道祖神。其被喻为游子，今亦称旅行人为游子。与残月同在，成明月。此乃"晓"之意也。

　　同书还记载了有关"张良一卷之书"传到日本时的"匡房云"一事，虽然不清楚它与江注有直接还是间接的关系，但从中可以看出其融合了朗咏集的部分内容，游子的传说也在其中占有一席之地。

　　大江匡房的著作《扶桑明月集》等曾多次被《溪岚拾叶集》等神道书所引用，《江谈抄》也是如此，在神道世界里都占有重要的位置。例如良遍的《日本书纪第一闻书》（应永二十六年〈1419〉）中就记载了《江谈抄》的故事，说道："一、所称道祖神，应为本地垂迹乎？ 其故，或书云，黄帝有四十余子……"。并将其与"此神名为道祖神，乃守路神是也云云"之说结合在一起。在与《和汉朗咏集》毫不相干的领域中，游子传说还衍生出了与文学艺术完全不同的意义来（另外，显昭的《古今集注》五中也引用了"江谈云"）。

如果再回到《三流抄》来看的话，就会发现它不仅显示出游子传说已成为《和汉朗咏集》的核心，还在传说中添加了伯阳之名进行了虚构。伯阳可能是取自著名的《续齐谐记》或者《参同契》等中魏国伯阳的名字吧。这也反映出了当时人们的知识范畴，煞有介事地虚构出来的传说，还由古今集序注来完成，就是因为有这样一个背景存在，绝非无中生有。况且这种假托于《史记》的做法也并非只是《三流抄》才有，其实早已成为日本各种注释书的普遍做法。在中国唐代的《新雕注胡曾咏史诗》中也可以看到假托于《汉书》（参照他稿"项羽——名为望云骓的马"）的做法，我觉得也有必要将这些因素都考虑进去。

（《观能》二三八号，昭和五十五年十一月）

（追记）关于和汉朗咏集古注释的研究，在这之后迅速地发展了起来。黑田彰氏发表了《江谈抄与朗咏江注》（1982 年 4 月）、《室町以前"朗咏注"书志稿》（1983 年 10 月）、《"朗咏古注"的一己之见——关于永济注》（1983 年 11 月）等论著，并收编于他的著作《中世说话的文学史环境》（1987 年 10 月，和泉书院出版）。另外牧野和夫、山崎诚氏等也相继出炉有研究的成果。永青文库本《倭汉朗咏抄注》的影印本就是关于永济注的最好作品，收录在《永青文库丛刊》第十三卷

（1984 年 9 月，汲古书院出版）中，而以此为原本校对的其他版本的翻印以及《和汉朗咏集和谈抄》诗注、歌注的翻印也都收录在《和汉朗咏集古注释集成》的第三卷中，最近大学堂书店的出版也已告一段落。其他主要的古注也在按计划依次出版，终于可以通览其全貌了。另外，在"鹈饲——传说中的游子伯阳"中，虽然提到了《江谈抄》第六话以及它与江注的关系，但在现存江注的范围中还无法断定它们之间的关系。还有，关于游子伯阳的传说，泽井耐三氏的《鸦鹭合战物语一书的表达探究——游子伯阳说话的系谱和传播》（"爱知大学国文学"二十四·二十五，1985 年 3 月）中也有十分详尽的解说。

浮舟——横越元久其人

　　《浮舟》是根据《源氏物语》的"宇治十帖"所编写的能乐。其内容是：游僧（配角）自初濑（长谷寺）出发，来到宇治村落时，在乘坐的一只堆满柴火的船上遇见了一位女子（前主角）。那女子讲述了浮舟为薰大将和匂皇子所爱而苦恼不堪，最后投水自尽的故事，又委婉说出自己就是居于小野村落的鬼魂，随后就消失了身影（幕间休息）。僧人立即赶赴小野村落为女子诵经，此时浮舟的亡魂（后主角）出现了，她在讲述被鬼魂缠身才投水自尽的事实之后，就此消失了。

　　这里想谈一下作品唱词的作者。世阿弥的传书《申乐谈仪》中写到"曲调由世子所谱"，即曲子是由世阿弥所作，但该书还记载说"よこを元久"是作词者。关于此人，很多论述都是将他的姓对应为汉字"横尾"，而实际上应该是"横越"，其正式的名字应该叫"藤原元久"，人们已经知道这是一位侍奉室町幕府管领细川右京大夫满元的人物。细川满元在谣曲上造诣颇高，这样的生活环境也与元久为《浮舟》作词一事相符。以《源氏物语》为题材的能乐并不少见，但多数是根据梗概书所编写。所谓梗概书就是记载物语概要的书籍，较为人知的有成于室町时代的《源氏大镜》以及《源氏小镜》等等。但也有迹象表明能乐《浮舟》是根据对源氏物语本身的理解所编写出来的，而并非根据梗概书。元久自身也好像是一位歌人，对于中世的歌人而言《源氏物语》是必读的教养书。而且已经达到了可以将对物语的理解创作改编为能乐作品的水平，这也充分地展现了当时的武家对《源氏物语》以及能乐的喜爱。

关于能乐《浮舟》的作者，《申乐谈仪》中记载说：

> 此乃业余爱好者よこを元久之人的作品。曲调由世子所谱。

"元久"在"谈仪"的各种传本中也有写成"光久"的，其中最为典型的就是吉田本文中的"光久"。在二战前大多数人也都是这样读解的，但当表章氏在岩波文库（战后版，1960年）中采用了"元久"一说以后，又沿袭了下来。在《二百十番谣目录》"与江"中，能势朝次氏在《世阿弥十六部集评释》中把"よこを"对应成了"与江光久"，除此之外，吉田本以来都是对应为"横尾"两字，香西精氏曾指出《实隆公

记》中有"横越又三郎朝行"的说法，但大家认为注有假名ヨ
コヲ的反而像是借用字，于是也都支持使用"横尾"这两个字
（"素人"，《续世阿弥新考》所收）。确实，《姓氏家系大辞
典》等中只有"横尾"，却没有"横越"的。不过问题在乎浮
舟的作者好像就是"横越元久"。

宫内厅书陵部藏的《慕风愚吟集》（由稻田浩子氏翻印介
绍，《私家集大成》五处收录）是由尧孝（顿阿的曾孙）于应
永二十八年（1421 年）编写的和歌集，其中记载了在正月六
日有"于藤原元久处再次集会"，"此道之物语等"。此外，正
月十六日在细川右京大夫入道（管领干时）宅邸举办的每月例
会上有"藤原元久横越"的名字，二月十九日在赤松左京大夫
满佑的府上举办的每月例会上有"藤原元久"，九月二十四日
在玉津岛神社前面的法乐活动中有"元久"，十二月也有"春
原（照抄原文）元久随行侍奉住吉法乐"等。而上文提到的正
月十六日在细川右京大夫宅邸举办的每月例会中还列有出席
者名单：飞鸟井入道中纳言、左中将雅清、右马助持元、阿波
守基之、治部少辅赖重、左京大夫满佑、民部少辅持赖、中务
少辅持之、弥九郎、加贺守高数、尧孝、善节、兵部大辅持
政、性高鞍智人道、元尚波多野入道、平益之东下野守、宝城
安富、藤原元久横越、宝密安富、冈防入道、常松坂周防入

道、文重药师寺、元继秋庭、重阿等，在"宝城"后还加注了"以下家臣"，由此可见横越元久也是细川家的家臣，而藤原元久好像是其正式的名字。

　　关于元久，我只知道如上所述的这些信息。根据《满济准后日记》，正长元年（1428年）九月十八日，在醍醐发生了德政暴动，这一紧急情况上报给细川右京兆后，奈良入道、横尾入道以下的数百骑兵立刻紧急戒备。而在永享二年（1430年）十二月二十九日还可以看到"土佐守护代横尾入道来。下国后初也"，这应该也是同一人吧。如果这个横尾入道就是横尾元久的话，那么他就是在永享、正长交替之际任职土佐的守护代，但这并没有确凿的证据。关于香西氏所指出的横越又三郎朝行，史料也有记载：

　　　　名为横越又三郎朝行之人，乃满元入道最爱者也。该人奇特无双事等，故灵彦侍者多以被语传之由谈之。尤有兴。将又于其横越宅有酒宴蹴鞠，其时皆悉满元家臣等着葛叶裙裤云云。……件时堂上人人见证畔云等入来有和歌会，卷头横越咏之，稀代之事也由同语之。有兴之间记之。

　　　　［《实隆公记》长享三年（1489年）七月二十日的记录］

我们将上述内容与《慕风愚吟集》记载的内容进行比对的话，可以认定除了这位出席了满元家的和歌会，而且自己也曾主持法乐和歌的元久之外，很难想象另外还有一位叫作横越又三郎朝行的家臣的。

元久所侍奉的细川右京大夫满元，自应永十九年（1412年）起担任管领一职长达十年，他对谣曲有着独到见解，《申乐谈仪》中记载了他曾修改谣曲《松风》"夜寒如何度过"一事。在这样的一个文化圈里，元久应该对能乐也有着浓厚的兴趣，这可能与其为《浮舟》作词有关吧，这首能乐因为是根据源氏物语内容而创作的，备受瞩目。源氏物语作为中世的歌人们必读的教养书而受到重视，这就不需要我再老调重弹了，但的确如实地反映出当时人们喜爱源氏物语和喜爱能乐的两方面，以至于武家歌人元久都以此为素材创作出了能乐来。同时也让我们了解到《浮舟》中所反映的对于源氏物语的理解并非源自中世所谓的梗概书，而是根据作者对于物语本身的深刻理解所创作出来的，这令我们不由地对元久的素养肃然起敬。

所幸的是，横越元久的笔迹还保留着。最近，伏见宫家旧藏的短册字帖作为日本古典文学影印丛书中的一册出版了，其中短册的一页上写有一首以"雨"为题的和歌，意为："彩霞铺满天，远望山麓夕正阴，阴来春雨湮。——元久"。因为添加在字帖上的"笔者目录"中还写有"藤原右京"（同书解说），所以说似乎还应该有藤原右京亮的名字吧。

（《观能》二二七号，昭和五十三年八月）

右近——化身樱叶之神

　　故事的梗概是：鹿岛的神官（配角）在北野的右近马场赏樱花时，碰到一位女子（前主角）带着侍女（助演）乘车前来赏樱花。那女子与神官就《伊势物语》中业平的和歌攀谈了起来，女子为神官介绍了周边的名胜古迹后便离去了（幕间休息）。此后，则由北野神社分社的樱叶女神（后主角）现身作舞。

　　这曲能乐虽然是依据《伊势物语》第九十九段所编，但并没有将原来的主题照搬到能乐的创作中来，这一点体现出了世阿弥能乐创作的特色，其手法与《蚁通》何其相似。而且我们还可以从中看到世阿弥所特有表现风格，因此我断定《右近》就是世阿弥的作品。而备受关注的唱词"落花付流水，世事本无常，悔恨也枉然，心驰仍神往"，虽然在形式相同的《樱川》的《谣曲拾叶抄》注释中将其记载为"六帖之歌也"，但在《古今六帖》中却没有此和歌的记载。它应该是根据"六帖"所作，这也是证明《右近》乃世阿弥之作的有力证据，因为世阿弥的作品参照了《三流抄》系的古今集序注，而受到《三流抄》的深刻影响。

　　田中允氏认为现行版本的《右近》是观世小次郎信光改编的作品，根据他的观点，我将有改编的地方归纳为三点：一、配角从僧人变为鹿岛的神官；二、〔一声〕之后省略了〔平调曲〕，取而代之的是在主角登场后插入了〔平调曲〕；三、在后场的〔一声〕〔合拍处〕中幕间休息前有〔上歌〕，不断重复变型后的唱词。世阿弥创作的能是通过女体神能来展现天女舞的，而信光又将其改编成了跳中速舞的风流能，由此我们可以在这部作品的整个舞曲中领略到作者世阿弥和改编者信光各自创作能乐的意图。

　　《右近》是作为庆祝能而构思出来的。在右近马场这一梅花胜地，北野神社分社的樱叶宫女神现身来祝祷天皇御统。在《右近》幕间休息前的〔上歌〕中有歌词唱到："于天照大神神宫之中，现身为樱宫，此处又化身为北野的樱叶之神，夜空晴朗"。正如歌词所唱，这位樱叶宫女神和伊势神宫的樱宫同为一体。在坂十佛的《太神宫参诣记》中记录着南北朝时代樱宫在伊势的情形，说"名为樱宫神明，居于大宫近前，却无宫殿。听闻其仅附身于唯一一株樱树之上，故而无法入殿参拜"。虽然有关将这位樱宫神明恭请到北野神社且称其为樱叶宫的时间和来龙去脉还没有得到确认，但是《北野宫寺缘起》（续类从所收）"小神次第"的十二所中在记载老松等的同时也记载了樱叶。关于樱叶宫，在连歌书《梵灯庵袖下集》中有一本《歌道之大事本歌次第》（岛津忠夫氏《连歌研究》所收），其中记载说："于北野，樱宫称为樱叶宫也。此乃伊势御恩也，成全其为天神。因此恩，于北野供奉伊势。……唯须共有樱叶"，这里就解释了歌词的意思和用法。连歌界之所以对樱宫如此关注，除了其名富有幽玄之感外，同时其也与跟连歌颇有渊源的北野密切相关，而且这一点还起着相当大的作用。能乐《右近》不就是在与这完全相同的平台上进行构思的么？

正如《申乐谈仪》中所记载的"右近马场的能乐"那样，《右近》的场景被设定为右近马场。不言而喻，这参照的就是《伊势物语》第九十九段，而且和《右近》前场密切相关，正如我在本文开头所述，能乐并没有直接套用《伊势物语》第九十九段的主题。像这样，虽然整曲的曲名都采用了原本的出处内容，但谣曲并没有照搬原本的主题，而是坚持确立谣曲独自的主题，这可以说是世阿弥的创作特征吧。我在其他文稿中曾叙述过《葛城》、《蚁通》与《俊赖髓脑》的关联形式，可以说世阿弥的能乐创作并不存在单纯地依赖素材出处的作品。尊重原作，以原作为端绪构建出一个崭新的作品世界，就是世阿弥的创作风格，世阿弥所创作的作为能乐词章的谣曲，因此而实现了文学作品上的创作，这样的创作手法与强调重视原作的世阿弥的主张并无矛盾，这一点我在其他文章中（"世阿弥的幽玄——其理论与实际"，图说日本古典《能·狂言》所收）已经有所论述，此处就不再赘言。

《右近》从世阿弥的《五音曲条条》中摘取了〔上歌〕的一节，作为幽玄曲的一个例子，"右近马场林间，开展骑射竞技"。我因此认为此曲是世阿弥所作的可能性很高，或者看做是世阿弥所作也无妨〔表章氏《探究世阿弥作能》，收录于《能乐史新考（一）》〕。诚如上文所示，对原作的处理已经清晰地反映出了世阿弥的创作特征。而且在世阿弥的能乐作品中，除了已经解说过的形象统一之外，还可以归纳出一些具有特征的词汇和表述，甚或可称之为世阿弥语。以《右近》的场景为例，接在首个同音之后的"落花付流水，世事本无常，悔恨也枉然，心驰仍神往"这一唱词引人注目。这和《樱川》一样都采用了同样方式来表述，不过关于它的出处，一直以来都认为无据可考。当然，《谣曲拾叶抄》（《樱川》注）中记载说："六帖之歌也。本歌记有：落花付流水，复记有：到头依旧羡慕"，但在《六帖》（《古今六帖》）中却无迹可寻。那么为何《谣曲拾叶抄》会有这般记载呢？　好像是出自《古今集》的序注。《古今集》的假名序中有"怜爱花朵，向往飞鸟"，在《三流抄》的例子中有"黄莺熟悉花朵，艳羡不止，

忆起曾品读之和歌，遂记之。其和歌，六帖云：落花付流水，世事本无常，悔恨也枉然，心驰仍神往"。"花に馴れ行くあだし身"（《右近》《樱川》）、"花に馴れぬるあだし身……羡まれぬる"（《谣曲拾叶抄》）、"花に馴れたるあだしめ……羡まれけり"（《三流抄》），三者三样，很难判断出哪一出是原型，但它们的依据都是《三流抄》系的古今集序注，这点毋庸置疑。而《三流抄》系的观点又很大程度在世阿弥身上体现，在之前的文章中已经举过几例了，因此这首古代和歌在现行曲中只被《右近》、《樱川》引用（虽然《蝴蝶》中也有，但它是在受到《右近》的影响下创作的），这也可以说这是证明《右近》是世阿弥所作的有力证据吧。

由此，我认为《右近》作为女体神能即天女舞能，是由世阿弥所创作的。而《右近》的原型理应具备天女舞的固定形式，即后主角神女手持经卷登场，赞颂佛德（这在神佛习合时代是理所当然的），按照禅竹风格来讲，可以说是与《佐保山》相同的"神女系"能乐。而现行版本的《右近》则一改形式，采用了绚烂樱花和车的道具，还跳中速舞，被其改编成了风流能。田中允氏为此指出这应该是观世小次郎信光改编过的作品（《关于右近的一项考察》，《谣曲界》1937年10月）。照此我们尝试着从现行版本的唱词来揣测改编的部分，首先，很有可能配角之前是个僧人。这一揣测与以下内容有所关联：一、 现行版本的配角自称为"鹿岛的神官、筑波的某人"，这可能引用自《放生川》；二、 待谣与《御裳涤》、《松尾》等相同，很可能也是引用过来的。这里也可以参照《鹈羽》的例子（竹本干夫氏《天女舞的研究》，《能乐研究》1978年7月），原本是僧人配角，却被改编成了大臣配角。在《右近》的前场，主角和助演登场后的〔一声〕之后有〔平调曲〕（其中的唱词记录在禅竹的《五音之次第》中），这在此前已经指出。田中允氏认为主角登场之后的〔平调曲〕即"春风桃李花开的时节……"是由于省略了〔一声〕之后的〔平调曲〕而后补的。这种由〔一声〕—〔平调曲〕—〔下歌〕—〔上歌〕组成的能就是世阿弥的固定风格，这样的说法似乎极具说服力。在内容方面，虽说世阿弥习惯运用《和汉朗咏集》，但在原本应该突出樱花形象的地方，主角开口唱的第一句却是"春风桃李"，恐怕这是世阿弥不得已而为之吧。后场，〔一声〕后紧接着〔合拍处〕，在幕间休息前的〔上歌〕的词句既变换形式，又不断重复，这就很难想象是世阿弥的手法，这一段内容大概是信光在把天女舞转变为中速舞之际所采取的特别处理吧。对此，田中氏也提出了质疑，说结束部分有待商榷。但我还是认为〔合拍处〕不仅是女体神能的形式，而且它

的辞藻也令人感受到了世阿弥所具有的文章感染力。由此，田
中允氏指出：虽说《右近》经观世小次郎信光之手进行了改
编，但《右近》也对信光的创作产生了极大的影响，《吉野夫
人》、《蝴蝶》等就是在《右近》的影响之下所创作的。

（《观能》二四〇号，昭和五十六年三月）

采女——天叶若木的绿茵中

《采女》的内容大致如下：一位行僧（配角）在参拜春日明神之时，遇见一位妙龄乡村女子（前主角）前来种树，故而问其缘由，女子道是在种植神树。继而又讲述了猿泽池乃是失去了帝宠的采女投水自尽之处，并亮明自己就是那位采女后便消失了踪影（中场休息）。行僧于是为其祷告，随后采女的亡灵（后主角）现身了，娓娓道出采女的经历，思念起宫廷的酒宴，舞姿翩翩了一番后又消失在了猿泽池内。

此处登场的主角采女是由"投身猿泽池自尽的采女"和"吟咏安积山和歌的采女"重叠而成的形象。前者是失去了奈良朝代的天皇宠爱而投身猿泽池的采女，她在柿本人麻吕以及天皇所创作的和歌等作品中广为传唱。后者是安积山的采女，她出现在《古今集》假名序的古注中，毗沙门堂本的《古今集注》将这两者糅合成了同一人。因此可以说那些注释中的解说也都被采用了。不过，这些注释书中所记载的天皇是"天智天皇"，而《采女》中说是"天之御门"（指代天皇），这大概是谣曲作者在整理了原出处等之后再重新整合时所采取的特别处理吧。

　　这种采用原出处的方法就是世阿弥的创作手法，这可以确凿无疑，而且它参照的是《三流抄》系内容，还出现了具有世阿弥语特征的词汇等，世阿弥所特有创作风格随处可见。只是虽说世阿弥的传书《五音》中的"飞火"与《采女》的唱词是重合的，但问题是其中却看不到世阿弥唱词的特征。不过，如果着眼于内容的话，唱词中所说的"天叶若木"应该指的是鹿岛社的神树，与春日神社的缘起没有直接的关联，这种处理手法显示出其很有可能是世阿弥的创作风格。我之所以认为这部作品具有世阿弥特有的创作手法的，即它是以原出处为依据并进行了有意识的编集。

　　可以说谣曲《采女》故事是把投身猿泽池的采女以及吟咏安积山和歌的采女结合在一起了。关于前者，以《大和物语》一百五十段最为著名，歌词说当失去了奈良朝的天皇宠爱的采女投身猿泽池自尽后，柿本人麻吕曾为其作和歌吟咏道："怜女寝发乱，忽成猿泽池中藻，悲从心中来。"天皇亦作和歌意为："猿泽池薄情，应知女沉玉藻底，放水盼池干。"这一类型的传说又被《袋草纸》、《拾遗抄注》、《柿本人麻吕勘文》、《歌林良材集》等的和歌世界所继承。另一方面，《南都七大寺巡礼记》等虽然认为和歌"怜女寝发乱……"是天皇所作，但其中却说投水自尽的不是采女而是皇后，故而很难想象这一类传说会成为谣曲《采女》直接的出处。因此，如果说那是侍奉天皇的采女，并引用"所谓采女，就是侍奉天皇的上童"的注释来推断她因"怨恨天皇"而投水自尽，而后天皇为其作和歌"怜女寝发乱……"的说法成立的话，那它就是谣曲《采女》的直接出处了。但是这种类型的民间传说实际上并不存在。

　　说起安积山采女的传说，在《古今集》假名序的古注中有一句说"安积山和歌乃采女戏咏之作"，并解释说这首和歌是采女为安抚葛城王的盛怒所作，和歌曰：

　　　　浅香山井浅，清澈见底映山峦，思君情不浅。

　　众所周知这就是安积山采女传说的核心。另外，还有认为上述和歌的下句是类似万叶集"浅薄之心非吾之思念"类型的说法，也有与传说的内容不同的，类似大和物语的说法等等。虽然叙述采女传说的各类书籍其内容五花八门，但谣曲《采女》是根据对《古今集》假名序的理解而创作的，这一点毫无疑问。《三流抄》系的注释书《古今集注》毗沙门堂本中记述如下：

　　天智天皇尚未登基之时，因还不可继位，故赐橘姓，号太政大臣葛城。当时配至陆奥国作守护，经至浅香郡。因其所之土民等为国做事不力（《三流抄》）而大怒，近江一名为采女之女子，为抚大臣御意而作和歌一首。（歌略）此歌之意为：山井满落叶，虽深亦显浅。其谓大臣之贵人，岂可为土民生气？大臣因此歌羞愧难当，怒遂消。

　　我们首先来关注这个注释中采女所侍奉的葛城王，被理解为"天智天皇年少时之名也"（《三流抄》）。当然，投身猿泽池的采女和吟咏安积山的和歌中的采女原本是两个互不相干的传说，但是毗沙门堂本《古今集注》却将两者看做是同一人。

　　采女有二人。采女为上臈。郎女为下臈。此采女，后寄怨于天智天皇，投身猿泽池而亡。

　　毫无疑问，谣曲《采女》在构思中以采女传说来贯穿前后场，其间夹杂了这些古今集注论述的内容。也正因为如此，之前提及的《采女》唱词中的"所谓采女，即侍奉天皇的上童"，采用的就是〔道白〕中的注释性言辞吧。前文的毗沙门堂本《古今集注》中只记载了"采女为上臈"，没有"上童"之说。而《月苅藻集》的传说中记载的是："从前，有一位上童伺候天智天皇……此女怨恨弥深……纵身此池中……此上童乃近江之采女。"虽然《三流抄》系的末流中也有这样的论述，故而谣曲《采女》很有可能是据此而创作的，但是同书中有些内容显示似乎是受到了谣曲的影响，对此，我想暂时打上个问号吧。

要说这《古今集注》中天皇的名号恐怕应该是天智天皇吧。而另一方面，投身猿泽池自尽的采女所侍奉的天皇则是"奈良朝的天皇"，意思和天之御门一致，据《袋草纸》考证说是指圣武天皇。而《七大寺巡礼私记》等异说则是指平城天皇，还有说是天智天皇的。有可能就是因为众说纷纭，所以谣曲《采女》才采用了意为天皇统称的"天之御门"。果真如此，那么我们可以认为这是一种对谣曲作者进行考证的处理手法，是在考证过程中对上述各种作为出处的书籍进行了整理和再编。

说和歌"怜女……"是柿本人麻吕所作，这也是由和歌世界继承下来的传说，并无一例说是天皇创作的。而《七大寺巡礼私记》等却认为是天皇所作，即使无法确定谣曲并未依据这类异说，恐怕也是有意识地将其改编为天皇所作的吧。

　　如果谣曲《采女》中对原出处的处理真是如上所述，那么作者就不言而喻，几乎可以确定是世阿弥了。参照《三流抄》系古今集注的论述；唱词中使用了具有特征性的世阿弥语，例如"神与你同路"（《高砂》）、"水中捞月的猴子"（《花筐》）、"安全"（《宫八幡》）、"花鸟……树枝"（《右近》）、"成云化雨"（《融》）等等，都很引人注目；还有世阿弥在传书中爱用的"游乐"二字也用得极为频繁等等，这些无一不印证了《采女》就是世阿弥的作品。当然，虽说从整体来看可以这么认为，但其前场的〔道白〕到〔下歌〕〔上歌〕关于春日山缘起的部分，也就是和《五音》中出现的"飞火"重合的部分，并没有沿袭上述列举的唱词特征。而"飞火"在《五音》中也没有记录作曲者的姓名，所以多半也可以认为是世阿弥作的曲吧。虽然如此，在唱词方面特别是内容上还是存在着许多未解之处。

　　把"飞火"转用到《采女》中，大概也是因为内容符合实际情况吧。这和春日神社的缘起，在意趣方面稍有出入，与其说是"神社的由来"（京都流派），还不如说是"植树以通神灵的由来"（车屋本等）。也就是说，春日山原本一片树荫都没有，因为氏族的祖先种植树木而繁茂起来成为深山。因而神谕中有一条内容是：哪怕是一片叶子沾上衣襟，也请让我们怜惜它。不过，这种说法在我所见到的有关春日神社缘起的论述中，一般都没有论及。仅有持明院本《神代卷私见闻》（应永三十一年〈1424 年〉六月十九日开始，良遍述）中提到过，其中记载说："一春日影响事，示云：鹿岛明神……其后，那罗延神坐镇春日山。其见春日山光秃无树，故持常青树，指地种之。今鸟居处之常青树，是也。"因此而受到关注，但这只是注释，而非春日神社缘起。

　　上述的例子中也提到春日神社的神树是指常青树，春日神社缘起类中也多有提及，但是《采女》的〔下歌〕中所说的"虽为临时种植……视为神木……"，而〔上歌〕中的"旷土之始，治国长久，天叶若木绿茵中，花团锦簇，香气四溢"，其所唱的天叶若木在春日神社缘起类中并没有提到。另一方面，绝曲《鹿岛》的〔一声〕中有"常青天叶若木之祀，今日于神宫潜心祝祷"，而〔问答〕中有"此乃天神降赐之神树，即天叶若木，今日御神事行天叶若木之祀，于此树荫下参拜神明"，这和朝日古典全书《谣曲集》的头注如出一辙，这说明天叶若木是鹿岛神社的神树。关于这点，我先介绍一下《常陆国志》中所收录的"鹿岛大神宫天叶若木事"一文。

　　右灵木者,明神降临之时,令随遂以来,卜在所于社坛之傍,连枝繁叶之荣经亿载之星霜毕,而彼树神,本朝中限当社在之乎? 他社全无此种类,仍社内奇瑞之随一也。乃奉行神事之刻,采用件木枝事多之,所谓正月四日岁山,并每月二七日吉凶御占,及御物忌初任之时,以彼木为薪,烧龟甲,就其验令撰补者也,每奇异之祭祀,令受用之处,自去七月枯干毕,天下重事何事如之哉? 古今更未闻如此之所例,尤可有御怖畏者尔? 然则,社家一同各抽丹诚,虽祈请,斯木之本复,曾无验之间,依令惊叹,粗注进言上如件。

延文元年(1356)十月日

　　天叶若木是属于鹿岛缘起的神木,安置在春日山,作为春日四大神宫之一。如此说来,与鹿岛明神相符合的"飞火"说法,究竟是单纯的文章修饰呢,还是有据可查的呢,这一点目前还不甚明了。不过,正因为"飞火"的性质和一般的春日缘起说法有所不同,我们才认为它并非像古老形式的歌谣那样原封不动地照搬某一缘起,具有其所特有的风格,因而给我们提示了"飞火"亦是世阿弥所作的可能性。

　　总而言之,如果我们认为谣曲《采女》是有意识地对原出处进行了改编的话,那么就很容易理解作者的由来。当我们把这种对原出典的处理手法与世阿弥传书所强调的出典正确性的主张以及具体的作品创作实践综合起来考虑的话，那么谣曲《采女》所提出的问题还是颇有意思的。

（《观能》二四三号，昭和五十六年十二月）

鹦鹉小町——百家仙洞之交

　　《鹦鹉小町》是一曲以小野小町为主角的能乐。说的是天皇听闻小野小町穷途落魄，便派遣新大纳言行家（配角）带了自己的和歌前去探访。行家来到关寺，见到了小野小町，吟咏了天皇御歌。和歌大意说："宫廷仍如往昔，一成不变，尔念曾司职之九重玉帘内否？"（原文：雲の上はありし昔に変わらねど見し玉簾の内やゆかしき），对此小野小町回应了："然也（原文：ぞ）。"行家听后困惑不解，小野小町便告知其这里是用"鹦鹉返歌"的形式，即把"尔念内否（原文：内やゆかしき）"换成"吾念内也（原文：内ぞゆかしき）"（台上换装）。最后，小野小町献上在原业平在玉津岛跳的法乐之舞，在目送行家离去后，潸然泪下。此谣曲后来被称为"对关寺小町的仿作"，在唱词上也有多处参考了《关寺小町》。

　　《鹦鹉小町》中有许多语义不详的难解之词，在此我从中挑出四处来进行探讨。（一）、根据"百家仙洞（ももかせんとう）"在古抄本中写有"せんどう"这一浊音标示，我推断是"百日千度"；（二）、《谣抄》中记载的是"书典"，但我支持现行版本采用的"书传"二字；（三）、"余情"在古抄本中记载的是假名"よでう"，而《谣抄》对应成了"余条"，不过《谣曲拾叶抄》最早对应的是"余情"两字。可是"余情"的读音应该是"ヨセイ"，所以我认为它是带有乡音的"窈窕"一词的说法；（四）、"身体疲瘁"在古抄本中标音为"しんていひじゆつ"，而在《玉造小町壮衰书》中记载的是"身体疲瘦"。但是因为"瘁"没有"ジュッ"的读音，所以不好断定该对应哪个汉字。

谣曲唱词中还有许多疑惑之处，对此，我觉得有必要而且也是有可能作出不为谣本汉字所束缚的解释的。

《鹦鹉小町》被认为是"对关寺小町的仿作"，其中可能含有多层意思吧。而关于唱词，倒是可以找出多处令人感觉是参照了《关寺小町》的唱词和表述所写的。比如"小町就此道别，拄着拐杖，步履蹒跚……归至草庵"（《鹦鹉》），这在唱词上直接沿用了《关寺》中的"就此告辞，拄着拐杖，步履蹒跚，归至其草屋"，而"出街乞物，不得之时……"（《鹦鹉》）与《关寺》的"即便一钵不得，也不可求"也可谓是内容上的沿袭吧。还有"老眼昏花，以至文字辨别不得"（《鹦鹉》）与"关寺钟声，老耳充塞"（《关寺》）等，我们先不论这是否是作者有意识而为之的表达，而应该注意到这种逆用的形式。以上内容是我借用了上田照代君所作的调查，只是将两曲唱词的表达形式进行了对比，作为范例罗列出来而已。至于描写悲叹百岁老妪的构思，参照《关寺小町》，自然而然就可以比较出两者的共同点与不同点。不过，撇开这点不谈，就依照《鹦鹉小町》的唱词来说的话，还是存在有许多语义不详的难解之词，未经过探讨而原封不动地保留了下来，我觉得这也是其特征之一吧。关于这些方面，我对自己的一孔之见并没有十足的信心，只是想抛砖引玉诚请诸位方家不吝指教。

　　一）われいにしへ百家仙洞の交はりたりし時こそ……

　　　　我曾与百家仙洞相交之时……（〔问答〕）

　　自从《谣抄》被推断是"百家仙洞"以来，迄今为止都作为最有力的解释而被承袭了下来。不过，根据车屋本记载，野上本和整版本记为"ももかせんとう"，而在田中本记为"ももか仙洞"，古活字本记为"百歌旋头"，这些都没有沿用《谣抄》的说法。另外也有江户时期的版本所对应的汉字是"百歌仙等"，这好像是根据小野小町是六歌仙之一而解释成她与众多歌仙交往的意思。另一方面，在保留假名书写的古抄

本中，也有"ももかせんどう"这一浊音标示。现行版本之所以是清音的"せんとう"，是因为它采用了"百家仙洞"的缘故吧。把"ももか"对应为"百家"，解释为侍奉朝廷的百官之意。不过车屋本对此持批判态度，我也因找不出实例而百般苦恼。我个人对此认为是"百日千度"，不知是否可行。意思是日日无数次，从"百日"引出成千个韵律，同时考虑到因为以"仙洞"为双关语，所以不读"チタビ"而读作"センド"。顺便提一句，有古抄本把"交はりたりし時"写成"交はりなりし時"。

二）ただ弱々と詠むとこそ　家々の書伝にも　記し
置き給へり

　　唯弱弱吟咏，记于家家书传（〔曲舞〕）

《谣抄》中记有"书典。其乃家家之书物也。将'典'字转为'传'字亦可"。古抄本标为浊音，记作"しよでん"。而各流派都采用"书传"，而不采用"书典"。虽也有可能是"诸传"，不过，一定要如此断言的话，那也缺乏根据。暂且就采用"书传"吧。关于《古今集》假名序的"遭人遗忘，旁人不知"，有解释是"和歌之家所传深义，不出和歌家外。故

世人皆不知"（《三流抄》），"家家传书"之意也许就是基于
这种理解吧。

> 三）美人のかたちも世にすぐれ　余情の花と作られ
> 美人身姿绝世,化作余情之花(〔曲舞〕)

古抄本中记有"よでう"。《谣抄》推断是"乃余条之义
乎"，而杜子美有诗道"少须好颜色，多漫枝条剩"，《谣抄》
的推断就是基于"枝条多剩杂乱无章"一说。不过我不接受此
类说法，虽然我没有对谣本进行过详细调查，但"よでう"好
像一直是以假名书写的形式，经江户时代而流传下来的。最先
对应汉字为"余情"的是《谣曲拾叶抄》，它是以假名"よじ
やう"标音来对应汉字的。但倘若是余情的话，假名标音就应
该是"ヨセイ"，这又不符合"ヨデウ"的假名使用法。我个
人因此认为是"窈窕"的乡音。"窈窕淑女"是《诗经》开头
非常著名的一句。适合用来比喻"美人的身姿"。不过，我不
知道有没有"窈窕之花"这种说法的例子，就"よでうの花と
つくられ"而言，这句话作为文章也确实给人以一种生硬的
感觉。

四）いま憔悴と落ちぶれて　身体疲悴する

尔今落得憔悴，身体疲悴（〔曲舞〕）

　　古抄本的"しんていひじゆつ"在《谣抄》中被对应成汉字"心底悲怀"，解释为悲伤心痛的意思。也有谣本是依照了这个版本的对应，但是上述两句词则是根据《玉造小町壮衰书》（在小野小町民间传说中占有重要位置，本曲的唱词也多借鉴于此书）中的"容貌憔悴，身体疲瘦"，这点是板上钉钉的。不过，若只是"身体疲瘦"的话倒是没什么问题，而若是"ひじゆつ"的话就有点棘手了，因为不明白为何要使用这种措词。或许我们也可以认为这是由于《玉造》原文中就有这种表达，但在我所见到的原文中则均采用了"疲瘦"一词。如此一来，我们可以认为作者是故意将"疲瘦"读音变成"ひじゆつ"的，但其汉字和意思还无法确定。现行谣本对应的汉字是"疲瘁"，可实际上汉字"瘁"应读为"ヒスイ"，没有"ジユツ"的读音。如果对应"疲悴"的话，那么"悴"也可以读作"ヒスイ"，不过"悴"还可以读成"ジユツ"。虽说瘁、悴都是"古通字"，但不管怎样，只要没有找到读作"ジユツ"的例子，就很难将现行谣本的汉字就这样草率地断定下来。

　　谣曲的原文在室町时期基本上采用的都是假名书写，而将假名读音对应成汉字并加以解释的是《谣抄》。自此以后，在《谣抄》的基础上又加以修改，便形成了现行谣本。从上所述，我们也可以看到其中还留有疑问。因此，如果要对谣曲进行解释，首先必须先将谣本的汉字还原成假名后再进行探讨。

（《观能》二四五号，昭和五十七年三月）

女郎花——写作女郎的花名

《女郎花》说的是九州松浦泻有一位僧人（配角）在前往石清水八幡宫参拜的途中，路经男山脚下，伸手欲摘女郎花。此时，护花老翁（前主角）上前制止，引用歌咏男山女郎花的古代和歌来进行劝谕。随后，老翁引领僧人来到与女郎花有关的男塚和女塚那里，并暗示自己就是男塚的主人小野赖风，之后便消失了（幕间休息）。僧人遂为其祷告，于是小野赖风（后主角）同其妻的亡灵（助演）现身了。其妻子道出了化身为女郎花的缘由，倾诉在冥府的煎熬，恳请僧人救助。

从世阿弥的传书中我们可以了解到曾经还有古老作品存在，而且和现行版本的《女郎花》不同。般若窟文库的"小讽曲舞"中就有一首歌谣，而表章氏将其作为〈女郎花〉进行了介绍。表章氏认为这是一首独立的歌谣，而我认为它很有可能是整个谣曲中的一部分。而且，根据《女郎花》和〈女郎花〉都是同一出处这一点，我得出对包括歌谣〈女郎花〉在内的古作完整曲进行改编后的作品就是现行版本的《女郎花》这一推测。只是现在由于助演（小野赖风之妻的亡灵）

是在后场才首次登场，如果在一开场就能现身的话，那么就能够诠释〈女郎花〉中为何有一些内容是站在女性立场上来歌唱的了。

另外，平泉毛越寺的〈女郎花〉这一作品，虽然是以与小野赖风的民间故事风马牛不相及的汉籍为基础而构成的，但其中一些词句却与现行版本以及古作的《女郎花》的唱词非常相似，因此我认为很难断言它们之间毫无关联。

《女郎花》的最早出处虽然是源自中世古今集注释《三流抄》中小野赖风的民间传说，但是，将女郎花比喻为女性的这种日本式女郎花的观念，在根本上是受到了中国女郎花观念影响的，这一点我们可以从《和汉朗咏集私注》中窥见一二。

《古今集》的假名序中有这样一节，说"忽忆男山之往昔，犹叹女郎只一时"，这种出自中世的注释书（《三流抄》）的小野赖风的民间传说成为了《女郎花》的本说。除了这现行版本的《女郎花》之外，还有由表演田乐的喜阿弥作曲的古作《女郎花》，这在世阿弥的《五音》、《申乐谈仪》等传书中零零星星地也有介绍。而表章氏在"〈女郎花的古老歌谣〉考"（"观世"昭和四十九年七月）一文中，考证并介绍了般若窟文库本"小讽曲舞"所收的一首歌谣就是〈女郎花〉。其唱词如下：

上歌——且说赖风的音信，除了我则不为世人知，心系男山，内有愧疚，书作女郎之花名，谁与相契共偕老，花山之僧正遍昭落马咏叹，嵯峨野之原女郎花，爱其名，意欲折。

下歌——如梦一般之浮世，我等至终也不可常住，又何纠结于一时？

上歌——沾遍野之朝露，随秋风之相诱，伤别离之面影，未央柳绿浓，芙蓉花浸朱，染色也罢，只一时之女郎花，娇媚玉立，却道无个常。

仿照表章氏的论文，我暂且将上面的唱词称为〈女郎花〉，正如表章氏在其论文中所指出的那样，这一内容参照的是古今序注里有关小野赖风的民间传说，从开头的"且说赖风的音信"这句唱词便能确定无疑了。而且我还觉得"除我则不为世人知"、"我等至终也不可常住"等中的"我"以及"伤别离之面影"这一句，都是站在民间故事中的女子的立场上来讲的。因此可以认为《女郎花》是憎恨小野赖风无情的女子，死后化为女郎花，正处花开时分的咏叹。但是要说《女郎花》就整个地覆盖以上所述民间传说的内容，即便开头伴有平调曲等小段，仍旧感到有些勉强，即有始无终，缺乏完整性。表章氏认为《女郎花》好像是独立的歌谣，这一观点自不必说，不过我觉得它是完整曲的一部分这种可能性更高。

现行版本的《女郎花》和〈女郎花〉不仅本说相同，而且其上歌中有"娇媚玉立女郎花，媚娇玉立女郎花，心有愧疚，书作女郎之花名，谁与相契共偕老"，故而很难说这和前面所摘的唱词毫无关系。因此，现行版本的《女郎花》很有可能就是把包含〈女郎花〉的完整曲（古作《女郎花》）进行改编之后的作品。这一推测也并不牵强。不过，要想调查得一清二楚，从现有资料来看几乎是不可能的。如果非要臆测的话，古作《女郎花》中，主角和助演也许是一开始就登场的吧。这么一来，存在像〈女郎花〉这样的唱词也可谓理所当然，它或许是一首和《通小町》（并不一定和现行版本迥异）等风格相同的谣曲，其故事结构是二人直至最后都一直纠缠不清的吧。

平泉毛越寺的延年舞《女良花》（《日本庶民文化史料集成》第二卷所收）是一曲能乐，内容是"汉明帝年间，一位叫做何文的老者"登场了，他吊唁了两个英年早逝的女儿，悲叹道："此般浮世之中，此般浮世之中，愿与露共消……"正在此时，姐妹俩的亡灵出现了，吟唱着："此乃我俩幻化之花，文字写作女郎花，叫做をみなめし……"话说上面的唱词中前者有词句和〈女郎花〉类似，后者也酷似《五音》的引用文"ヲミナヘシ写作女郎花"。不过《五音》所引用的这一句却不包含在〈女郎花〉中，表章氏曾推测其为之前平调曲中的词句。另外我认为延年舞的《女郎花》参照了信救在《和汉朗咏集私注》的女郎花诗（源顺作）中加以注解的汉籍，如下所示：

> 灵鬼志曰：何文者汉人也，有一女子，容颜美，卒死葬，明日见其塚，尽成菊花，故名菊花女，亦名女郎花。今案，所称之花，其状异菊花也。

如此看来，延年舞的《女郎花》和小野赖风的民间传说毫无关联，都是依据汉文素材进行构思的。在其构成中，全然没有如猿乐般的完成过程，这也确实是在延年舞的传统，传承了古代能乐的风格。因其成立的时期和来龙去脉都不清楚，故在现阶段我不得不保留对延年舞《女郎花》的定位。况且，对于杂然议论现行版本和古作《女郎花》之间有着某种关联这事，我们也应该有所节制适可而止。虽然上述所提示的词句的类似，很难说都是偶然的巧合。这是个重要的问题，还需留意。

虽说如此，以女郎花为题材的能乐，无论是和文还是汉籍的素材，它们对"ヲミナヘシ写作女郎花"、"写作女郎的花名"所给予的关注是共通的，这也是构思上的核心，这一点需要予以重视。早期在万叶集中所说的"ヲミナヘシ"，之所以"ヲミナ"对应的汉字是"佳人"、"美人"、"娘"、"姬"等，是因为与其说是女性的音译字，不如说女郎花不单单是一种秋天的花草，而且大家还意识到它可以被喻为女性的缘故吧。如果是这样，那么在其源流中还是包含着中国的女郎花观点吧。在这种通过拟人化来表达的传统中，有吟咏女郎花的《古今集》和歌以及《和汉朗咏集》汉诗等，如此看来，《三流抄》中有关小野赖风的民间传说是应运而生的必然产物，而且《和汉朗咏集私注》所收的《灵鬼志》也发挥了催化剂的作用。这也令我联想到了游子伯阳的民间故事（请参照他稿"鹈饲—传说中的游子伯阳一"），其情况大同小异。

　　总之，能乐《女郎花》的背后不仅隐含着〈女郎花〉和延年舞《女郎花》等古代能乐的痕迹，而且也不得不承认中国对于女郎花的关注深深影响了我国的构思方式，即便到了中世，这种影响乃至文学和技艺方面都是一脉相通的。

（《观能》二四一号，昭和五十六年五月）

杜若——换装亦表心深奥

　　《杜若》说的是有一位周游列国的僧人（配角）行至三河国的八桥，看到怒放的杜若花，正当看得出神时，一位乡村女子（主角）对他讲述了《伊势物语》中关于杜若与在原业平的和歌，并带领僧人来到自己的茅舍（台上换装）。之后她身着色泽鲜艳的服装，头戴华冠现身，亮明身份说自己就是杜若精。

　　《杜若》参照了《伊势物语》中东下的那段故事，同时还结合了中世人们对这段故事背后所包含的在原业平行纪真相的理解，这里，我主要想探讨《杜若》的作者是否是金春禅竹。"心之奥"是主角向配角展示"唐衣"和歌之时所使用的词汇，这样的用词也出自被认为是金春禅竹所作的作品《小盐》、《千手》、《定家》中，我认为这是金春禅竹特意使用的词汇。

　　而且，台上换装后的〔高调曲〕很可能就是借鉴了古作《云林院》的内容。《云林院》说的是：喜爱品读《伊势物语》的芦屋公光（配角）到访紫野的云林院，来探询《伊势物语》中提到的秘事。它将中世的《伊势物语》古注释戏曲化后搬上了舞台。而现行版本的

《云林院》就是古作的改编作品。

世阿弥的《井筒》也一样，也是参照了中世人们对《伊势物语》的解释，不过是以"等人之女"为主题贯穿整个作品。而《杜若》、《小盐》的特点是，虽然是以二条后为主题，但同时还配以其他女性作为绿叶来点缀，由此可见金春禅竹的能乐创作手法的确有别于世阿弥。

金春禅竹的创作特点还可以再举一例，就是他来自于《断肠集》的表现手法。而且，从宽政五年（1793年）开始，《杜若》一直作为纠河原劝进能上演这一事实来看，是金春禅竹所作的作品的可能性也很高。另外，二段曲舞这一构造也是其特征之一，这在《百万》、《山姥》中也可见，它在古代形式的曲舞中添加了新颖的内容，这是一种推陈出新。

一

众所周知，《杜若》参照了《伊势物语》的第七、八、九段中有关在原业平东下的桥段内容，尤其是以第九段中三河国八桥的杜若精为主人公，通过对在原业平往事的追忆，以草木成佛的形式构思而成。追根溯源，此物语不单引用了《伊势物语》原文，还包含着中世人们对隐含在故事里的在原业平行真实状况的理解。《和歌知显集》（书陵部本）中写道："究竟此物语是以何人之何事为主线来写的呢"，这直接反映出《杜若》高调曲"究竟此物语依据的是何人何事……"的唱词，确确实实是参照了《伊势物语》。《伊势物语》以虚构的形式阐述了在原业平的真实状况，而中世人们的解释给我们指明了如何去解读物语中所隐含的真相（片桐洋一氏的观点）。比如说东下就是譬喻在原业平和二条后因私通之事走漏而被幽禁于东山，而杜若就是指二条后幻化成的花。三河和八桥寓意为与在原业平交好过的女性们。我认为在原业平的这些所作所为是其下凡普度众生的权宜之计（拙稿《谣曲杜若考》），实际上在原业平原本是阴阳之神。而金春禅竹恰恰是对在原业平这种形象抱有浓厚兴趣的。根据《明宿集》所说，在诠释在原业平老翁尊严的过程中有这样一段记述，说："降临人世，生于歌道之家，伊势物语的作者在五中将在原业平被称为顽翁，引导无知妇女，教授阴阳之道，以成古今集歌仙，承名三人之翁，一体分多身，吟咏生老病死之歌。此皆化身出现，唤之即应，岂乃其妙身哉"，可以说这与《杜若》所描写的世界是一致的。

《杜若》的构思可谓无与伦比，它将《伊势物语》本身和故事的现实意义这种二重结构巧妙地结合了起来。不过，我还是想探讨其作者是否就是金春禅竹。当然，金春禅竹自己并未说过该谣曲，可是在传书中金春禅竹也从不言及自己作品，这也是其一大特点。

二

《杜若》中，主角登场，与配角问答，展示唐衣之歌，配角问："极东各国，业平行至否？"对此主角回答说："仅此八桥乎？换装亦表心深奥，顺道游各国"。意思大致是说在原业平不仅到了八桥，还走访了陆奥等更加东边的各地名胜。"心深奥"还包含着另一层意思，就是在原业平的这次旅行具有更深层的意义，也就是物语的真相。手法与此完全相同的还有《小盐》的曲舞"漫漫羁旅遥，思念心深奥，白云抚明月，山东望京朝"吧。另外也有《千手》的上歌"然至东止境，人心奥且深，此情寄都城"，这虽然不是说在原业平的东下，但毕竟意识到了东下的故事。如此看来，《定家》的高调曲"旧心深奥难忘信夫山，隐隐作忍又见路边草"，即便描写的不是东下的故事，也与以上所举的例子有着共通之处。与"心之奥或陆奥"（《锦木》）、"心之奥于白河上"（《游行柳》《杀生石》）等例子稍有所不同，"心之奥"不正是金春禅竹特别中意，特别爱用的词汇表述么？《小盐》、《千首》、《定家》因此都被认为是金春禅竹所作的谣曲。

三

前面介绍过的《定家》高调曲会立刻令我们想起《杜若》的高调曲，"究竟此物语依据的是何人何事，思念之露降信夫山，隐隐作忍又见路边草，无始亦无终"。这参照的是古曲《云林院》的高调曲，"究竟此物语依据的是何人何事，身染思念之露，所言之事亦成理"。也许可以说《杜若》在对伊势物语秘传进行谣曲化的时候，强烈意识到了古《云林院》的内容。而西野春雄氏认为对古《云林院》的后半部分进行改编的人正是观世小次郎信光（"观世"昭和五十年四月）。诚然，必须承认其改编部分中所展现的对秘传的处理手法，与《杜若》、《小盐》在性质上有所不同。

这且不说，《杜若》的特色在于其结构是〔次第〕—〔一声〕—〔舞事〕—〔高调曲〕—〔平调曲〕—〔曲舞〕，且在二段曲舞以及结束部分重复〔次第〕，这种形式属于正规曲舞，与《百万》、《山姥》等一起广为人知。乍一看来，似乎《杜若》展现出了古代的形式，其实它的主角与作为曲舞者的百万或者百山姥在性质上有所不同，所以很难说《杜若》是古曲。倒不如将它看作是作者的推陈出新，在曲舞的古代形式中加入了新颖的内容而使之重放异彩。

四

在参照了中世有关对《伊势物语》的诠释之后创作出来的作品之中，有世阿弥的《井筒》。那是有关在原业平与纪有常之女的故事，完美地贯穿了"等人之女"这一主题（拙稿以及《图说日本古典·伊势物语》中有堀口康生氏的论述）。《杜若》虽然也是有关二条后的故事，且有统一的主题，但其曲舞中"待人之女病卧珠帘后……"等表现，并配以"交往之人数不数"的辞藻修饰，与《小盐》如出一辙。《小盐》也是以二条后为主题，也在二条后之外配搭了其他女性，比如"交往之人形形色色，浮现脑海之中"。从这个角度来看，《井筒》的结构比较严谨，相比之下，可以看出金春禅竹的创作与《井筒》风格迥异。

最后，顺带附言几句，"花前蝶舞……"的〔咏〕估计是根据《断肠集》（拙稿"作品研究 芭蕉"）而来的，这点也可看做是金春禅竹的创作特点吧。《杜若》除了作者附加的资料谈及世阿弥之外，并没有考证作者的出处，但是从宽政五年（1793 年）在纠河原劝进能中上演这一事实来看，我认为《杜若》是金春禅竹所作的可能性极高。

（《观能》二四二号，昭和五十六年九月）

柏崎——白虹满地自成行

话说越后国的柏崎有一位夫人（前主角），她从家臣小太郎（配角）那里听说，她那为了打官司前往镰仓的丈夫去世了，而她的儿子花若也哀叹父亲的遭遇而出家为僧了。夫人读着儿子花若寄来的书信叹息不已，祈祷儿子能平平安安（幕间休息）。花若（小生）被信浓的善光寺收留了下来。寺里的僧人（配角助演）转告了与花若的师徒契约。于是花若的母亲发疯般地冲到了善光寺，她身披丈夫的遗物，翩翩起舞。而最终得以与儿子相聚。

〔高调曲〕（〔合拍处〕）是世阿弥执笔的能乐剧本，他把与现行版本相同的"异香满满欲熏人"修改为"异香弥漫熏虚空"，又把"白虹成行洒满地"修改为现行版本中的"白虹满地自成行"。前者的"满满"和后者的"满地"有重白之处，由此可以认为是经世阿弥修改过的。不过，也有人指出前者的修改并没有被后人所继承。

这里，我主要的关注点是后者中"白虹"这个词。它原本是以"ハッコウ"这一假名形式流传下来的，是《谣抄》最先将它对应为"白虹"二字。"白虹"的意思是白色的虹，惯用为"白虹贯日"，象征着上天的感应。"白虹"一词通常不会单独使用。

《净业和赞》中有"白鹄"一词，它被看作是佛境中的灵鸟。因此这里很有可能是"白鹄满地自成行"。之所以特意采用"白鹄"而不是我们熟悉的诸如孔雀、鹦鹉、频伽鸟等鸟类，其理由在于"白鹄"在音韵上作为"异香"的对句有"オオ"的押韵，而且在颜色印象的连贯性修辞上也采用了"白"一词。

《柏崎》是世阿弥根据榎并左卫门五郎的原著改编而来的作品，其中的〔高调曲〕很有可能也是世阿弥的作词。我想指出的是，世阿弥在其作品《姨舍》的〔曲舞〕中也描写了极乐净土，同样反映出来自《净业和赞》的影响，可见世阿弥在创作过程中的确受到古代和赞的影响。

《柏崎》的〔高调曲〕（以及〔合拍处〕）唱词如下：

> 于精诚念佛声中，等待摄取之明光，圣众来迎之云端，九品莲台花儿散，异香满满欲熏人，白虹满地自成行。

这段文字描绘了人们在念佛声中被迎接到净土的情形。《柏崎》还将世阿弥执笔的能乐剧本流传下来了，如上所示，"异香满满欲熏人"的部分被修改为"异香弥漫熏虚空"，不

过现行版本的唱词仍沿用了修改以前的形式。至于"白虹满地自成行"被记载为"ハツコウツラナリテチニミテリ",后来又被修改成现行版本的形式。正是因为现行版本唱词中的"满满"和"满地"重复了同一个词,故而进行修改也是理所当然的,问题的关键在于不知何故这一处理却被大家所忽视而流传了下来。

另外,关于"白虹满地……"这一句,世阿弥执笔的能剧本中用的是"ハツコウ"假名书写,室町时期的谣本采用的也是假名书写,但是《谣抄》却将它对应成了汉字"白虹",并解释为"白虹满地自成行,感悟大地之义也",这被之后的谣本继承了下来。然而,以此为据就解释为"得见往生奇瑞",这只不过是为了符合上下文脉而已,其内容就有些牵强附会了。白虹(白色的虹)一般都是与"贯日"一起作为成语表现为"白虹贯日",象征着上天的感应。特别是像《史记》中所说"昔者荆轲慕燕丹之义,白虹贯日,太子畏之",白虹代表兵,日代表君,象征危及君主的兵乱。这一解释在日本也被各种书籍所引用,比如《源氏物语》、《平家物语》等。《谣抄》将"ツラナレリ"对应成"贯"字,由此我们可以得知,毫无疑问《谣抄》也意识到了"白虹贯日"的表达。但是从另一方面来讲和《谣抄》的成立关系最为密切的鸟饲道晰却是最为批

判性地接受《谣抄》论述的人，在其所谓的车屋本中并没有沿用"白虹"一词，而是保留了"はっこう"的假名书写。也许我们应该将"ハツコウ"从"白虹"的汉字定式中解放出来，重新探讨它的含意。

在此，再来看一下〔高调曲〕的语句，它的构造是"云端—散花、人—异香薰、地—ハツコウ成行"，歌唱的是圣众来迎的吉兆，这是此类固定表现中的一环，对此我们可以从与古代和赞等的对比中窥见一斑。

> 即紫云暧靆，柴之宿起旋。
>
> 恒沙众会诸共，前后左右而下。
>
> 庵上诸化佛，连星而下凡。
>
> 苕庭诸圣众，并光而长跪。（来迎和赞）
>
> 紫云渐渐飘近，
>
> 异香阵阵扑鼻，
>
> ……
>
> 妙华从天而降，
>
> 地上圣众成行（净业和赞·迎接赞）

从这些例子中可见，并排成行的是诸圣众，另一方面还有

"无数圣众、天人众，周身光芒四射"（净业和赞·晨朝赞），由此可见"ハツコウ"一词的意思似乎也可以解释为是表示光芒。但是不能将"コウ"简单就对应成"光"，因为根据世阿弥的用字手法，"光"的假名标示应该是"クワウ"，是不能和"コウ"混用的。

而在歌颂所谓的圣众来迎的和赞类中，找不到符合"ハツコウ"发音的词，假设圣众来迎的场所相当于佛境的话，那么可以说和《净业和赞》的小经赞中"且彼佛之国土上，常为天之乐，昼夜六时，微妙曼陀罗花由天而降"的情景是相吻合的。而且，同和赞中还有：

> 且彼佛之国土上，有种种奇妙众鸟。
> 白鹄孔雀鹦鹉等，乃至迦陵频伽。
> 若此等鸟皆阿弥陀佛变化所作之鸟，
> 闻其声者自然生祷念三宝之心。
> ……
> 应知极乐世界成就如此功德。

与孔雀、鹦鹉、迦陵频伽一样，白鹄也是佛境中的灵鸟。既然"はつこう"是指白鹄，那么，我们是否可以将《柏崎》

有问题的那一处看作是"白鹄满地自成行"呢？《净业和赞》的翻印本（《日本歌谣集成》卷四所收）虽然没有显示出"白鹄"的读法，但上文所参照的《阿弥陀经》中则注有"ビヤッコウ"的读法（根据岩波文库本），因此应该也能读作"ハッコウ"。这里为什么采用的不是孔雀或者鹦鹉之类我们所熟悉的鸟，而是白鹄呢？关于这点，只要回顾本文开头所摘抄的《柏崎》语句，其理由就应该一目了然了吧。即第一、"白鹄"作为"异香……"的对句，要押オ才的韵；第二、云（紫）—花（红）—白鹄，这是为了搭配这一颜色印象而进行的文章修饰上的考量。以上是我针对"白虹"所产生的疑问而尝试进行的一种个人解读，也许还有其他的解读。希望大家不吝指教。

《柏崎》是世阿弥在榎并左卫门五郎的原著基础上改编的谣曲。上文的〔高调曲〕部分可能也出自世阿弥之手，如果真如此的话，可以说即便《净业和赞》保留了特别的规定，但那些古代和赞之类的资料还是对世阿弥的作词方面产生了影响。例如《姨舍》的〔曲舞〕亦可谓是参照了《观经》的势至观曲舞，所以也描写了极乐净土的样子，曰：

天冠之间，花光熠熠，玉台无数，呈他方之净土，玉珠

楼之风声,丝竹之调纷纷纭纭,

　　时而撩人心。

这部分内容在《净业和赞》的别愿赞中记为:

　　谒大宝宫殿,听闻佛说法。

　　登攀玉树楼,遥望他方界。

把"十方诸佛净妙国土"(观经)换说成"他方之净土",也可能是参照了上文。另外,《净业和赞》还告诉我们,自《谣抄》以来一直将汉字对应成"玉珠楼"的词也该改为玉树楼(用仙树造的楼阁)了。

　　　　　　　　　(《观能》二四七号,昭和五十七年九月)

春日龙神——昼夜各参之拥护

故事说的是明惠上人（配角）突然有心要去探访佛迹，在告辞前先去春日明神参拜。看守神社的老人（前主角）告知说大明神十分重视明惠上人，并劝说如今春日山可媲美灵鹫山，以期劝说上人不要渡海前行。神社看守在讲述了春日神社和佛教的渊源之后就消失了身影（幕间休息）。之后不久，八大龙王现身，再现了释迦牟尼说法传道的情景，然后消失在猿泽池中。

所谓春日大明神十分重视明惠上人，这在唱导说话集《金玉要集》中有着十分详尽的描写。但是这并不是直接出典，《春日龙神》成立的背景就是，在当时神道神话故事中都是如此这般讲述此事的。

对此，我还要核实表现大明神神虑的"昼夜各参之拥护"的说法。"各参"在上挂流派（观世流、宝生流）中唱作"カクサン"，而在下三流派（金刚流、金春流、喜多流）中唱作"カクサンベン"。室町末期的注释书《谣抄》中认为"ヘン"的意思不明，于是对应成汉字"各参"。但是《金玉要集》中有"每日三度……必定化身下凡"的记载，由此推断"昼夜各三遍"更为恰当。而"拥护"一词也是在《谣抄》以后才将"オオゴ"对应成汉字的，如果再参照《金玉要集》的内容，可以解释为大明神"影向（化身下凡）"来到明惠上人身边的意思更为恰当。因而我对此的解释是"昼夜各三遍影向"才是其原型。

这就告诉我们不要拘泥于《谣抄》所解释的汉字对应方式，而是要追寻它原本的意思，这样才可能正确地理解谣曲。

正如大家所知，《春日龙神》的配角是栂尾的明惠上人，他立志要入唐西渡天竺，是为了向春日大明神告辞而前去参拜，之后，前主角神社看守（实际上是时风秀行的化身）现身，传达了大明神的神虑，促请他改变主意：

> 此乃大明神所言，因事关乎上人，年始四季，上人御参诣之时节稍有迟缓，大明神便会急不可待神虑不安，其称上人为太郎，称笠置之解脱上人为次郎，视如双眼两手一般，承昼夜各参之拥护诚恳，离开日本入唐渡竺之事，实为神之所虑，望君打消此意。

上文中的"年始四季御参诣之时节稍迟，便会急不可待"，以及把两上人当作太郎、次郎，叙述了"昼夜各参之拥护诚恳"（下三流派是"昼夜各参遍之拥护尤为诚恳，怜爱有加"），表现了大明神对明惠上人抱有非比寻常的不舍之情。因这份难以割舍的怜爱之情而想劝阻他入唐西渡天竺，这就是大明神的本意。尽管如此，明惠上人的决心仍然无比坚定，于是主角倍感惊讶，说道："眼见这般奇景，真正净土又在何方？ 敢问是武藏野无边无际之心否？"作为放弃入唐西渡天竺的补偿，还向其保证"三笠之山映五天竺，摩耶之诞生、伽耶之成佛得道、灵鹫山之说法、双林之圆寂，悉数呈现予尔"。总而言之，如上文的问答所示，大明神对明惠上人的感情在谣曲的行文中，虽然表现得平淡且不露声色，但实际上却非同寻常。

《金玉要集》中有一篇题为"春日大明神御事"。虽然就《春日神龙》整体而言并非参照它而作，但其记载了饶有趣味的神话故事。当下我只介绍与明惠上人和大明神相关的部分内容。说是当明惠、解脱两上人参拜之时，大明神亲自前来，现身人形与其当面相对。当听闻明惠上人欲西渡天竺的志愿后，他道明大明神的神谕，说大明神和明惠上人的缘分不是一世、二世之事，即便六道轮回的一时半刻也不曾间断，直至普度众生、领佛法之恩泽、得垂迹之精妙，大明神甚至将两上人视作自己的长子和次子一般，故而哀叹："舍我而赴西天遥境，事之悲哉。"记载如下（根据彰考馆本，为了方便大家阅读而添加了个人理解）：

> 过二月十五日夜亦讲遗教经，由觉殊胜，便至御居房守上人膝边聆听。每日三度必定化身至解脱房及御房之庵室，听闻法味，更下决心，无论如何我身应留此国。夜渐深，舍众多氏子，守护御房，若我赴西天，便是四方众生之苦，思来想去，悲从中来，不由潸然泪下。

在此，我们有必要先了解一下《春日神龙》的背景，即上述有关神道神话故事在中世已经存在，其叙说了春日大明神对明惠上人所怀抱的神虑及其缘由。

另外，谣曲文本中，表现这种神虑的词还有"昼夜各参之拥护"，这也颇令人费解。关于"各参"，上挂流派唱作カクサン，下三流派唱作カクサンベン，《谣抄》认为ヘン的意思不明不白，就注解为"各日各夜前往明惠和解脱二上人处，拥护两上人乎"，此后就对应成"各参"二字了。另一方面，下三流派尊重原作沿用了意思不明的"各参べん"（而金刚流昭和版是"各参遍"）。不过，没有进行过肆意妄断的下三流派文本，似乎为我们推断原型提供了线索。也就是刚才所引用的

《金玉要集》记录中有"每日三度必定化身至解脱房及御房之庵室"，依此推测的话，サンベン可以认为是三度的意思。"昼夜"的意思是每日昼夜，这一点显而易见。另外，オオゴ在《谣抄》以前的古抄谣本中采用的应该是假名书写，它是由于在《谣抄》中被对应成了"拥护"二字才被确定下来的，其原意恐怕是"影向"（化身下凡）二字的可能性更高。虽然无法从发音上的不同来判断拥护（"オウゴ"，合音）和影向（"ヤウガウ"，开音），只是单纯的汉字对应上的差异，但是我认为很有可能自从被认为"原义不明"之时开始，其发音就混乱不清了，从而产生了从"影向"到"拥护"的汉字变化和变更。再者，カク的意思是"各个、各自"，"各三遍"的用法在当时是否通用还值得商榷，我想应该是副词"如斯（カク）"吧。这么一来，所谓"昼夜カクサン（ベン）ノオオゴ"，应该是"昼夜かく三遍之影向"才是它的原型。

（《观能》二三一号，昭和五十四年七月）

葛城——高天原之岩户舞

故事说的是在山野中修行的僧侣们（配角）行脚进入大和国的葛城山后，天下起了雪。这时，一位女子（前主角）出现了，她把修行僧们带回了家。那女子请修行僧们为自己做祈祷，修行僧们问起因由，她回复说是由于违背了役之行者下达的架设岩桥的命令而痛苦不已（幕间休息）。葛城明神的神灵（后主角）在修行僧们的祈祷中现身，跳起了大和舞，当黎明来临之际，她为了不暴露出丑陋的面孔，就躲进岩洞消失了身影。

众所周知，《葛城》所参照的神话故事是以《日本灵异记》为代表，被广泛传播的一言主神岩桥的神话故事，不过，有人指出《葛城》对神话故事的理解与《俊赖髓脑》最为相似。一般认为《葛城》的作者为世阿弥的可能性很高，但和《蚁通》一样，我们应当注意到《俊赖髓脑》也是一本与世阿弥关系密切的书籍。

不过《葛城》的主题并不在于岩桥神话故事本身，而在于它在参照岩桥神话故事的同时还展现大和舞。"大和舞"是根据《古今和歌集》卷二十的和歌改编的，这首和歌在谣曲中发挥着重要的作用。中

世的人们对这首和歌的理解是：所谓"大和舞"，就是天照大神隐藏
在天国的岩洞中时，其他神明在其岩洞前表演的歌舞。也就是说在这
个解释的背后包含着葛城山是高天原的古迹这样一种认识。照此观
点来看，谣曲开头所唱的"神之昔迹"的唱词，也应该是指高天原的
天照大神所在的古迹。很明显，这一构思贯穿谣曲始终。

　　如果依据中世的理解来解读的话，岩桥神话故事和古今集的搭
配组合并没有什么违和感，人们也能够充分理解。这是个很好的例
子，让我们认识到了解当时人们的思想认知对于理解谣曲是多么的
重要。

　　《葛城》的后主角显而易见就是葛城神明，关于这一点，
我们通过诸如《日本灵异记》等涉及领域极为广泛的各类书籍
中所提到的一言主神，也就是所谓的岩桥神话故事就可以清
晰地知道了。但是，依照《葛城》所言，其对岩桥神话故事的
认识，我想或许可以说是参照了《俊赖髓脑》的如下文章。

　　　　役之行者……我乃此处名为一言主之神……祈求从
　　此葛城山顶至彼吉野山顶之间，以岩石架桥……空中传来
　　此声，我便承接此事……然，因我相貌丑陋，所见之人皆惧
　　之。欲每夜运石架桥……乘夜间稍架而昼不架。役之行者

见此状，盛怒……护法忽持葛缚神。该神示巨岩，并绕葛，如探囊取物，周身绕葛无缝隙，遂成此番模样。

《葛城》中，在幕间休息前的问答对唱环节中有"（主角）石乃神体之一，（配角）蔓草丛生的岩石……"这部分的内容，在众多相关的神话故事中也是最近似《俊赖髓脑》的部分。在此，我也希望各位读者能事先回顾并关注一下《俊赖髓脑》这本书作为《蚁通》、《姨舍》等的出典、原出处，是和世阿弥有着密切关系的。

那么，即使《葛城》有些地方参照了岩桥神话故事，但也并非说故事就是此谣曲的出处或主题了，关键在于其主题在参照故事的同时还表现了葛城神明在葛城山跳大和舞的情形。此大和舞是根据《古今集》卷二十的大歌所御歌中记载的"古老大和舞之和歌"改编的，大意是"好像用细葛枝束起的葛城山中延绵不断的雪一样，我对你的思念也永无休止"。众所周知，此和歌在本曲的前场中占据着核心位置，也为后场埋下了伏笔。和歌在此占据了非常重要的位置，这点想必大家已经了然，不过也很难说大家都知道中世人们如下的思考方式和认知。毗沙门堂本《古今集注》曾这样写道：

　　大和舞之歌云者，天照大神隐居于天之岩户内时，众神明奉于天之岩户前之神歌也。用笞枝束起之事，葛乃结物之物也。笞云者，乃杖楚也。无间者即无暇也。二字之上略也。歌之通例也。此歌乃岛根见尊之歌也。此尊乃月神之御子、天照大神之甥也。大和舞乃日本之舞也。伶人之舞乃唐舞也。与此相对而称大和。

　　在这里我想强调的是，正因为大和舞继承了天照大神躲进天国的岩洞中时，其他神明在岩洞前表演歌舞的解释，所以此和歌就成了《葛城》构思的根源，且毫无疑问地成为其的原始出处。

　　为何要将这首和歌与天国的岩洞相关联呢？那是因为正如《大和葛城宝山记》中所言"名号神祇宝山，崇一言主神"。作为金刚山古名的葛城山又被称为宝山，大家深信它就是高天原的古迹。所以谣曲《代主》（亦作《葛城贺茂》）的曲舞中也唱道："然葛城称高间之山……此乃大和之金刚山，三国不二之峰，亦附名御代之宝山"。这种观念早在《古今集》的注释中就已经出现过了，而有"大神……闭居于大和国葛城山高间原天岩户之时"（《三流抄》）一说，这在中世广为流传。不仅如此，再往前还可以追溯到平安时代，《蜻蛉日记》

中记载了藤原道纲在斋戒到期的那天早晨给大和女子送去一首和歌，曰："梦多窗渐明，迟来天户开，"但是没有得到她的回复，所以又重新作了一首送去，曰："知君通晓葛城山，的确一言难道尽"（根据东野正一君所言）。把这里所说的斋戒到期改说为天岩户开，再配上葛城山的一言主神，据此可以认为，至少在天禄三年（972 年）的这个时间点，藤原道纲也认为天岩户在葛城山。由此可见，这一观念的存在竟古老得出乎人们的意料。

我们回到谣曲《葛城》，再参照如上所述的内容进行思考，开头配角次第的"探寻神之昔迹……前往葛城山"那一句，并不是"探寻葛城之神（一言主）之旧迹"的意思，而必须是"探寻高天原昔（天照大神）之神迹"的意思，其间还巧妙地与结尾部分的"高天原之岩户舞"相呼应，由此大家应该也都清楚了吧。配角（修行僧）登上修炼的灵地葛城山来寻访神迹，在暴风雪中行走至天黑，前主角（葛城神明的化身）带领他到了山间居屋中，讲述了自己身负佛法责罚的诅咒，承受着三热五衰之苦，请求修行僧们救赎（请参看他稿《三轮》）。此后，主角被配角祈祷的佛法所吸引而现身，在"皓月当空，白雪晶莹，银装素裹的白妙景色"中，一边显现出对面的天之香久山，一边在此神迹处表演高天原往昔的大和舞。

从这一言主神的女角中，天照大神的形象呼之欲出。关于其修辞及唱词中的世阿弥特征，已经有香西精氏的论述（请参看《能谣新考》）。不过，也有人指出，有关岩桥神话故事与《古今集》在组合上的异样性方面还存在构思上的难点，但如上所述，只要对中世人们的认知状况有了充分的了解，那么就能明白到其构思和主题实际上是具有一贯性的，也可以说《葛城》就是世阿弥所作，这点毋庸置疑。

　　还有，葛城神明被描写为女性，这在《舟桥》中也有记载，比如"吾亦女葛城之神，"还有《参诣物语》中也说到，"居大和国葛城郡之一言主神，乃昔天津乙女……隐居金刚山下坂之上岩屋，誓成神。"这份资料虽属晚期，但前面所提到的《蜻蛉日记》也是同样，都是以一言主神为女性这一认知为前提，并在修辞技巧上将其比拟成女子的。顺便说一下，三轮明神及稻荷明神等除了有作为男性的神的说法之外，也有将其视为女性的神的说法。

（《观能》二三九号，昭和五十六年一月）

邯郸——了悟尘世如梦

蜀国有一位苦恼于人生的青年叫卢生（主角），为了找寻佛门及道家之师而赴羊飞山，途中在邯郸村落避雨，一位民家女主人（旁白·串场）借给他一个不可思议的枕头，他就此枕着睡午觉了。梦中看到楚国国王的勅使（配角）来到其跟前，告诉他说陛下要禅让帝位于他，于是便被请去了京城。成为新帝后的卢生，度过了五十载荣华富贵的光阴，在一次祈祷长寿的酒宴上，他亲自跳起舞来，然突而醒来，发觉迄今为止的荣华富贵其实是梦幻一场，只不过是女主人煮饭的那一段短暂时光而已。卢生由此邯郸枕梦领悟到了世事无常，于是安然归乡而去了。

"邯郸一睡之梦谈"（本论中称为"邯郸谈"）将中国战国时代真实存在的赵国京城"邯郸"所具有的城市风貌当做城市的原貌来描写了。我们将结合中国小说、汉诗向日本传说故事和各种注释书的传播过程，对"邯郸一睡之梦谈"中所反映的百态诸相和历史展开进行探讨。本论主要是对能乐《邯郸》予以高度评价，将能乐《邯郸》定位为日本化了的"邯郸谈"故事传播中的一个过程；指出能乐作者以佛教无常观为基础，成功地创作出了别具一格的"邯郸谈"，这对之后日本人接纳"邯郸谈"故事产生了巨大影响。

其中，唐代小说《枕中记》迄今一直被认为是《邯郸》的典据，我们把它和《邯郸》做一下比较就可以发现，二者叙述梦中之事的情节相似度比较小，也很难找出证据来证明受到《枕中记》影响的中国作品，对日本中世的人们理解"邯郸谈"产生过什么影响，因此我并不认同《枕中记》就是《邯郸》典据的说法。相反，《重刊湖海新闻夷坚续志》不仅收录了"邯郸谈"，还收录了被认为与能乐《芭蕉》的构思有关联的"芭蕉精"，因此我认为这到有可能是"邯郸谈"的典据，在此介绍给大家，以唤起各位的注意，这应该是还未曾有人提出过的新见解。

邯郸曾是中国战国时代赵国的京城。《胡曾咏史诗》以"邯郸"为题的诗，"晓入邯郸十里春，东风吹下玉楼尘，青娥莫怪频含笑，记得当年失步人。"我觉得这才是邯郸原有的历史形象，但传说故事中卢生在邯郸享乐的故事却有着巨大的力量，以至于将邯郸本来的形象彻底埋没了。

很早以前就有人指出《邯郸》的典据是唐代小说《枕中记》。确实，《枕中记》说的是在邯郸的一家客栈里，卢生向道士吕翁借来枕头，在黄粱一炊期间梦见了荣华富贵。单从故事梗概而言，的确与《邯郸》是相似的，但是作为故事核心的梦中所发生的事情则两者相去甚远，《枕中记》的梦主要是反映了当时风俗、社会、政治情况。很难让人认为《枕中记》本身就是能乐《邯郸》直接的资料来源。在中国，好像《枕中记》也不是唯一的邯郸传说，譬如说在《重刊湖海新闻夷坚续志》后集卷一（《适园丛书》所收，根据古刻本）中，就有一篇题为"一梦黄粱"的文章，内容如下：

> 开元中，道者吕翁，经邯郸道上，邸舍中有邑少年卢生，同止于邸，主人方蒸黄粱，共待其熟，卢不觉长叹，翁问之，具言生世困危，翁取囊中枕，以授卢曰：枕此当荣适所愿。卢俯首，但记身入枕穴中，遂至其家，未几登高第，历台阁，出入将相五十年，子孙皆列显仕，荣盛无比，上疏曰：臣年逾八十，位列三台，空负深恩，永辞圣代。其夕九十，卢生欠伸而寤，吕翁在旁，黄粱尚未熟，生谢曰：此先生所以窒吾欲也。再拜受教而去。（注："其夕九十"应是"其夕卒"）

上面的文章归纳了《枕中记》的内容。当然，还不清楚这与中日两国对黄粱一炊的理解是否相关，但是，邯郸传说的框架已经十分完整了。上述《湖海新闻》中也收录了"芭蕉精"

的故事，正因为它与《芭蕉》的构思相关，所以受到人们瞩目。另外还有一些受到《枕中记》影响的作品也非常有名，比如马致远的《吕洞宾三醉岳阳楼》《邯郸道省悟黄粱梦》等元曲，明朝汤临川的《邯郸记》等等，还有收录于《道藏》中的《纯阳帝君神化妙通纪》里有一篇"黄粱梦觉第二化"，其中亦可看到该传说的变型（根据三浦国雄氏）等等，林林总总。不过，在这些文献当中也很难找到证据，来证明其对日本中世的人们理解邯郸传说产生过什么影响。

另一方面，苏东坡和黄山谷也有诗谈到邯郸传说。如东坡诗集中的"世间万事寄黄粱"、"邯郸深得枕中仙"，黄山谷诗集中的"盖世成功黍一炊"、"昨梦黄粱半熟"、"百年才一炊"、"邯郸初未熟黄粱"等等。虽然不清楚他们对邯郸传说是如何理解的，但是可以确信无疑的是他们都对此怀抱着浓厚的兴趣。在日本的禅林文化中，人们因为爱诵读苏东坡和黄山谷的诗，通过上述诗句也应该接触到了邯郸传说，例如东坡诗抄《四河入海》，因其浩渺庞大，我还未能深入探讨。时代稍稍延后，《山谷诗集抄》中记载了"为官五十年，享乐百年间，不过炊黍事，原是一梦幻"，"人生如昨梦，其中幸得富贵，亦乃一炊之梦，等同卢生五十年之荣华"等，这些描述都不言而喻了。还有《汤山聊句抄》中使用了吕仙翁的名字，这也被间狂言版本继承下来了。

日本的邯郸传说可说是焕然一新的故事，与《枕中记》等有着天壤之别，得见于《太平记》二十五。它作为与众不同的故事而闻名，但实际上，同一系列的故事还出现在注有应永十二年（1405年）年记的静嘉堂文库本《和汉朗咏集和谈抄》中（根据黑田彰氏）。其中对"仙家"还作了"壶中天地乾坤外，梦里身名旦暮间"的注释，摘抄如下以做参考。我把汉文体的部分改成了带假名的日文形式，增添了送假名。另外，我和田彰氏共同编著的《和汉朗咏集古注释集成》计划全三卷出版，《和谈抄》也是其中收录书籍之一。

昔，有客无才智而思富贵。闻楚国之君寻贤才之臣事，为贪恩爵而越楚。行至难所云剑阁山，疲而憩于邯郸旅亭，有仙人云吕洞宾，知其心，暂借其梦枕。客入眠而做梦，梦见楚王遣勅使来，招客去。悦而即赴楚国王宫。楚王设席附近，问及道义。客每回答，诸卿皆倾首耳听，心中信服。楚王大悦，授其将相之位。三十年过后，楚王忽崩。其娶第一公主为妻，从官士女好衣珍膳，如意也。至五十一年，妇人生太子，因楚王无可继位之子，故大臣大悦，立此孙即位，奉为楚王，客与妇人皆如上皇国母。王子三岁时，始游洞庭，

集舟三千余艘，数百万人侍客，欲游玩三年三个月。紫髯老
将解锦衣，青娥女御唱棹歌。不觉白驹过隙，即满三年三个
月时分，妇人抱太子立于舷而逍遥自在，孰料妇人太子皆
落海底。数万伺臣见状呼喊骚动，客方梦醒。

上述的记载和《太平记》中的内容互有繁简，难以立刻判
断孰为典据，但作为日本别具一格的邯郸传说类型，反映出了
它产生或传承等情况，从而引人注目。

对邯郸传说进行了如上的探索后，我发现谣曲《邯郸》在
继承了"邯郸传说"框架的同时，在内容上描述的都是全盘日
本化了的唐朝景象。对此，我无暇在这里进行更详细的叙述
了，不过，把卢生设定成为寻求一大事因缘（佛道）之人，在
登上荣华富贵之巅时幡然觉醒得道开悟，这部分的内容一方
面折射出了原作受庄子的思想影响，同时也充溢着日本传统
佛教的无常观。创作出如此日本式邯郸传说的《邯郸》作者，
必有其非凡的过人之处，因此，说它在这之后一直左右着日本
人对邯郸传说的理解也不为过吧。

（《观能》二四九号，昭和五十八年一月）

吴服——闻名遐迩的吴服村

谣曲《吴服》的故事梗概是：侍奉当朝的臣子（配角）从摄津国的住吉前往西宫，途经吴服村，听闻织布的声音。发现有两位女子（前主角·主角助演）正躲在松树树荫下织布，颇感疑惑，便问其姓名，她俩答说是古时的吴织和汉织，并委婉道出她们是为了可喜可贺的天皇为政而现身的。两位女子讲述了她们应承一位臣子的请求，为祝应神天皇登基渡海而来，织出御衣献给天皇，并受到天皇的赞誉等等，然后约定要将锦织品献给当今的天皇，便消失不见了。夜深时分，吴织（后主角）现身了，婀娜动人，翩然起舞，织出布来献给天皇，祝福其太平盛世。

本论由两部分构成，在前半部分主要就《吴服》创作方面的知识性基础来展开论述。自平安时代以来，在和歌界具有权威的各种和歌学理论，到了室町时代就为连歌世界所继承，而能乐作者也从中摄取和利用了连歌世界的这些知识。论述的要点是，首先介绍《吴服》的部分内容，接着提出两个运用连歌方面的知识所解决不了的问题点，然后引用《吴织汉织大明神略缘起》、《摄津国吴织汉织神主神人记》这两份以前见所未见的资料，通过对它们的解读提出新的见解。另外，关于提到的那两个问题，一个是这谣曲原本的构思是表现天女的能（《吴服》是表现天女的能这点得见于金春禅凤的艺谈《禅凤杂谈》），主角和主角助演都被认为是神女；另一个问题是作为本曲的舞台，吴服村与中世以来的地理环境有所不同，被认为是在海边。

由于作为我新观点依据的《略缘起》《神人记》属于"不广为人知"的资料，因此后半部分则参照各书的后记或跋来介绍其概要。关于内容的可信性，有人认为是"具有作为三社相关的基本资料的价值"，但是我总觉得这种观点有一个前提，就是经过篡改后再流传的内容中并没有这些信息。

一

上古时代，有织女从吴国渡海而来的故事广为人知，《日本书纪》（应神记、雄略记）中亦有记载。但是《吴服》并没有直接引用《日本书纪》作为典据，我们只要比较一下两者的内容就清楚了。关于《后撰集》恋三中清原诸实的和歌"恋君捎赠吴织绫，即归不越二村山，"和歌学界曾围绕"吴织"的语义展开探讨，而谣曲《吴服》也是以和歌学界提出的各种观点为基础的吧。他们把"吴织"解释为"绫子的名字"，此外"在某些说法中又成为了两个织绫者的名字，说一个叫吴织，另一个叫汉织"（《奥义抄》）。还有人说"又，穴织于奥义中写作汉织，误乎"（《袖中抄》）。又或者说"吴国小纹绫乎"（《绮语抄》），"称凤竹织，不过推量尔"（《和歌童蒙抄》）。这些说法后来被连歌界所接受并继承了下来，成为人们最基本的认知，所以可以说谣曲《吴服》基本上也是对这些认知进行了取舍选择后创作出来的。

但是《吴服》中还有一些理解，仅仅依据这些和歌方面的知识是无法解释清楚的。其中一点就是，正如《吴服》原本的构思是表现天女的能乐，主角和主角助演都被看作是神女。关于这点有记述说"仁德天皇七十六年戊子九月十七日十八日二女神降临。其后有神谕之事。天降吴服村。天皇叡赞此灵异，建立两神社，祭礼不怠"（《吴织汉织大明神略缘起》），其中的神谕就是"我天照大神变作，降临此土，为衣神令人无寒烬之苦云云"（《摄津国吴织汉织神主神人记》）。正如吴织汉织社的缘起所叙述的那样，两位织女是神体。我们必须要考虑到这种认识是其创作的基础。在《吴服》中，当配角见到古时候的绫织二人在当下出现，感到百思不得其解，而且其主角还言及地名的缘起说："首先你知道为何将此处命名为吴服村？ 因吾等在此处之缘故尔"，这也表明了并非只是从对"吴服"这一和歌词语的理解来创作的。

　　还有一点就是，在有关其神社位于吴服村（大阪府池田市）的缘起中，还有传说是在猪名凑、唐船渊等海边。在中世，吴服村已经在沿着西国街道的地方，而且远离大海，但是《吴服》的唱词中却不同，配角在唱到"沿着海边前往西宫"的途中，到达"难波泻，在前方海滨一带闻名遐迩的吴服村"，而在那里登场的主角和主角助演所唱的一声内容是："吴织汉织之渔村里，常年住着海女，波涛澎湃涌来，伴随着白线织布声"，她们却是以渔村海女的形象现身的。关于这一点，《解注谣曲全集》指出了地理上的矛盾，说"既为海女，吴服村必在海滨……故丰能郡池田乃古吴服村之说（《谣曲拾叶抄》）与谣曲作者的构思相去甚远"，我们应将此看作也是反映了缘起世界的一种构思。

　　即便是根据《日本书纪》记载，"云吴服部之绫织"（《太平记》）之说作为历史知识确实存在，但是关于吴服村吴织、汉织缘起的民间传说被所谓的文艺世界所采用的例子，在谣曲以前自不必说，在谣曲之后也难觅其踪迹。"猪名凑"这个地名仅仅出现在《新撰歌枕名寄》中，这或许是出于对万叶集的关注吧，而浩瀚的《歌枕名寄》中根本没有收录。如此看来，谣曲《吴服》可谓是相当特殊的文艺化的例子。

二

　　吴织、汉织社的缘起本身并没有迹象表明是广为人知的。以我之浅见来看，只见到多和文库所藏的《吴织汉织大明神略缘起》一种，为假名、真名的两卷抄本。根据此书的跋，传说它是庆长年间汉织神主右卫门佐秦定明所撰述，而在原来的誊本旁边加上训注则完成于松下见林之手。然而，关于此缘起略传的成立，原本就有多田满仲供奉给神社的二卷绘传（往古缘起），作为三社（秦上＝汉织、秦下＝吴织、猪名津彦）的缘起，在大永年间已在兵荒马乱中遗失了，所以就有二条关白尚基公将自己所持有的版本拿出来再度誊抄，是由久我大纳言丰通卿誊写的，标题剧目则出自近卫关白政家公之笔。据说在此还加了一句说"在此追寻吴竹代代之往昔云云"，称为中古缘起。但据说这版本在天正年间也被战火烧光殆尽了，所以直到庆长年间才制作了仅留下一、二卷的略缘起。而将此事记录在书跋中的，是元禄六年（1693 年）的汉织稻津彦二宫神主秦定直，此事的记载在同文库所藏的《摄津国吴织汉织神主神人记》中也可查到。这部"神主神人记"又被称为《三社本记》，在应永十二年（1405 年）六月十三日由"猪名津彦神五十五世孙，穴织猪名津彦兼二宫神主从四位下秦定名"记录。其内容涵盖了三社镇坐的由来，以及社域、社祠、末社、神主神人由来、神事等等。据此可以将三社的变迁归纳如下：仁德天皇七十七年（389 年）十一月十三日创建秦上神（汉织社）、秦下神（吴织社）。反正天皇三年（408 年）十一月十三日祭祀猪名津彦神二座（阿知使主、都加使主），定为三社。此外，据说阿知使主的四代孙担任了秦上社职位，还兼任猪名津彦社职位，他的弟弟担任秦下社职位，同时赐姓秦。桓武天皇延历四年（785 年）复兴，兴建相殿、末社，清和天皇贞观元年（859 年）再兴，在天禄年间由多田满仲进行修复，一直到文治三年（1187 年）由源赖朝再次兴建。正中二年（1325年）后醍醐天皇御笔赐匾额——汉织大明神、吴织大明神、为奈都比古大明神，由此改神号，之后在历应二年（1339 年）又由足利尊氏再兴。

关于秦定名编著的《三社本记》中记有，"摄津国穴织大明神神主修理太夫秦定基"，在天文二十一年（1552 年）还增添了加注以及应永以后的事件，敬供池田筑后守胜正览阅。在庆长七年（1602 年），又增加了"为奈都比古大明神六十二世孙，穴织猪名津彦二宫之神主、右卫门佐秦定明"之后的事件，然后通过片桐且元进献给丰臣秀赖。宽永十五年（1638年），因"稲津彦六十四世、摄津国穴织大明神神主河村三右卫门秦定辛"与平野社有缘，故临摹此书供奉于平野社神库。

元禄十六年（1703 年），"平野社正部正西位下伊藤氏右近藤姓家贞"又据此进行了加注，随后赠予"稻名津彦六十六世孙。穴织大明神神主河村缝殿佐秦定直"。宝永二年（1705年），秦定直在对年历进行了考证，并书写下就是现存的"神主神人记"的本文。这样，虽然经历了多个阶段的加注增补，但是我认为它作为与三社相关的基本资料具有一定的价值，鉴于它是迄今不为人知的资料，而在此介绍一下它的概略。据上所述，庆长时期已经存在的书籍除了有《神记十六卷》、《家记八卷》、《祭事式三卷》、《神人系图四卷》、《旧迹名寄二卷》、《三社神主神人记》、《拾要记》、《神主累叶闻书》、《神人古老口传》等十四部之外，还有定明撰述的神宝社烧毁记、勘校物、旧潮记、新土记等。另外《池田市史》所提及的《穴织宫拾要记》也好像是秦定直参照上述《拾要记》所撰写的，他还增补了庆长之后的各类事件。

（《观能》二六一号，昭和六十年五月）

源氏供养——寄予一卷轴

安居院的法印（配角）前往石山寺参拜，途中被一名女子（主角）叫住了。那女子告诉他说自己虽然因撰写《源氏物语》而声名鹊起，却因为没有供养光源氏而无法成佛，而请求法印帮她供养源氏。同时还希望法印能为其做超度，暗示自己是紫式部后消失了身影。夜深时分，法印在石山寺进行供养，紫式部的亡灵（后主角）出现在他面前，感谢他为其举办佛事，并递给他一份记有其愿望的卷轴，后翩然起舞。这时出现的紫式部实际上是石山寺观音的化身，她为了让世人明白世事无常而写了《源氏物语》。

关于谣曲《源氏供养》的出典，我将提出自己的新观点。还有，此作品向来被人认为在结构上不甚合理，对此我也将提出认为其结构合理的解释，这两点就是本论的要点。

《源氏物语表白》（以下皆称《表白》）是一篇祈祷文，虽然使用了《源氏物语》的卷名，但主要是祈祷紫式部能够成佛。一直以来，人们普遍认为《源氏供养》是参照《表白》所创作的。然而，《表白》只和《源氏供养》中被称为曲舞的小段相重合，很难想象《源氏供养》之外的部分也都是根据《表白》构思出来的，所以我才会对普遍的说法表示质疑。并经过比较分析，提出了《源氏供养草子》（以下皆称《草子》）为直接出典的新观点。正如本论所示，《源氏供养》和《草子》在构思上以及内容上有许多重合的地方，可以说这一新观点应该能够得到大家的认同吧。

另外，对于主人公紫式部所跳的曲舞部分，有人说接受超度的对象却为了超度自己而跳起舞来，这种安排一看就很不合理。对此我也提出了新的解释，首先我认为本曲的曲舞不单单是引用了《表白》，而是作者世阿弥按照其在传书中介绍的"道之曲舞"所演绎的正规曲舞结构，将内容改编成紫式部用以表现"观无常欣求净土"的舞蹈，然后再综合紫式部以曲舞舞蹈装扮出现的这一情节，从而安排出了紫式部跳曲舞的可能性。

> 愿以今生俗文字业，
>
> 狂言绮语之误，
>
> 翻为当来世世赞佛乘之因，
>
> 转法轮之缘。　　　　（《和汉朗咏集》佛事·白乐天）

所谓的文学活动原本就是违背佛法教义的罪恶，这种想法自平安中期在日本就已经很普及了。与此相反，另一方面它也起着引导人们去领悟佛法的作用。《源氏物语》便是最具代表性的作品，因此在中世就逐渐形成了普遍的对《源氏物语》的理解，认为作者紫式部坠入了地狱，而为她进行超度对读者而言也是一种救赎；另有作者闭居石山寺撰写物语，并模仿天台六十卷创作了六十回；作者实际上是石山观音的化身等等（关于这点已经有许多论述了，如伊井春树氏的《源氏物语的传说》昭和五十一年，敬请参照，昭和出版刊等一）之说。

自《谣曲拾叶抄》成立以来，人们普遍认为谣曲《源氏供养》反映了上述这种中世人们对《源氏物语》的理解，尤其是参照了传说中安居院圣觉法印所作的《源氏物语表白》（谣本前附、《谣曲大观》等刊载了该文）而创作的。确实本曲的〔曲舞〕摘抄自《表白》，这点毫无疑问。但是，并不能认为《表白》就是其整曲构思的基础，这两者绝不等同。要说自从《表白》被誊抄在《源氏物语湖月抄》中以来，虽然已经家喻户晓，但是人们并不清楚它在之前的时代是以怎样一种状况流传的。比如说，赫赫有名的连歌师兼载誊抄的《表白》（内阁文库本）是参照了莲心院（正亲町公久）的藏本，但它却不一定就是在连歌师中流传的版本，两者性质似乎不同。我认为即便谣曲作者也看过类似的《表白》版本，但很难想象他就由此而产生了《源氏供养》的构思，并且添加出后面所要叙述的内容和风格。

如果我们据此结论的话，我推断被认为在南北朝时代就已经成立的《源氏供养草子》是《源氏供养》的直接出典。关于《源氏供养草子》虽然各人有各自的论述，不过我还是想参照德江元正氏的论文"国籍类书本——围绕《源氏供养双纸》"（《Biblia》，昭和五十三年十月）。在《表白》文艺化这点上，它和《源氏供养》一样，是一部受到人们关注的文学作品，其梗概具体如下：

> 安居院法印圣觉处，有一位年轻貌美的尼姑来访，她拿出一卷华美的经书说道：小尼自幼爱读源氏物语，虽已是遁入佛门之身，然对此书依旧念念不忘，故将源氏物语作纸稿抄写法华经，还烦请法印供养。圣觉法印谢绝不成，恭受此经，当即缀以源氏卷名来诵读表白，尼姑包沙金百两作布施。其后尾随尼之归车，方知尼乃中关白之千金（准后藤原道子）。

这段内容在构思上与《源氏供养》类似，而且造访安居院法印的女子拜托供养的故事梗概也都一样，这自不用说。 在《草子》中，表白以"紫式部拯救众生于六趣苦患"结尾

（《表白》中还有末尾语句），接着在〔曲舞〕的结尾部分有"紫式部助后世，且鸣钟，佛事俱矣"，这是沿袭了"须臾，鸣钲推桌，"由此可以说谣曲的直接出典是《草子》吧。所以，表白的（曲舞）应该不是因《表白》而是因《草子》才被采用的，而将此作成"心中生所愿，寄予一卷轴"（平调曲）也是受到了《草子》中展示法华经给圣觉看这一描写的影响吧。提及布施之事的〔问答对唱〕也是如此。再者，以紫式部为主角，或许也有受到前述《草子》中的表白以"紫式部拯救众生于……"结尾的启发吧。不管怎样，由此在有关源氏供养的思想史上不仅产生出紫式部自己跳超度自己的舞曲这种另类的文艺创作，而且在作品结构上也把曲舞组合成〔次第〕—〔一声〕—〔彩色〕—〔高调曲〕—〔平调曲〕—〔曲舞〕—〔二段曲舞〕这样的正规形式，并让跳舞的主角戴上乌帽子，打造出了一个跳曲舞的紫式部，这也是其引人注目之处吧。有人指出就结果而言，本曲的难点在于作为供养对象的紫式部自己跳表白舞，这不甚合理（小西甚一氏"作品研究 源氏供养"，"观世"昭和四十七年四月）。但如果只是把〔曲舞〕视作表白，那么这种指出是有其道理的，然而〔曲舞〕究竟是否就是表白或是其他呢？　的确，〔曲舞〕参照了表白的语句，因此不可否认〔曲舞〕中有含糊不清的地方。不过，它和本曲唱词中多次有意识强调的"梦幻"尘世的手法相辅相成，就内容而言又可以说是非常契合现世的无常观，以及渴求往生净土的祈求，这就不仅仅是将表白本身引用到谣曲中，而且我还认为是作者将其演绎成了如卷名所示的是表现观无常欣求净土的曲舞。正因为如此，才塑造出如上所示的曲舞形式吧？

相对于全盘接收《源氏物语》卷名《表白》的问题，本谣曲的〔曲舞〕有二十六卷，加上〔论议〕和〔结尾〕，总共有二十八个的卷名。我曾经在课堂上诵读过本谣曲，当时有学生提出了自己的看法，说这是否模仿了法华经中的二十八品？这倒是个颇具魅力的解释。如上所述，"心中生所愿，寄予一卷轴"这一句〔平调曲〕的确是参照了《草子》中的法华经，而我认为这也可能表示用法华经二十八品体现出二十八个卷名。

（《观能》二五二号，昭和五十八年九月）

源太夫——日夜守护东海道

本谣曲说的是侍奉当朝天皇的臣子（配角）去参拜热田神宫，半道上遇见了一对守护神宫的老夫妇（前主角、前主角助演）。这对老夫妇告诉他热田神宫和出云国大社实为一家，而且古代素盏鸣尊救了手摩乳脚摩乳夫妇的女儿稻田姬，降伏了大蛇。还说在热田，稻田姬化身冰上明神，而她的老父脚摩乳则化身成源太夫之神，并亮明自己的身份其实就是手摩乳脚摩乳夫妇，最后消失了身影。到了夜晚，橘姬（＝稻田姬，后主角）和源太夫之神（后主角）一起现身，为那臣子奏乐起舞（本论中把老父写作手名椎命，是根据"热田深秘"之说。另外，《五音》所收的《热田》也采用了同样的论据）。

在这里，我将论及三个方面的问题，其中两个是有关谣曲原文解释的问题，另外一个是有关能乐《源太夫》的成立与作者的问题。

在前两个问题当中，有把源太夫视为道祖神（守护旅途安全的神明）的认识，这在原文中已说得十分清晰了。关于"ヒカミ"的汉字应对应为"冰上"的说法，在所引用的资料中是以"热田深秘"为根据的，而"热田深秘"认为"宫簧媛"（日本武尊的妃子）是供奉在

"冰上宫"的，也就是说融合了稻田姬就是素盏呜尊的妃子，她和宫簧媛是同一人的观点。

第三个方面，世阿弥编著的《五音》（祝言、幽曲、恋慕、哀伤、阑曲之五音曲的例曲集）所收录的《热田》和《源太夫》的〔平调曲〕〔曲舞〕几乎如出一辙，我想以此为基础来对两曲的关系进行探讨。在此，我推翻了自己之前认为是异名同曲的说法，以在谣曲原文中所见的分歧（前场的稻田姬到了后场变成了橘姬）为线索，对两者之间或存在改编等关系作种种假设，再根据原文内部的表现特征进行分析，推测此曲是否可能是经世阿弥或者金春禅竹之手进行过修改的。此外，我也曾提到谣曲原文中写有"独立的谣物""完整曲"，这是根据能乐研究者的共同认识而提出的。能乐研究者们指出《五音》收录的谣曲都只有〔高调曲〕〔平调曲〕〔曲舞〕等部分，是否仅凭此就能将其视作是完整的作品呢，或看做是整首曲的一部分呢，这还有必要根据内部特征加以判断。

现在，《源太夫》只有金春流派在表演，去年夏天在生玉神社曾以薪能的形式上演，想必还有很多人都记忆犹新吧。与其〔高调曲〕〔平调曲〕〔曲舞〕相同的唱词，早在世阿弥的《五音》中就被以"热田"之名记载其中，还特别注明那是田乐喜阿作的曲。《源太夫》的内容大家都耳熟能详，其中有说天村云剑是热田八剑神宫，还有说八歧大蛇的神话故事中经常提到的是奇稻田姬的父亲手名椎命"父改老翁名，显作源太夫之神"。这些说法实际上反应出了中世人们对神代的一种理解，至于所谓的"热田深秘"说法，我已经在其他论稿中叙述过了（"热田深秘—中世日本纪私注—"，"人文研究"昭和五十五年三月）。

《源太夫》〔曲舞〕的末尾唱到"父改老翁名，显作源太夫之神，誓守东海道之旅人"（这和《热田》中的"父之老翁名手名椎"稍有不同），而且后主角的〔自报姓名平调曲〕中的"吾为无缘之众生谋利，日夜守护东海道之源太夫之神便是在下"，这些虽然都诠释出了其神明的资格地位，但这并不属于"热田深秘"的说法。除此之外，《源太夫》中还存在着道祖神的信仰。《兼邦百首歌抄》（续类从所收）描述了作为道祖神的猿田彦之神，其中记载说"道祖神，虽有众说，尚以神宫之兴玉神、出云之手名椎、日吉之山王、热田之源太夫，舟之舟玉、埼玉、岐神、蹴鞠之明神等也"。热田这个地方是东海道的要冲，这点不言而喻，供奉在那里的源太夫也被尊为道祖神，意思是"誓守东海道之旅人"、"日夜守护东海道"等，这应该不会有人质疑吧。

同一〔曲舞〕中，有一节还说"故而ヒカミ明神乃当时之

稻田姬"。关于ヒカミ，我没有调查过版本的种类，但在翻印本中对应的汉字是"簸上"。这大概是根据稻田姬是居住在出云簸川边这一神话所作的推测吧。实际上，在中世的热田，有大宫、八剑宫、日破宫、冰上宫、源太夫、大福田、纪太夫、青衾等神社，被认为是"南方宝生佛宝，宫簸媛，今乃冰上宫也"（续类从本《热田宫秘释见闻》）。如此说来，既然是参照了"热田深秘"，那么ヒカミ就应该对应为"冰上"二字。

这暂且就说到此，在前面提到的拙稿（"热田深秘"）中，我曾就《热田》和《源太夫》的关系进行过探讨，我个人认为与其说是把独立的谣物《热田》改编成了能乐《源太夫》，倒不如说古世的《源太夫》很有可能就是完整曲《热田》。关于这点，备中屋一噌的笛传书、《神代卷取意文》等（这点我在他稿"天照大神和申乐之翁"中曾有谈及，"瑞垣"昭和五十三年三月）都推测认为天之岩户的神乐中负责太鼓的就是源太夫，而有如此推测的理由是基于《源太夫》的构思，尤其是后段的主角源太夫负责的太鼓成为了看点，另外，《热田》〔曲舞〕中唱道"我乃手名椎足名椎，女名稻田姬"（和《源太夫》同文），也像是以老夫妇作为主角和主角助演登场的形式为前提写的，等等。但是，这并不一定就是《源太夫》和《热田》为同一首歌完整曲的根据。重新思考一下，

〔曲舞〕中说到女儿的名字叫"稻田姬",而后主角自报姓名却是"橘姬便是奴家",对此,我不得不说还是存在有不合理的缺陷。正如前面在其他论稿中所指出的那样,关于橘姬,有人认为是"尾张国热田之源太夫之女乃橘姬"(良遍《日本书纪闻书》),正因为和手名椎命(源太夫)的女儿稻田姬是同一人,所以才会有我们所见到的这样子的创作。尽管如此,所以安排前场为稻田姬,而后场是橘姬,这也许和《源太夫》成立之时有过改编等情况有关吧。因此,《源太夫》也许是根据谣物《热田》创作出来的能乐,也许是能乐的改编曲,又或许是完整曲《热田》的改编曲等等,可以有种种推测。不过,我还是觉得现存的谣曲《源太夫》并不是将完整曲《热田》就这样原封不动地改个名称了事的。

对此,我认为现存《源太夫》的唱词可能是经过世阿弥或者金春禅竹的修改的。不仅前场的构思和《高砂》等类似,尤其引人注目的是,在后场使用了极具特征性的语句,比如:A"有趣之游乐"、B"治世之音安以乐"、C"宫商上扬下抑之声,婉转优美之舞歌之曲"等等。A的语句在《融》、《采女》中也能看到,"游乐"一词在世阿弥的传书中频繁地被使用,正如表章氏所说("作品研究 融","观世"昭和五十五年八月),这好像还是世阿弥创造的词语。B、C则是根据《毛诗大序》所写，世阿弥在传书中也有使用，但谣曲中几乎无例可寻。不过，C的"声婉转优美"在《经正》（以及《鹭》）中也有使用，而我在其他论文中也曾提出过《经正》很可能是世阿弥所作（请参看另稿"经正——憾留虚名之夜游哉"）。因此，我认为存在有世阿弥介入《源太夫》的可能性。另一方面，这些条件也都符合金春禅竹的情况。而且《源太夫》目前只有金春流派仍还在演出，加上前述对稻田姬、橘姬的处理手法又不太像世阿弥的风格，因此我又觉得是不是金春禅竹的可能性更高一些。怎样才能把握金春禅竹所作的谣曲，我还处于暗中摸索的阶段，一时难下定论，现在只是把自己的一些所思所想提出来，还留待今后进一步探讨。

（《观能》二三七号，昭和五十五年十月）

恋重荷——断其念之权宜之计

　　话说打扫庭院的老人山科荘司（前主角）在窥见了妃子（助演）的仪容后，不由陷入恋慕之中。妃子听闻此事后，便让朝臣拿了一个精美包裹去告诉老人，说如果他能拿着包裹在庭院里来回走上千百次，她就会在老人面前现身。山科荘司听了很高兴，想要拿起包裹，不料那包裹沉甸甸的，怎么也拿不起来。山科荘司在愤恨之下寻了短见。妃子害怕其亡魂作祟而现身了，这时山科荘司的亡灵（后主角）也是一副凶神恶煞的模样出现在她面前，诉说着自己的怨恨，并责怪妃子。最终山科的心情得以平复，还说会成为妃子的保护神，然后消失了。

　　本章主要概观有关《恋重荷》谣曲原文的古老形态的论述、原文在近世观世流派中的变迁以及古代演出论。首先简单介绍了本章中出现的人物，古老形态的论述中所说的元赖是指室町后期观世座的配角——小次郎元赖，他的父亲同样也是观世座的配角，就是著名的能乐作者弥次郎长俊。还有妙庵，他是战国武将细川藤孝（幽斋）的三儿子幸隆，在晚年改名为妙庵玄又，是一位众所周知的能乐爱好者。了随虽然出身不明，可能是金春流派的行家。接着在叙述观世流《恋重荷》谣曲原文的变迁时提到的观世滋章、清亲、元章，他们分别是十三世到十五世的观世大夫。另外，元章还作为对观世流谣曲原文和演出进行大幅度改编的观世大夫而为人所知（所谓的明和改正），这些改编不少都被现在的观世流派的能乐继承了下来。在最后的古代演出论中，因为引用妙庵本的关系，将着眼于其中记载的演出注记，并结合现行版本和谣曲的担任者有所不同这一点，来对古代演出进行解读。

《申乐谈仪》中也记载了《恋重荷》是"世子作"，因此大家相信其是世阿弥的作品，但是，除了宽政五年（1793 年）音阿弥在纠河原劝进猿乐中有过本剧的演出等为数不多的例子之外，整个室町时期都未见有其演出的记录。当然，诚如后述，《妙佐本仕舞付》中有详细的舞谱，《恋重荷》也不一定就绝迹了，但至少可以说是稀有的能乐吧。现存的上挂流派古抄谣本寥寥无几，似乎也印证了上述状况，除了元赖版本（天文二十四年〈1555 年〉临摹了长俊本）之外，加上松井家藏的妙庵本（是天文年间洼田统泰版本的临摹本）和同为松井家藏的第一缀本（室町末期临摹），总共只有三本。

因为岩波古典大系《谣曲集》上里面有元赖本的翻印本，

所以我们很容易能够知道，那是现存最古老的谣本，而且它的
原文和现行版本大相径庭。因此人们一直以为元赖本就是古
老形态，而现行版本是从古老形态转变而来的。不过，根据松
井家所藏的两个版本，如今我们也都知道它们在结构上和现
行版本几乎一致，因此反倒可以认为元赖本才是改编后的作
品。因为元赖版本的最大特征就是开头配角的〔自报姓名〕。
而在现行版本中配角的唱词是安排在幕间狂言的后面，两者
加在一起，〔自报姓名〕就变得过于冗长了。而且元赖版本中
配角虽然说明了是奉女御之令让老人拿沉重的包裹的，但却
没说明那是为了"断其（恋）念的权宜之计"。比较一下元赖
本型和妙庵本型，我们就可以发现元赖本的唱词稍有不同，而
且有好几处不甚得当，这个问题在很大程度上关系到整曲的
构思及主题。就不在这里详述了，总而言之，很难说元赖本就
是古代形态。还有说元赖本参照的是长俊版本，所以也可以认
为长俊很可能曾经参与修改。顺便说一下，长俊曾经将《善知
鸟》的〔切能〕全面改编成了"外面的浜风"。另外，元赖版
本系列的原文也被了随版本等下挂流派谣本继承了下来（请
参看后面刊载的表章氏论文。而且，我认为是改编了元赖版
本，这和表章氏的观点不同）。

　　《恋重荷》这首谣曲只有观世流派保留，而且长期以来都

未能成为正式的上演曲目。不过，从正德年间开始由观世滋章、清亲出演，关于这点，表章氏的"《恋重荷》的历史性研究"论文中十分详尽。收集番外曲的三百番本在贞享三年（1686年）出版，其中也收录了作为江户时期出版的谣本《恋重荷》。此外，观世流谣本的最初版本好像是元禄三年（1690年）六月山长版，是外三十番的另外一个系列的版本（根据《鸿山文库本的研究》）。这和三百番版本基本相同，而且与室町时期的古抄本——妙庵本、第一缀本也差不多，因此我们可以将这一系列本子都视作观世流原来的脚本吧。不过，到了所谓的明和改正版本中，观世元章把《恋重荷》编入了习十番中，当时还将其作为明和版本的例子，并对一些有特征性的语句进行了修改，比如把配角定为"白河之御园之预，太田部猪名寸"。元章死后，明和版本被废弃，但《恋重荷》还是被视作观世流派所传曲目而继承了下来，并且作为谣本被收编于天明新十番中。不过它的本文虽然参照了旧本，但其词语还是明显地保留了明和版本所具有的特征，换而言之，就是以糅合了旧本和明和本的形式过渡到现行版本来的。

有关《恋重荷》原文的变迁如上概述，若不将元赖版本系考虑在内，那么从妙庵本等古抄本到现行本，在结构上并没有什么改变。不过其中有一点需特别注意，就是后段的绕走台步

（通过在舞台上静静绕走台步的方式表达内容或情感），在妙庵本中〔一声〕"诚然无由之恋慕"的后面是"情感表演"，这和《妙佐本仕舞付》形式相同。然后主角唱道："玉襷，庙傍山之山守"，伴唱接着唱"此般重荷无力持"的部分。而在古老形态中，这两句都是由助演（女御）来唱的。这与以主角演技为中心的现行本有所不同，而元赖本和妙庵本是一致的，而这都与助演在戏中戏剧性地受到报复密切相关。根据记载这一演出的《妙佐本仕舞付》，在前半部分，主角是用木棒去挑沉重的包裹，因没能够挑起来而感到愤恨和叹息。而在后半部分，后主角穿着翻毛鞋，以手持打杖的鬼形打扮，轻轻地拿起包裹，然后把包裹交给妃子，却是妃子提拿不动，跟跄跌倒等等，这一系列动作表现的活灵活现。

（大槻能乐堂·第十八回能之会公演小册子、昭和六十年十二月）

项羽——名为望云骓的马

谣曲中说的是割草人（配角）在乌江边割完花草后在回家路上，乘搭了一位老人（前主角）的便船。原本说不要船费的老人，等船一靠岸，马上改口要求以一株花代替船费。随后，老人从割草人给他看的花草中挑选了美人草，并告诉割草人这种花草与项羽之后虞氏颇有渊源，还讲述了项羽与汉高祖之战的故事给他们听，最后说明自己就是项羽的幽灵，然后便消失了。当割草人一心为他祷告时，项羽（后主角）和虞氏（助演）的亡灵现身了，再次呈现出虞氏在穷途末路的战况下自尽，以及项羽奋战血亡的场面。

项羽、高祖之战在中国的历史书上早有记载，特别是四面楚歌的故事颇为有名，其中项羽的爱马名为"骓"。不过，在据上述战争故事而编写的后日谈《项羽》中，那匹马被命名为"望云骓"。我对此持有疑问，因为作为历史事实，它的命名确实是一个错误，但这个例子显示了在文学艺术领域的确有人把项羽的马叫作"望云骓"，这点很重要。

成为问题焦点的"望云骓"实际上是唐朝德宗皇帝的御马的名

字，在唐太宗皇帝的御马中就有一匹叫"青骓"。本来应该是不同的马匹，但名字都叫"○○骓"，我认为正是这种联想才产生了《项羽》中出现的误解。不过，这一错误并不应该归咎于谣曲的作者，而是以项羽高祖故事为素材的文学艺术通过日本学界的注释而衍生出来的一种新认识，我们可以举《胡曾诗抄》为具体例子来展示这样的事例。本书此前多次论述过，这些注释书中的文辞和解释常常被用作谣曲原文及其构思的典据，此处也是其中一例。同样的还有《自然居士》原文中把"乌江"读作"オオコオ"（根据流派不同也会读作"オオゴオ"），而在《胡曾诗抄》中则读作"ヲウガウ"。

《项羽》前段，主角在描述项羽、高祖之战况时，说道：

　　且名为望云骓之马，乃一日驱千里之名马也，主人之命数虽已尽，仍折膝而卧，寸步不离。

然后中场休息前的伴唱：

　　自斩项颅，奉于吕马童，与原野之露共消，望云骓折膝相伴，落黄浊之泪……

唱出了项羽自刎的情景，同时这里也将项羽爱马的名字唤作望云骓。另外，这或许与绝曲《横山》有关，《横山》中有唱词云：

> 名为望云骓之马，一足能行千里之名马也，折膝落浊泪，寸步不离。

项羽、高祖之战在《汉书》、《史记》中都有记载，而《太平记》卷二十八中记述的"汉楚合战"故事素来闻名。尤其是听闻四面楚歌的项羽，为了爱妾虞美人和爱马骓，慷慨悲愤道：

> 力拔山兮气盖世，时不利兮骓不逝。
>
> 骓不逝兮可奈何！虞兮虞兮奈若何！

这个著名的场面自古以来无人不晓。不过，就这首诗以及我们所知的范围而言，这匹名马的名字是"骓"，但在谣曲中却将其命名为"望云骓"，这点颇令人费解。

当然，确实有一匹叫做望云骓的名马，唐代诗人元稹的诗作中就有《望云骓马歌》，根据它的序，可以得知唐德宗皇帝

乘坐八驾巡行蜀国之时，有七匹马在途中死亡，只有一匹望云
骓完成了来回行程，这匹名马在贞元年间老死于天子御厩中。
说起八驾，就联想到了《枕慈童》、《菊慈童》中记述的周穆
王的八骏（《穆天子传》、《白氏文集》八骏图等），可是在异
名众多的八骏中并未见有名字叫骓的马。不过，唐太宗远征时
乘坐的是六骏，唐太宗亲自作了六马赞，我们还可以看到在唐
太宗的陵墓前曾按当时著名画家阎立本所绘的六骏图雕刻而
成的石雕马（"昭陵六骏"，西安碑林藏），其中有一匹马叫
"青骓"。

作为骏马名的骓（原意是苍白杂毛的马），有项羽的骓、
唐德宗的望云骓、唐太宗的青骓等等，也许还有其他的，但这
些原本都是不同的马名，谣曲中把本应叫"骓"的马叫做"望
云骓"，这应该说是误解或者混淆吧。但是这种误解或混淆并
非谣曲作者的失误，因为在谣曲之外也有认为项羽的爱马是
望云骓的说法。

唐代有一位叫胡曾的人以历史事迹及源于历史事迹的地
名为题，创作了一百五十首七言诗，虽说对这类咏史诗的注释
很早就存在了，比如《新雕注胡曾咏史诗》（四部丛刊三篇所
收。陈盖注诗，米崇吉评注）。到了宋代，由胡元质著的《增
广附音释文　胡曾诗注》，也传播到了日本。再者，不仅有中

国的注释，也有日本学者根据中国的注释创作出的有独自见解的注释。在神宫文库所藏的一卷书中，其卷末记有"昔三国一山之源惠法印暇日注了焉"，源惠法印好像就是那位模仿古代狂言作者的玄惠法印。当然，这注释是否真是出自玄惠法印之手，还有待今后探讨，不过，它的内容已被应永十二年（1405 年）版的《和汉朗咏集和谈抄》、《三国传记》所引用（根据黑田彰氏），由此可以确定，望云骓的说法有可能在这些书成立之前就存在了。话说，以"垓下"为题所作的胡曾咏史诗及其抄录（根据内阁文库本，我将汉文体改为带假名的日文形式）如下：

　　拔山力尽霸图隳，倚剑空歌不逝骓。明月满营天似水，那堪回首别虞姬。

　　垓下，项羽战败之所也。今乃最后军队突围战之时，夜饮酒，美人虞姬悲离别。羽歌曰：力拔山兮气盖世，时不利兮骓不逝。骓不逝兮可奈何！虞兮虞兮奈若何！遂上阵奋战，自刎而死。今之诗，悉用此歌之词。骓，项羽乘坐之名马也。名为乌骓。或云望云骓。虞姬，项羽之妾也。号虞氏。骓不逝，马疲而不进也。

在此，我们就能确认到项羽的爱马"骓"也有被称为"乌骓"或"望云骓"的说法。实际上关于"乌骓"早在《新雕注胡曾咏史诗》中就注释曰："汉书云……王乃揽辔备乌骓而出"（前面提到的神宫文库本在诗题下还附记了参照了上述古文注的注释，不过其记作"史记……骑乌骓而出"），好像是受到了《新雕注胡曾咏史诗》注释的影响，当然有关这种说法的形成或者继承还是留待将来考证。

顺便说一下，可与上文的"垓下"相媲美的还有一首题为"乌江"的诗。由于版面有限，就不得不割爱了。不过，我觉得大家有必要了解，汉楚之争的故事不仅出现在《汉书》及《史记》等史书中，而且还为这类咏史诗及其所附带的注释所吸收。

另外，在上述注释中，"乌江"二字被标上了假名读音"ヲウガウ"，《太平记》中也有相同的例子。而在谣曲《项羽》中，好像各流派习惯唱作ウゴオ。相对于记为"ウカウ"的谣曲本文，《谣抄》中记载说"原为ヲウカウ。然，亦有称乌之江，非只称ウカウ。但不称ウガウ。"不过在《自然居士》中，仅观世流派唱作オオコオ，其他流派都唱作オオゴオ。

（《观能》二六三号，昭和五十五年五月）

〔追记〕黑田彰编著的《胡曾诗抄》（传承文学资料集成，第三辑）以神宫文库本为底本，校对了诸本，昭和六十三年二月由三弥井书店出版。

樱川——卖身于人贩子

谣曲说的是一个人贩子（男人）来到住在九州日向的一位母亲（前主角）的身边，将被卖掉的孩子樱子的来信和卖身钱带给她。这位母亲是因不忍看孩子生活困苦才把孩子卖掉的。看到孩子的来信后，母亲悲叹连连，心神不安，于是踏上了寻找樱子的旅程。当时恰逢樱花盛开时节，在樱花烂漫的常陆国樱川，矶部寺僧人（配角）带着一名少年弟子（小生）出门赏樱花，这时发了疯的樱子的母亲（后主角）手持捞网出现了，她打捞起飘落在河面的花瓣，告诉僧人们说樱树是故乡的神木，由此表达她对樱子的思念，还不停地为落花叹息。后来僧人告诉她那少年弟子就是樱子，于是母子俩一同归乡去了。

本章主要是对《樱川》作出正面的评价，因为这部由世阿弥创作的作品是物狂能系谱上的一块里程碑。先行的研究将物狂能分门别类进行体系化的归纳，并对其发展进行了论述，在此基础上，将以母子生离死别再次相聚为基本情节的物狂能与《樱川》所属的各种"诱拐型"作品加以比较。指出本曲开头就讲述孩子卖身的构思具有一定的特殊性，而引用的民间传说来揭示出作品的立意背景及传播途径。而关于卖身题材的运用，在同类型的各种谣曲中与故事情节并没有直接的关系，在《樱川》中却构成了故事情节的一部分，由此可知它是先行于其他同类谣曲的作品。再者，对照民间传说还可以知道，有关解救被卖身的孩子，并没有出现民间传说中常有的那种神佛灵验加持的情节，因此它没有依赖被称为原说的内容，而是采用了一种全新的创作手法。而且，把对作为本曲中心思想"樱"的关注，与对孩子"樱子"的感情表达结合起来的描写手法，消除了物狂能本来具有的人情剧的特点，因此，我认为这是一部高度升华的充满诗情的作品。《樱川》所开拓的新境界，就成为日后产生《三井寺》、《隅田川》等后续物狂能佳作的契机。

竹本干夫氏在其论文《亲子物狂能考》（《能乐研究》第六号）中指出，在所谓的物狂能中，以父母和孩子别离再聚为基本题材的亲子物狂能，原则上有三种类型。构成发疯原因的三种生离死别的类型，一是父母驱逐孩子的"驱逐型"，二是父母和孩子的其中一方离家出走的"出走型"，第三是孩子被拐骗的"诱拐型"（包含卖身的情况）。其中属于"诱拐型"的能乐有《花月》、《三井寺》、《百万》、《逢坂物狂》、《樱川》、《木贼》等，《隅田川》暂且也归入此类。

　　而此类"诱拐型"能乐中涉及人贩子介入的有《樱川》、《三井寺》、《隅田川》、《逢坂物狂》。而《百万》是个特例，没有说明孩子失踪的原因，这可能因为它是由嵯峨大念佛的女物狂能乐改编过来的谣曲吧。不过，即便把这算作是"诱拐型"，仍然无法推测《百万》是否涉及有人贩子的介入。在上述四部谣曲中，主动把孩子卖身给人贩子的只有《樱川》，其他曲目的内容设定都是说被人贩子拐走的。因此，作为"诱拐型"之一的"卖身型"，不得不说它具有特别的构思。《自然居士》虽然不是亲子物狂能，但是卖给人贩子是故事发生的开端。并不清楚这一构思是否从古作《自然居士》以来就有的，对此，我曾在其他论稿［《自然居士（再续）—叫自然居士的喝食行者—》］中指出有可能是世阿弥改编时的处理。之所以这么说，其理由之一就是因为在古作的能乐中找不到卖身之类的设定，即便是有，《自然居士》中对人贩子的处理，依照常见的形式来看，也可以说是一种别出心裁的运用。

　　主动卖身给人贩子的构思究竟是从何而来的呢？ 如果把它作为当时街头巷尾常见的事件来处理那就省事了，实际上，在民间传说中确实流传着卖身给人贩子的故事。譬如《私聚百因缘集》卷第二中收录的"坚陀罗国贫女事"就是以"言语集中所云"开始的，后来它成为了用于说教、谈义的独立蓝本。

关于这点，从大分市专想寺所藏的贞和二年（1346年）的抄本（《真宗史料集成》第五卷"谈义本"所收）中就可以得知。现我将其概略摘录成如下：

坚陀罗国有贫女，乞食以养老母。其有一男儿……渐长有十余岁……亦知世间之理。见贫母每朝早出，裹乞食之物于袖内，夕方归……心底深深叹息……十二岁之夏末……有商人聚而从茅屋前过，叫喊曰：以沙金五百两买长三尺五寸之人……童子……取卖身所得沙金，置于祖母前而云……年来一直心中想要侍奉孝养，今喜有买人之商人因此卖身。以此替身侍奉于母及祖母，可安心度日……商人……汝母归来，必留汝，且天色已暗，速随我归去……夕母归，寻童子……即便在采菜、汲水、拾叶、乞食时，但思吾儿等我归，便归心似箭……千两黄金又如何，每日有子伴我，生命财物方有意义，纵此留我又有何用……（此后，据说童子被该国富者昙摩诃买下了，作为供奉池中大黑蛇的供品，大蛇因童子具备善根颇有佛德而显现奇瑞解救童子。童子继承了富者的家业，将悲母与祖母接来侍奉，后位居大臣，越发崇敬佛法。）

上述民间传说与《樱川》的开始部分在文辞上有相通之处。不过还不能说它们有直接关系，在此，只是先强调一下其背后存在有这样一个民间传说的世界。而上述的贫女传说的后半部分应该也有一个与《生贽》背后隐含的民间传说（小田幸子氏的《〈生贽〉和〈熊野诣〉—其源流—》，《能、研究和评论》八号）相关联的课题吧。

《樱川》中，作为的故事开端，孩子卖身与母亲的悲叹构成了整曲的内容情节，而在有人贩子介入的其他谣曲中，都只用只言片语便将被人贩子诱拐走这件事一带而过。也就是说，失踪并不与整曲的情节相关，只是以此为前提来构思整个谣曲，在这个意义上说是类型化地向前发展了。像这一类谣曲在《樱川》之前是没有其他先例可以追溯的。不过，《樱川》是否就是最早的有人贩子介入的谣曲还不得而知了。然而，无论是诱拐还是卖身，为了使已经到了人贩子手上的人能够得到解放，就必须要有神佛的灵验加持吧。此类情节的能乐是否在世阿弥以前就已经存在还不清楚，但是《樱川》中孩子的失踪即便加入了人贩子，但孩子迟早会拜托给矶边寺的僧人，并结拜为师徒的，而这很可能是运用了比如说古作《柏崎》等类型的设定。从这个意义上来说，《樱川》虽然借鉴了卖身于人贩子的传说，但并没有据此来构建情节，不仅与常见的古作能乐的创作方法划了道分界线，而且还可以说因为有了《樱川》这样的谣曲存在，所以才有了《三井寺》那样的作品构思吧。

　　总而言之，世阿弥对古作能乐进行了诸多修改，如《丹后物狂》、《土车》、《柏崎》、《百万》等物狂能，而且他还介入了《高野物狂》的修改。人们或许可以对《樱川》作出这样的评价，就是它既参考了传统的物狂能，同时也试图去打破传统物狂能的框架。也就是说，整曲的要点是歌唱对于樱花所怀有的兴趣和激情，并把它与为寻找自己孩子樱子的感情融为一体。如此一来，把物狂能原本具有的主要是诉说人情的哭能特性中所含的现实性摒除了，而将其升华为一种寄情于樱花的诗情画意。我认为正是有了这种对物狂能进行开拓性继承的新的精神，才会有后来的由花转为以月为主题的《三井寺》，进而又飞跃发展到了将诗情戏剧化了的《隅田川》。

（《观能》二六二号、昭和六十年十月）

自然居士——探寻舟之起源

　　故事说的是一位少女（小生）将一件小袖和服连同供养双亲的诵念文一并奉送给在东山云居寺说法的自然居士（主角）。这时来了两名男子（配角、配角助演），粗暴地把少女带走了。当自然居士知道少女奉上的小袖和服是其卖身所得，而那两个男子是人贩子后，立刻停止说法赶去解救。此时，人贩子们正要从大津坐船出发，追赶上来的自然居士把小袖和服还给他们，并请求放了那少女，但人贩子不肯答应。居士上了船与他们理论了起来，被驳得哑口无言的人贩子要求自然居士作舞一曲，才肯放了少女。自然居士在表演了各式各样的技艺后陪伴着少女又回京城去了。

　　本文由三篇文章构成，内容也分为三个部分。首先是对有关《自然居士》〔高调曲〕〔平调曲〕〔曲舞〕原版的先行研究和拾遗。此前，我曾在《附刊太阳〈能〉》上刊文指出，《自然居士》〔高调曲〕〔平调曲〕〔曲舞〕原版看似是以汉籍为根据的，但其实际上是将在日本的注释书中能找到的各种附加说法拼凑而成的，其中还举了一个例子。这里我将以此为线索，对《古今和歌集》兴风歌中的各种注释做进一步的探讨，以证明《自然居士》原版是以各种注释所形成的综合知识为背景的，从中选择特定的注释创作出来的。

　　其次，将从与《自然居士》中所描绘的不同形象的僧人、自然居士形象入手，从《日本名僧传》中所见"住东山云居寺法城寺之两寺"相关资料来概观云居寺的历史，进而对《自然居士》开头部分所讲的自然居士"为兴建云居寺之布告所召"的观点提出质疑。水谷六斋氏受到了《谣曲拾叶抄》记述的启发，曾对自然居士的事迹进行过考察，并著有大作《天山自然居士》。在此，我会在介绍水谷六斋氏这部被埋没了的劳作的同时，探讨对兴建云居寺所持有的质疑，不过目前尚未有结论。根据水谷六斋氏所介绍的资料，在自然居士逝后不久，其事迹就被用作艺能界表演的素材，社会对自然居士的关注程度如此之高，我在结尾部分将会阐述个人对此的观感。

　　最后，对于《自然居士》的改编，在介绍诸家之说后，还将介绍自己叙述过的一些观点。即世阿弥在《花传第七别纸口传》中说观阿弥所演的自然居士是"十六七岁"，而在《申乐谈仪》中又说其"仅仅十二三岁"，我将以这种说法上的分歧为线索，再次来对其理由进行诠释。在结尾部分，作为自己观点的补充，还将对《申乐谈仪》第十六条做出新的解释。

　　〔高调曲〕探寻舟之起源究竟，事起水上黄帝之御宇，货狄出自此谋事。

〔平调曲〕此时有逆臣蚩尤，欲将其灭，隔乌江之海，欲攻无法。

〔曲舞〕黄帝臣子中有一名为赀狄之士卒，而时赀狄环视庭院中之池面，此刻乃晚秋时节，寒风散柳，叶浮于水，另有蜘蛛亦从空中落，而乘柳叶之上，渐渐织网，蛛丝虽弱，为吹柳叶之风所拂而寄汀，秋雾起，才觉蜘蛛之举甚妙，遂巧制舟。黄帝乘舟横渡乌江，轻易灭蚩尤，统治天下一万八千年，且舟之舣字乃公加舟。另天子之御舟命名龙舸，以舟为一叶始于此朝，且君之御座舟称龙头鹢首，亦由此起源。

诚如大家所知，上文是《自然居士》〔高调曲〕〔平调曲〕〔曲舞〕的部分内容。与之内容相同的文章还出现在《曾我物语》中，这一内容应该是舟的起源之说，因其结合了古代中国的故事，看上去似乎是出自汉籍，可从汉籍中又找不到直接的出处，我觉得多半是因为根据日本各类的注释性补充集合而成的吧。因为是以中国为话题的故事，所以大家理所当然地认为是中国创作出来的。这类故事的核心内容是出自中国，但在很多时候故事本身却是日本本土创作的。也就是说，虽然素材取自中国，但是故事本身应该算是日本式的。《自然居士》的〔曲舞〕就是其中一例，我在《附刊太阳〈能〉》（平凡社刊、1978 年 11 月）中，曾以《能和古典文学》为题做过论述（当时还加了"和汉之素材世界"的副标题，但在编辑时被删除了）。其中所提到"舟"应为一叶，"舩"这个字是"公"加"舟"，而这种说法，前者在龙大本《和汉朗咏注闻书》（永济注）中、后者在《日本书纪第一闻书》（良遍记述、赖舜闻书。应永二十六年〈1419 年〉二月二十一日开始）的注释中都可找到，不过我还是想补充一下其中漏写的内容。

关于"舟"应为一叶这一说法，是因为由漂浮在水面上的树叶触发灵感而创造了舟，这种理解当然是引用自中国的说法，不过也应该是很久之前的事情了，例如：

秋叶浮于白浪间，宛如渔夫驾舟船。（古今、秋下、兴风）

我们可以认为这一和歌也是以上面所述的知识为前提吧。在古时注释中，还能看到如下的各种说法：

船之字，乃见树叶浮于水面而开悟所作，故而有此咏叹。又百咏中有仙人以叶为船之句。两者皆可。（《奥义抄》）

　　梁堂仙人渡海之时，见树叶浮于水，始作舟。故云一叶
之舟。又私云，女娲氏之时所作。(毗沙门堂本《古今集注》)

　　云树叶为船之事，朗咏中云：一叶舟中乘病身。后汉书
云：齐州钱党河长泉涨度旅七日行，混达落敌不遁此难，观
梧桐一叶作舟船得渡。混达乃贤人也。蚩幽军时落败而逃，
不得渡钱堂河。见梧桐叶浮于水，俄尔作舟乘之而助寿。云
树叶为舟之事，是本文也。(《弘安十年古今集歌注》)

　　如此种种。除了将树叶具体化为梧桐叶的《弘安十年古今
集歌注》之外，还有如下的见解：

　　仙人以叶作船。仙人乘桂叶之船。黄帝见浮叶，乃为船
也。(《百咏和歌》第四、桂)

　　认为是柳叶《自然居士》的说法，虽然其直接出处不详，
不过我们也应该看作其背后存在着一个深受和歌、汉诗文影
响的，两者密不可分的整体世界吧。因此，曲舞内容（舟之起
源）具有集成的性质，我们从中看到某种注释性说法也是理所
当然的，所以反而有些部分会和《和汉朗咏集注》(永济注)
以及《日本书纪闻书》等的记录有关联，因其存在有相通之处

（参照前面提到的拙稿）。另外，关于曲舞的末尾部分"且君
之御座舟称龙头鹢首，亦由此起源"的唱词，也有如下之说：

　　黄帝刳木为舟。画鹢浪前开。在舟首制作一个名为鹢
　　的鸟之首，命名为文鹢首。鹢乃水鸟。习于水，故而仿于舟。
（《百咏和歌》第七、船）

其中把舟之起源假托于黄帝的说法也备受人们的关注。

　　　　　　　　　（《观能》二三二号，昭和五十四年九月）

自然居士（续）——兴建云居寺

关于自然居士的具体形象，有资料显示如下：

(1) 永仁二年（1294 年）三月，由比睿山众僧讨论决定，将籭太郎、梦次郎、雷光、朝露等这些京中的怪异之辈逐出山门（《淫岚拾叶集》九）。

(2) 永仁四年（1296 年）制作的《天狗草纸》传三井寺卷、其异本《魔佛一如绘词》中，描绘了自称籭太郎的自然居士、蓑虫、电光、朝露等敲着籭、击打着羯鼓、狂歌劲舞的样子。

《天狗草纸》中写道："号放下禅师，未剃度，头戴乌帽子，忘坐禅之处，于南北巷子内敲籭，出坐禅之窗，于东西路上作狂言"。我们从中可以窥见，"自称得尽本分"的自然居士竟被视为亡国的孽障，正如资料（1）所言，他们因对普通民众具有较大的影响力，以至于受到了已有宗教团体方面的排斥，这也属于自古以来开拓新风的宗教家受难的一个例子吧。因而，"自然居士歌谣"中所歌唱的"发疯了"之后混迹于市井、"为法舍身"的自然居士形象，虽然与之前资料（1）（2）的内容相吻合，但是，如果仅将这一方面放大了，那么不就是与《自然居士》中所设定的，为了兴建云居寺身居高座进行说法的形象完全不相吻合了。

另一方面，关于自然居士的传说，还有下面《日本名僧传》中的记录亦广为人知。

（3）南禅开山大明国师之弟子也。大明国师东福开山圣一国师之弟子也。自然居士住东山云居寺法城寺之两寺。盖法城之二字。去水成土之义云云。

紧接着又记载了"阳林堂额背书"，说是其奉太守赖纲之命在弁圆（圣一国师）入宋时带回的由无准和尚所书悬挂在江州佐佐木氏的观音寺城东嶺的一堂上的"阳林"匾额的背面镌下如下的铭记："正安二年仲冬自然居士"。这可以说是将自然居士视作皈依师的实事，也证明了自然居士不仅仅是一名市井之徒，也是圣一国师法灯的继承者，并得到了较高的社会评价吧。

《自然居士》中写有"为兴建云居寺之布告所召"一事，一般的说法认为这座云居寺位于祇园之南，即现在的高台寺旁边。前身是菅野真道为桓武天皇祈祷冥福而建造的八坂东院，净藏曾在此度过晚年。后由瞻西上人重建，《古今著闻集》、《无名抄》中写有俊赖、基俊等歌人聚集在此，共同举办歌会的记录。此寺最早属于天台宗，后来改属净土宗，在永享八年（1436年）被火烧毁，同十一年（1439年）奉义教将军之命重建，后又烧毁于应仁、文明的战火，此后则沦为一座荒废的寺院。以上是根据《京都市的地名》（平凡社刊）一书而作的概述。如此看来，所谓自然居士为"兴建云居寺"化缘劝布施的说法就令人费解了。因为当时寺院还安在，即便是有什么要兴建的，为什么需要自然居士参与其中呢？ 这和资料（3）的"东山云居寺"又是否相同呢？

水谷六斋氏以《天山自然居士》为题所写的小册子在昭和五十六年（1981年）六月由能乐俱乐部神户支部出版发行，在小册子中水谷对《谣曲拾叶抄》所记载的"或云，自然居士旧迹在和泉国日根郡自然田村。自然居士出生此地，故号自然居士"的说法进行了探讨。在此，我将从信多纯一氏借来的，由和泉国泉南郡东鸟取村字自然田（现今的阪南市）旧世家中留传下来的两种版本的旧记录介绍如下：

（4）自然居士缘起。所谓自然居士乃玉田明神之末流也。人皇八十八代后深草院御宇。宝治元年（1247年）未正月十五日寅刻诞生于山本氏。生来便非凡人。唱佛名，学修检行，不从地里穿行，能察有无吉凶。十五岁时赴京都，结交大内高位。住东福寺内之云居寺。成为唐来之禅僧大明国师之弟子，遂得神通。乃智慧深远之大权者。其后任九十四代花园院御宇。延庆二年（1309年）己酉三月十一日寿六十三岁，圆寂于西九条福田寺。为留遗物予家乡父老而自行刻像。连同遗文送至当地，其尊像则安置于旧迹。今年五百年祭祀法事，付令拜见者也。

于时文化四年（1807年）卯三月

嗟乎居士。自性本然。留迹此地。无变无迁。

多少百年过，依旧山本乡。

（5）　自然居士者，泉州鸟捕乡自然田人也。故名焉。禀赋恬澹寡欲，夙有博学能书之声誉。虽然是毕竟情余耳。壮岁齐遁世之志，虽避风尘归桑门，与寻常缁流迥异，其选披而不剃。始入南都福寺，专学法相。后游洛东南禅寺，参大明国师，终袭其衣钵。住东山云居寺，又住东福寺塔中即宗院。因存居士之遗庵并墓碑，碑面刻该寺开基天山自然居士之文字。犹洛西福田寺中别有一碑，盖为驻锡之所乎。延庆二己酉年（1309年）三月十一日寂。寿六十有三矣。居士生前奇行之事迹，至入谣曲。后人敬慕其德，相谋建于乡之邸址一小祠堂置肖像。香华不断，感化之力亦伟大矣哉。

在上面的两份资料中，引人注目的是有关自然居士生卒年的记录。关于卒年，基本符合《东福寺志》根据墓碑荫记（好像不是现存之物）所记"延庆二年（1309年）三月五日天山自然居士葬于今之东福塔即宗院之地"的说法，和资料（1）（2）（3）的年代也不相矛盾，这点极为重要。再者，资料（5）中所言的"东山云居寺"在资料（4）中记录成"东福寺内之云居寺"，这与资料（3）中"东山云居寺法城寺之两寺"的记载也相同。《东福寺志》中记载说"文永二年（1265年）兴建圆尔法性寺（夹注曰：在鸭川傍。一名法成寺）大殿〔圣一年谱〕"，如果法城寺就是法性寺的话，那它就是一座毗邻东福寺的寺院。不过，前面提及的水谷氏指出云居旧址位于东福寺龙吟庵（正应四年〈1291年〉大名国师开基）的东北方向，并提供了如下的资料。

（6）採薪亭记

卧云之为境，前临清溪而虎啸桥高悬。青嶂拥后，而龙吟庵近接东南。林丘蔚然而幽邃。杳窱东北之隅，则有自然居士之故居，云居之旧址。绿竹作林，菜蔬满圃。荒迳半断，古井尚存。龙河长老住即宗者有年矣。兴废继绝，固其志也。今兹卜云居旧迹之南，十余步稍平之地。新小庐方三间者。上架层楼揭云居之旧迹额。盖云岩力生笔迹云……（以下略）

宽政八年（1796年）丙辰十二月二十三日

前南禅见东福凞阳　龙育撰并书

上述内容引用自《东福寺志》。同样根据《北禅遗草》之三可以得知，在传说是自然居士故居的云居旧址建造有楼房，楼上挂着写有云居两字的匾额，下面的房间为採薪亭。据说在江户幕府末期这里曾是僧人月照和西乡隆盛秘密磋商倒幕计划的地方，故广为人知，在明治十年（1877年）左右荒废了。总之，东福寺院内的流传中也说有称为云居的自然居士旧址，而且《京都坊目志》中罗列的废塔头中也有云兴庵，《一源统禅师行状》说它在正平三年（1348年）还存在，而《东福寺志》则记录其为云居庵，是否为同一座庵，目前还不能确定。现尤其难以确定的是"云居寺"是否就在东福寺内，而它与《自然居士》有无关连联？因此，有关云居寺遗迹的说法还有必要进一步推敲。

资料（5）中记录在东福寺内的墓碑上刻着"天山自然居士"的名字，《东福寺志》也有同样的叙述。水谷氏在探访了福田寺后写道："一入寺门，左侧有七尺斗之五重塔。上方四侧刻有梵文，下层四面雕有佛像，然模糊而不得辨其颜。偶于附近发现卒都婆（塔形木牌）。还有天山自然居士的盆供。又根据证入彼岸而推察如是"。而天山好像就是自然居士的法号。顺便提一下，关于福田寺，在《大日本寺院总览》中记录说是自然居士为此寺开基，在《京羽二重织留》中也有"自然居士所在。东寺庆贺门之东，西福寺之地是也。此所乃说法之处，今为净土宗"的记录。

另外，水谷氏还调查并介绍了如下的相关资料、遗迹等。

○ 自然居士之像（照片）。泉南，南家所藏。发现于江户某寺而复写之物。又据说东福寺即宗院中也有画像。即宗院（嘉庆元年〈1387 年〉由岛津氏久建造）之所藏或许是因旧址的缘故，所以资料（5）有居住于此的误传吧。

○ 自然居士笔迹"龙睡稳"（照片）。即宗院所藏。二尺斗的纸本横轴。

○ 东鸟取村自然田的邸址。有小祠堂安置木像。《和泉名所图会》中有"自然居士秃仓"的记录。

○ 延宝七年（1679）的检地账（农田丈量册）中有自然居士宅邸的记录。

○ 自然田村瑞宝寺的死者名册复写本。

○ 据说福岩寺（神户市兵库区。正安年间由佛灯国师开基）里有庵的遗迹（《摄阳群谈》、《兵库名所记》），不过，现在不清楚。

○ 本光院（神户市。福岩寺的东面）里有自然居士的茶室之井以及碑。

　　○ 美江寺（岐阜本巢郡）的元地十六条村（美江寺村）里有塔，传说是自然居士的墓。

　　这些有关自然居士的行迹、传承，可能其他地方也存在吧。我们可以推断，在自然居士的形象中似乎包含了各种要素，不过，如果资料（4）（5）中所记卒年是正确的话，那么在其卒后四年的正和二年（1313年）八月，三井寺常行堂的风流就已上演《自然居士》了（《三井续灯记》），此后祇园会、桂川地藏的风流中也有继承。由此而言人们所以对于自然居士有浓厚兴趣，内中很耐人寻味。

　　本稿主要是介绍被埋没了的水谷氏的劳作《天山自然居士》的相关内容。期盼今后能再详查。

　　　　　　　　　　（《观能》二五四号，昭和五十九年一月）

自然居士（再续）——喝食行者自然居士

　　《申乐谈仪》认为《自然居士》是观阿弥所创作的能乐。不过，《五音》兰曲中则把现行曲中所没有的冗长的谣曲奉为"亡父曲"，而这段唱词在观阿弥时代演出的时候还包含在内的，而删除了唱词的现行曲却是后来经由世阿弥改编的。《三道》之所以记载说"自然居士有古今之分"，那是因为一直以来人们关注的都是有没有其说法的那段内容。近年来，竹本干夫氏在一般说法之外，还提出了两种可能性：（1）如果是世阿弥进行过改编，那么除了删除唱词之外还有可能作了其他的改动；（2）如果在观阿弥以前就有古代版存在，那么"古今之分"很可能是在观阿弥对古代版进行改编的基础上所言。另外，小山弘志氏也推测当时就已存在着两个版本，一是面向民间的现行曲版本，另一个是为迎合义满将军的意向而重视那段说法内容的版本。而田口和夫氏则认为《五音》中记载的歌谣并非那段说法的内容，而是主角的登场歌，他还提出曲舞是世阿弥之后添加的观点。我在去年的"文学"座谈会上也表示赞成曲舞后补的说法，同时还提出后场所谓的竭尽才艺应该是世阿弥为创作成游狂能的有意识处理，不过在当时并没有谈及这样推测的理由。

要想重新探讨观阿弥所演的古代版《自然居士》，现在的证言就是两种叙述，一是《别纸口传》中所说的"高座上之举止"是在"十六七岁"；另一个是《申乐谈仪》所说的"端坐于高座"乃"十二三岁"左右。同样是少年僧人的主角，在现行上挂流派中不过是狂言开口所说的"叫作自然居士的喝食行者"。而且，关于年龄的差异，诚如后述，是否可以这么考虑，"十二三岁"是源于口传，而为了符合真实的情况，至于"十六七岁"应该是在改编过程中添加的修正表达。不管怎样，既然能乐中把主角设定成"十二三岁"的喝食行者，去和老奸巨猾的人贩子进行争论，那么无论是现行的唱词也好，还是通过坐进船中的战术来体现威严的演技也罢，与其年龄一点都不相称。如果是根据现行版，《大系补注》中指出"令人强烈感觉到自然居士是年长的僧人"。这么一来，《自然居士》的（A）说法；（B）救出少女的故事；（C）尽展才艺这三大要素中，观阿弥所演的能乐中是否存在（B）这点就很值得怀疑。

有关真实存在的自然居士，在前面一篇文中已经论及一部分了，我认为，死后不久就被视作前代遗风形象化并且被继承下来的自然居士的基本形象，恐怕在说经和簓中是存在的。如果说观阿弥所演之曲也是在此传统背景下的话，那么，与云居寺有着某种关联的喝食行者自然居士，在高座上说法的设计（《五音》中记录的歌谣是其内容的一部分吧。有人指出"其一代之教法……"的根据出自《天台四教仪》，此外所谓"教内教外"之说可见于《说法明眼论》等），并在"缓缓流淌"的象征性乐曲中设计出前半部分的高潮。至于说法那段内容，我们暂且假设"一扫听众睡意，于高坐舞一曲"的击簓表演是后半部分的看点。如果真是这样的话，由少年来演主角也挺合适的，义满将军"觉得小儿抱着双腿……"这句话，也许就意味着这是一出少年世阿弥也能担任主角的能乐。不过，对于少年时就在能乐中显示出独创精神的世阿弥来说，很难原样照搬地进入本流派的能乐。

因此，我们可以作这样的推测：世阿弥运用了物狂能中类型之一，即卖身给商人，再添加了（B）救出少女的故事（必然连同 C 自成一体）。这种解释与传统的对自然居士的理解在性质上有所不同，所以很难说这是属于原版《自然居士》当初的构思。不管怎样，由于（B）的附加在情节上增添了戏剧性，剔除了少年能乐的因素，也成为了后半部分才艺尽展的主要原因。如果我们重视"十六七岁"的记载的话，那么，就有可能在《别纸口传》成立时就已经着手修改了。在当时，或许后半部分主角的才艺就是以击筡为主。因此，我认为在世阿弥的改编意图中，进一步强调了自然居士作为街头艺人的性格。而作为具体实践的才艺尽展部分，是随着《三道》中所提到的放下（中世到近世期间街头表演之一）、游狂的理念进一步明确，同时融入了敲击羯鼓等予以充实，最终在这样过程中形成的。很有可能删除说法的那段内容，以及加入曲舞等都是其中一个环节。我们可以想象，在现行版本的定型过程中曾经历了多次的修改。

　　以上的假设是以"十二三岁"或者"十六七岁"等观阿弥所演的《自然居士》形态为线索，结合素材的同一性、物狂能展开、放下和游狂的形成过程等，并联系到《自然居士》在构成中所存在的疑点进行的一种解释。当然，对于这种推测也可以预想到会有反对的声音。当反驳成立并将我的这种推测推翻，这时古代能乐，尤其是其中之一的《自然居士》的形式也将会变得更加明朗了吧。对此我满怀着期待，因为我正是从这层意义上，才冒昧提出这一假说以抛砖引玉。

　　另外，我对可能出现的一些批判也无暇进行自问自答，不过在拙论《卒都婆小町》中，就所提出的异议之一曾经解释道：《申乐谈仪》中明确认为是观阿弥所作的《小町》、《四位少将》、《自然居士》三曲，即便经世阿弥之手修改过也不过是小规模的修改，仍然保留了原作的原汁原味。但是，《申乐谈仪》中说"据闻四位少将，乃其书于根本山作唱导说教，今春权守令其于多武峰重书后记也"，是因为前后叙述的都是有关世阿弥进行改编的例子，故而将这理解为世阿弥改编作品之一也很自然吧（**把主语看做是观阿弥的解释而令人意识到这是观阿弥所作，以及可能认为"据闻"是传闻表达吧，不过关于后者，可以解释成是因为接受了有关原作和初演由来的说明而有的表现**。**世阿弥修改了《通小町》前半部分，这点在《五音》中也体现出来了**）。尽管如此，我认为《申乐谈仪》中把《四位少将》视为观阿弥所作的记录，反映了世阿弥对观阿弥经典剧目的尊重态度，其中之一就是，元能在对《三道》所记作曲者分类时显示，在主题方面，观阿弥从不对卒都婆（《小町》）、说法和筏（《自然居士》）、百夜通（《四位少将》）进行过更改，这就是我现在的观点。

（《观能》二五五号，昭和五十九年三月）

俊宽——时在九月，节为重阳

因中宫德子分娩而大赦天下，赦免使（配角）随之来到了鬼界岛。此时，俊宽（主角）、成经（助演）、康赖（助演）正被流放在岛上。俊宽前往迎接来熊野社参拜请神的成经、康赖二人，并把自己带来的水说成酒，三人就着水推杯换盏之间，相互怀念起京都的生活来。这时赦免使到了，康赖诵读了递过来的赦免诏书后，却发现上面没有俊宽的名字。俊宽翻来覆去地查看赦免诏书后，也没有找到自己的名字。最终因时间迫近，来船载着成经和康赖出发了，只有俊宽一人抓苦伶仃地留在了鬼界岛。

《平家物语》经常会被作为《俊宽》的出处来引用，这点毋庸置疑，但是考查原版后发现，此外，它还借鉴了"慈童民间故事"。而且，"慈童民间故事"在其构思上发挥着重要作用，在本文的后半部分我将涉及作者论和作品结构的问题。

关于用"慈童民间故事"来对《俊宽》原版进行的解释清晰而明快，其中我通过对谣曲的相应部分以及民间故事文本的引用，对两者进行比较分析，同时还展开论述，而令人有"恍然大悟"之感。

本文的后半部，首先是作者论。根据其使用了被认为是在禅宗寺院吟咏的诗句这一点，对作者为世阿弥或者是他儿子元雅的可能性进行了探讨。并从独一无二的特殊文本中，发现了与被确信是元雅所作的作品有着共通之处的例子，而且根据其作词手法以及整曲结构上的特征，提出了作者就是元雅的观点。必须要指出的是，在现行演出中，后主角在〔一曲〕中登场这一点极为特别。我在调查了古抄谣本后确认，大多数谣本都没有〔一曲〕，就直接进入和助演的问答或者是宣读赦免诏书。而且，即便有〔一曲〕，各版本之间的差别也很大，所以我的结论是，这部分是因演出的需要而附加上去的。另外，也许是因附加而引起的吧，各个版本中宣读赦免诏书的角色也有不同。此外，我也会论及没有〔一曲〕的演出。

《俊宽》是以《平家物语》为蓝本的能乐，这点自不待言。不仅仅包含有卷三的顿足，也融合了卷二的康赖祝贺以及卷三的有王离岛之事，它十分巧妙地应用了《平家物语》的故事内容，但又不完全依赖，是一种融会贯通的依据方法，可以作为出处引用的一个经典吧。另外，《平家物语》虽说大体与八坂本系文本相近，但有关两名助演（康赖和成经）的平调曲，只有在《源平盛衰记》、延庆本中才可以看到，因此无法确定其所依据的文本，这一点与世阿弥的情况相同。

《俊宽》虽然是按照《平家物语》中的俊宽故事创作的,但也并不是完全参照它,比如在主角登场后的〔问答〕〔上歌〕中,围绕夹道迎接的献酒,还记述了彭祖仙人的菊水故事。

> 农历九月,时值重阳,地点为山路,谷水之彭祖经七百岁,能体察人心,所饮深谷之水,实乃药与菊水、实乃药与菊水,心底白衣润又干,山路之菊露间,吾之心境已过千年,流放此地至何时……

之后是缅怀往昔的荣华富贵而对眼下处境的悲叹。不过上面的引用或许是承袭了《养老》〔论议〕的内容。即便如此,与所谓《养老》的贺词相对应,《俊宽》则是因为赦免使者的到来正值"阴历九月",而联想到了连歌聚会。在此,值得关注的是,其根本来自于慈童民间故事(参照拙稿《慈童说话考》,《国语国文》昭和五十五年十一月)。《太平记》十三、龙马进奏之事和《枕慈童》《菊慈童》等都是众所周知的民间故事,在此,我将其概要摘抄如下:

> 慈童……误从帝之御枕上越过……流放于郦县深山。

彼山离帝城三百里,山深无鸟鸣。云暝充满虎狼,人若入此山无一生还。王,哀思慈童……暗中送去普门品里的二句偈……流放至郦县……将此偈书于菊之叶上。其后,此菊之叶上之露,自然落下流入谷中,谷水皆成天之灵药……如天之甘露。……巍文帝时,改名为彭祖,授此术予文帝。……传菊花之杯,成万岁之寿,今重阳之宴,是也。(根据春瑜笔"天台方御位即位法")

《俊宽》作者的理解就是根据上述的慈童民间故事,对此应该很明确了吧。正因为如此,才有说俊宽故事中运用到了民间传说,比如将为了"夹道迎接"以表达返京愿望而将自带的水比作菊水,把流放地、鬼界岛比喻为一旦进入便难以生还的郦县;已达七百岁高龄的慈童(彭祖仙人)在经历了流放生活后仍能体察到天皇两句妙语中的"圣意",而俊宽正是因为"无法体察圣意"才感觉到已过千年之久,并觉得自己此生无法享有那么长年龄。所有这些都包含在了两者的对照之中。另外,俊宽的流放地的情况也和鬼界岛之名相关联,即是"有鬼的地方",同时也在与"鸟不鸣哢"的郦县进行比较。〔曲舞〕的前半部分,糅合了杜甫的"春望诗"和《古今集》的假名序,作者引用这些内容为文章作铺垫,其意图可以解释为描写主角身处与郦县情形相同的流放地的心情，"此岛的鸟兽亦如此，无鸣声访吾等"。由此而言，慈童民间传说在《俊宽》整曲构思上所占的比重相当之大。

　　所附的介绍作者的资料认为《俊宽》的作者是世阿弥，令人难以置信。但这并非空穴来风毫无由头的。在主角登场后的〔平调曲〕中，用了"玉兔昼眠云母地，金乌夜宿不萌枝"和"寒蝉抱枯木，泣尽不回头"两首诗句。虽然出处不详，但被认为是禅林所作或是其变形，这种引用诗句的手法不仅在世阿弥的作品中，而且在《盛久》、《弱法师》等元雅的作品中也同样可见。此外在《俊宽》中，象"五衰灭色之秋"的"灭色"这类极为特殊的词语仅在《歌占》中才有，以及"听闻如何……"这类被有效地使用在《隅田川》中的《新古今集》和歌，或者"一人漏于誓言外"之类在世阿弥、元雅作品中具有特征性的比喻表达等等，都显示了很有可能是元雅所作。而且这种表现形式上的特征并不止这一、两个例子。此外，〔曲舞〕之后的〔问答对唱〕中，〔问答〕好像是古典风格，正如之前所述的慈童民间故事那样，问与答之间环环相扣，加强了紧迫感的手法，虽然排除了过度修辞，使得文辞更加平铺直叙，另一方面却又添加了颇为凝练的设计，这和元雅的其他作品有着共通之处（参照他稿"隅田川—人之哀愁如花怒放一")。而现在的能乐中全然没有歌舞的要素,因此,我认为这一新领域的开拓应该说体现了源自世阿弥的创作新风,而其主题的描写突出了对处于极限状态中的人物的关注,这也支持了是元雅所作的观点。

不过,现代版《俊宽》所展现的后主角在〔一声〕中登场是一种极为特别的形式,但这很难说就是古代的原型。很多古抄本大多都没有〔一声〕,采用的都是配角诵读赦免诏书"抑为中宫分娩之祈祷……"的形式。至于下挂流派的古抄本我尚未调查,不过车屋版本中也是没有〔一声〕,立刻进入问答的。拙文曾指出〔一声〕和《俊宽》是性质不同的,同时还指出了上挂流派将"顺手之风"改成"顺风",而下挂诸流派之间的差异幅度也很大。还有,宫王道三版本中的"船出,逐船之白浪,浮顺风之不久,即至鬼界岛哉"的唱词,则与下挂宝生流派的唱词形式一致。由此而言,我们可以这样认为,在室町末期因演出上的需要而添加了〔一声〕,这就是产生这些差异的原因。〔一声〕之后的〔问答〕,以及诵读赦免诏书的角色不同(康赖或是成经)也与此有关吧。顺便提一下,在没有〔一声〕的古典原型中,配角大概是在地谣(上歌、歌)之间登场的吧,现在有的时候也会这样出演。另外,关于由配角诵读赦免诏书(现行版本是助演),我们也可以推断还应该附有能乐中负责情节过渡之人告诉主角赦免使到了的问答小段吧。

(《观能》二五七号,昭和五十九年九月)

猩猩——称御酒之名也在理

　　传说古代中国的扬子之乡住着一个孝子，名叫高风（配角），因一场不可思议的梦中预示，他来到扬子的集市上卖酒而成为富贵之人。每当他去集市卖酒，总会有个人前来喝酒，而且不论喝多少都面不改色。高风对此感到很奇怪，便问那人姓名，他答说是住在海中的猩猩。当天高风决定去浔阳江边上等猩猩。随后猩猩（主角）从海中现身了，饮酒戏舞，还把取之不尽用之不竭的酒壶赠予了高风。

　　猩猩是传说中的动物，据说它能解人语，喜好酒。本曲就是以猩猩为主人公的，所以在谣曲唱本中还点缀有由酒联想而来的词语。我在文章开头就引用唱本来指明，唱词是以连歌界的固定搭配词语为基础的。而关于唱本中"称御酒之名也在理"的唱词，我会一边介绍古注释书中的各种说法，一边来解读人们称呼酒为"御酒"（みき）为何"在理"。首先，在古注释资料中与"みき（miki）"发音对应的汉字有"三木"、"三寸"、"三季"等，然后在谣曲的注释书方面，早在《谣曲拾叶抄》中就已经采用了"冬造春熟夏饮，故云三季也"的"三季"说法，这一说法从此被沿袭了下来，之后又与本曲的季节秋季相结合，"三季"便演变成是指一年中第三个季节，也即秋季的意思了，这种理解虽然有些牵强附会，但其他的说法被逐渐弃用，"みき（miki）"也就单纯地成为酒的美称了。另外，认为"みき（miki）"的汉字应该对应为"三寸"的见解，是出自于对古注释书中"饮酒至畅酣，风不近三寸"的理解，我是以这种理解为基础，来解释之前所说的"在理"的含义，并提出对唱本合情合理的解读。

　　正如大家所知，在伴奏中登场的猩猩，是在如下的过渡拍子中绕着舞台跳舞的。

　　伴唱①："长生不老药，长生不老药，若问药之名？即是菊之水。作酒斟满杯，与友喜相逢，与友喜相逢"

　　主角："问何称御酒？"

　　伴唱："问何称御酒？秋风吹拂时，其名亦在理"。

　　主角："秋风任其吹，秋风任其吹"。

　　伴唱："身也不觉寒"。

　　主角："白菊如其名"。

　　伴唱："白菊如其名，作棉暖其身，当酒且相酌"。

----

　　① 这部分伴唱和主角对唱的内容参考《中国题材的日本谣曲》P136～P137。

　　这唱词中有一点引人注目，就是菊和酒的固定词句组合。我们来看一下，可以说这是连歌界所形成的由菊联想的固定搭配词语，例如，"若有菊……配不老，秋，汲流，着棉，酒杯"（《连珠合璧集》），也有"与菊搭配……药……酒"（《连歌付合之事》）。这又和"若有酒……配菊，暖"（《连珠合璧集》），"与酒搭配，酒杯……药……菊"（《连歌付合之事》）等相互重叠，基本涵盖了《猩猩》如上的唱词。除了这种唱词方面所具有的特征之外，还有一点也颇引人注目，就是不断重复"称御酒之名也在理"以及"身也不觉寒，白菊如其名……"等，太过于强调"理所当然"了。后者可以解释为，是在说白菊作棉暖其身的感触与热酒之事相重叠，不觉寒冷也是理所当然的。而前者称酒为"御酒（miki）"，虽说我们从"与友喜相逢"中可以联想到"见（miki）"，但为何说是理所当然的呢？ 单单从字面来看其意还是不甚明了。关于这点，对于身处现代的我们而言，在此需要将已经被遗忘了的知识挖掘出来。

　　《曾我物语》的卷二中曾有一篇讲述酒故事的文章。因为文章较长，在这里就不引用了，概括起来就是记载说，关于酒之所以被称为"御酒（miki）"的事，一是源自古代中国的石祚在三颗桑树的凹坑里发现了用竹叶封着的酒，由此人称酒为"三木（miki）"；二是喝酒能把风挡在距离身体的三寸之外，故而称酒为"三寸（miki）"等等。其实"三木"也好"三寸"也罢，在此之前有关《古今集》的古注释书中都有叙述，在显昭的《古今集注》中就已经可以看到这两种说法了。当然，其中"三木"说法中并没有固有名词，而"三寸"说法中也只提到了："然若酒可抵御雾于三寸之外，则可称 miki 或 haifu"。还有，毗沙门堂本《古今集注》和《弘安十年古今集歌注》中也有如上的说法，而《曾我物语》正是采用了这些说法。

其实，对于酒的异名的关注是形形色色的，《壒囊抄》中记载的异名就多达二十八个，《曾我物语》的情况也是如此。这些异名中包括了根据汉诗文注释而来的名称，例如《和汉朗咏集》中的"三迟"一词，就被《江谈抄》所引用，而在《和汉朗咏集》的古注释中还被解释为酒的异名。一旦被加上了作为异名的说明，那么相关的注释就会被增补到集成里，这也是古代注释方法的常套。即便是《和汉朗咏集》的古注，国会图书馆版本等也都添加了三木说（但是并非古今注系列的石柞的故事，而是杜康的故事）和三寸说，用以为如上的古今集注。而有关《源氏物语》的注释，在《河海抄》中除了有三木说（朗咏注系列的杜康故事）和三寸说之外，还添加了"冬造春熟夏饮，故云三季也"的三季说。

这三季说，由于《谣曲拾叶抄》是根据参照《河海抄》所写的《岷江入楚》内容添加的注释，所以又被之后的各种注释所继承。明治以后，中根香亭的"谣文评释"、大和田建树的《谣曲评释》等也都遵从了该说法，佐成谦太郎的《谣曲大观》中也记载说"可能是指一年的第三个季节、秋季的意思吧"。如上所示，三季就是指冬、春、夏三个季节，要想夸大解释为一年的第三个季节，也即秋季的意思，似乎过于牵强了吧。因而，从野上丰一郎的《解注谣曲全集》起就不再采用三季说了。这做法本身可以说是一个非常合理的判断，但其结果只留下了"称赞酒为みき（miki）也理所当然"的解释，而使得"称此名也在理"的理由变得暧昧起来。

总而言之，即便在日本中世，三季说也难说是一个站得住脚的说法，好像除了《源氏物语》的注释以外并无它见。如上所述，三木、三寸这两种说法则是普遍说法，特别是三寸说中提到了"饮酒至畅酣，风不近三寸。故云三寸"（参照毗沙门堂本《古今集注》），这在一条兼良的《江家次第抄》中注释为"酒训三寸者，饮酒则邪风去皮肤三寸"，而《谣曲拾叶抄》也有引用。在这种与酒的功效相关的认识背后，可以看到当时的人们已深刻地意识到了酒能御寒的功效，比如，平安末期知恩院版本的《倭汉朗咏注》中记载了"九月九日，因酒乃寒温二气之界……此时服酒身不发病……御寒之力强也。自此日起可烫酒畅饮"。

让我们再次回到《猩猩》的唱词上来吧。"称御酒之名也在理"中普遍将"miki"对应成"御酒"两字，但这种常识性、字典上的借用字是有问题的。在此，我到觉得还是对应成"三寸"为好吧。这到并非是指"三寸"和"御酒"语成双关，而应该看成"みき（miki）"是通过作为酒的异名，用"三寸"二字来表现的。正因为酒"名为三寸"，所以我们才可以根据三寸可防风的知识，认识到"秋风任其吹，秋风任其吹，身也不觉寒"是"理所当然"的了。如此想来，方才提及的重复强调的"在理"，也可以理解成是同时在强调不冷，故末尾是以"当酒且相酌"的唱词收尾。

（《观能》二五〇号，昭和五十八年三月）

隅田川——人世哀愁如花盛

　　有一位女子（主角）为寻找孩子来到关东，坐上了隅田川的渡船。她从船夫（配角）那里听到了一个悲伤的故事，说在去年的今日，有一位可怜的少年就倒在河岸边死去了。船靠了岸，但那女子并不打算下船，她告诉船夫那是她的孩子，并悲痛地叹息。随后，她被带到了孩子的墓地。大家劝说女子为孩子超度，于是女子就和大家一起念佛。这时，女子从念佛声中听到了自己孩子（小生）的声音，还看到了他的身影。她欣喜若狂地想要去抱他，可因为那只是幻觉，所以并没有抱到孩子。天亮了，那里仅剩下一座标志性的坟冢。

　　在这里我想要论述两件事情。一是，乍看平铺直叙的唱本，从出处考证来看它却运用了非常精巧凝练的手法，充分地理解并吸收了典故内容，并将其运用到了谣曲《隅田川》的表演中；另一点就是，《隅田川》虽然意识到了以前物狂能的公式化结构，但是，在创作过程中并不局限于这些既成框架。

　　在出处考证方面，描写女子下关东的部分，是参照了《伊势物语》第九段"业平东下"内容，因此，它不仅仅描写了母亲的哀痛，还成功地使情节描写充满了古典的气息。而且该曲的背景中还参考了唐代诗人白居易《白氏文集》的诗句，作为其构思的基础，同时又超越了字句上照搬的做法，而将其升华到了从意境上承袭的层次。这就是《隅田川》的创作上的特征。

从结构方面来讲，我将列举出《隅田川》和物狂能作品共通的情节模式，同时依次解说《隅田川》是如何参照这些作品，又是如何展开的，我认为它展现出了超越世阿弥作品的效果。另外，之前物狂能的情节都是以母子平安团聚为结局，而《隅田川》描写的却是母子最终没能再见的悲剧性结局，因此，我认为这部作品"打破了物狂能的常规"。

如果给几十支谣曲都标上注释的话，那么，规定头注的分量约为一页左右，由此哪些内容应该被提到，以及用什么方法来注释等也就自然而然地定下来了。我注意到，如果用所规定的方法来给《隅田川》作注释的话，那它就不需要像其他谣曲那样加注了，因而它的头注栏里多了许多空白部分。也就是说，《隅田川》的文章摒除了不必要的修辞，以简单明瞭的文辞恰如其分地阐释了整曲所要表达的意图。而《隅田川》的特征首先在于此。

虽说如此，但这里绝对没有想说《隅田川》的文章单纯朴素的意思。从某种意义上来说，它还是颇具匠心的。比如〔叙事歌〕之后的〔上歌〕中感叹了"虚幻无常乃世间常理"：

> 人世哀愁如花盛，总伴无常风暴声，生死长夜如月影，
> 忽隐忽现云不定。此乃当下烦恼人世间矣。

这部分内容被评为是一读叫绝，熟读难解的文章。如果不拘泥于字句来品鉴的话，概括起来就是"花对风暴，月对云，此乃当下烦恼人世间矣"，咏叹了无常是世间常理。我并没有去查证"花对风暴"、"月对层云"等谚语究竟起源于何时，也没有举出"花愁风暴"（《云林院》），"月厌云"（《忠度》）等谣曲来作为引证，因为这些思维的表达都已经普遍化了。所以这部分也可以解释为是一种文章的修饰，是以"花对风暴，月对云"为要点，进一步添加了各词语所具有的固定的、惯用的形象词语。

说到《隅田川》的独具匠心，与其说是因为存在如上所述的例外情况，倒不如说它在整个谣曲的构思过程中参照了古典的手法吧。虽然，独生子被人贩子拐走了，由此母亲发疯似的前往关东去寻找，这一设定和《樱川》有着共通之处，但这一关东的情节又和《伊势物语》的业平东下中所描写的思念远

方妻子的情节相重叠。而且插曲还将舞台设定在了隅田川这一名胜地，这种将船夫、思念故乡的游人（业平、母亲）以及被思念的人（妻子、孩子）的形象相互交织在一起，进行对比的创作构思，采用了与之前的物狂能全然不同的手法。这也是此谣曲所以没有停留在单纯的人情剧上，而是充溢着古典气息的主要原因。

　　我还可以再提一点，这就是在《隅田川》背后存在着一个《白氏文集》所描绘的世界。母与子生离死别十分悲痛，结果孩子却已经在河岸边的柳树下化作路旁之土，母子二人无法再聚，《隅田川》的这一构思还可以让我们看到作者的想象力和创造力之丰富，可谓别具匠心。不过，即便如此，促成这一构思的契机，我想恐怕应该是《新乐府》吧。比如：

　　　　"母子别"　母别子，子别母，白日无光哭声苦……
　　　　"隋堤柳"　隋堤柳，几久年深尽衰朽，风飘飘兮，雨萧萧……
　　　　"草茫茫"　草茫茫，土苍苍，苍苍茫茫在何处……

　　《隅田川》是将《新乐府》中的这些诗句串联起来，形成了一个整体构思的吧。实际上早已有人指出，叙事歌一节中的

"离乡东下寻，已成路旁土，但见春草生，其下正当处"，参照的是《白氏文集》二，续古诗的"古墓何代人，不知姓与名，化作路旁土，年年春草生"之句。虽然我们从叙事歌中也能词窥见些许白居易诗句的原貌，但是这种完全消化了白居易诗句的引据方法，不也应该算作《隅田川》的创作特征么？

另外，"隋堤柳"是通过助演的一句"看那对面柳树下，聚集多人为何事"台词表现出来的。当配角听到后便诉说了众人高声念佛的缘由，并说幼童是弥曾在在留之际请求说"请为吾植柳以作标记"之后死去的。但是，现存的最古谣本——禅凤本中并没有记载作为坟墓标记的柳树，只说了"埋入土中，其上立标"。配角所说的与古抄本也有很多细微差别，可以说这显示出其经历了室町时期的文章的凝练过程。就在此过程中，河岸边的柳树最终被定位成标记性的柳树了。关于这点，或许也反映了"遥望郭北墓，白杨何萧萧"、"去者日以疏……但见丘与坟……白杨多悲风，萧萧愁杀人"等著名古代中国诗歌（古诗十九首）作描写的世界。

尽管如此，《隅田川》还是有着极不平凡的创作构思，它参照了从古代原作到世阿弥的物狂能成立过程中所形成的各种版本，但又不是完全照搬。如它参照了物狂能所具有的滑稽癫狂性，但又没有让这种滑稽癫狂性具体地呈现出来。而且，它既没有设定物狂能里必有的调停角色、妨碍角色等人物（伴奏间），以及人贩子或者使者等人物（助演），也没有使用信、遗物等定型化了的道具。因此，主角发疯的原委，例外地是由配角（船夫）通过冗长的叙述来担任，同时它还占据了连接前半场和后半场的场间狂言表演的位置。通常物狂能中登场人物比较多，而《隅田川》却把配角助演（商人或旅人）都集中在了一人身上（《舞艺六轮》等中可以看到伴有同行者），而且还要在前半、后半各自开头负责表示开场的呐喊声，承担着预告事件的任务。在前面就已经叙述过了，《隅田川》虽然沿袭了物狂能中主角据理驳倒对方的表演套路，但在内容上却和整曲构思一体化的《伊势物语》相重合，由此展现出了超越世阿弥作品的创作方法和表演效果来。而最为重要的，也正如我已经多次强调的，就是在这之前的所谓母子物狂能的作品，其结局全都是美满的大团圆，而《隅田川》却是以悲剧性的结局，人已不能再相聚，只能与亡者的幻影相聚，这才是其最大的特色。由此而言，才有《隅田川》属于物狂能，同时又打破了物狂能的常规之说。

（《观能》二五六号，昭和五十九年五月）

杀生石——道人玄翁

　　玄翁道人（配角）在上京的途中，来到了下野国那须野，目睹了鸟儿飞过巨石上方就接二连三地掉落的景象。此时，一位女子（前主角）出现了，告诉他石头很危险，还讲述缘由给他听。原来那块石头是玉藻前生化身的执迷之心，玉藻前生曾经令鸟羽院十分苦恼。接着女子还告诉道人说她自己就是那化身，夜幕降临，在真身即将显露之时女子便消失了。不久，那块石头在举行佛事的道人面前裂成两半，从中出现了一只狐狸（后主角）。狐狸呈现了在那须野被射杀的样子，之后发誓再不杀生，转而消失。

　　这里主要想考察有关源翁故事的产生和传播，因为源翁故事中结合了《玉藻前生民间传说》和《杀生石超度谈》。虽然在本论中没有进行过论述，不过在此之前的谣曲注释书中曾提到过，说谣曲是因为受了源翁故事的启发而创作的。对此，我将广泛收集和介绍与源翁谈相关的资料，并提出以下的看法，那就是作为《杀生石》基础的源翁谈本来是源翁的弟子为了彰显其师功绩所作，随后被运用于和源翁有关联的各个寺院的缘起中，进而又在世间传播，最后才成为表演艺术界的素材。还有，作为将卷画表演艺术化的一个例子，《杀生石》的曲本酷似一幅卷画，所以我推断应该是先有画卷，而卷画则作为《杀生石》创作直接的依据文献受到关注。

还有一点就是，《杀生石》的配角如上文梗概中所记，在现行各流派的谣本中通常都名为"玄翁"。关于这个问题，我将通过对江户时代所编写的源翁传记的介绍，在证实各种汉字书写之后，再根据上述探究源翁谈时所参照的资料都写做"源翁"的实事，来论证谣曲中使用"源翁"是最恰当不过的。另外，我在解说中也将按照这一说法，使用"源翁"两字。

《杀生石》的配角自报姓名说："吾乃名为玄翁之道人也"。现行各流派的版本中使用的玄翁两字还是自《谣抄》以来的事，而且人们大都认为《本朝高僧传》中有关玄翁玄钞的传记是其典据。但是，有关超度杀生石的和尚的传记不只限于《本朝高僧传》。首先，江户时代所编的各种传记就有如下几种：

（A）《新编镰仓志》（贞享元年〈1684年〉刊）所收，"源翁禅师传"（同续群书类从）

（B）《延宝传灯录》（延宝六年〈1678年〉序），《本朝高僧传》（元禄十五年〈1702年〉序），下野州五峰山泉谷寺玄翁玄钞禅师。

(C)《续扶桑禅林僧宝传》（贞享五年〈1688 年〉后记），"示现元翁昭禅师传"。

(D)《日域洞上诸祖传》（元禄六年〈1693 年〉序），"泉谷寺玄翁玄钞禅师传"。

(E)《日本洞上聊灯录》（享保十二年〈1727 年〉序），奥州护法山示现寺源翁心昭禅师。

以上各个传记中的记录虽然繁简不一，但正如（E）所记录的"源翁心昭一本作玄翁玄钞"，是同一个人物的传记。因此，源翁（玄翁、元翁）除了心昭（A）（C）（E）、玄钞（B）（D）之外，还有空外（A）、能昭（E）、法王禅师（C）（E）等等的讳、号、谥号，但是各种说法的根据至今还没有弄清楚。只是在这类传记之外的资料（后述）中，一般都使用源翁心昭的名字，还没有看到使用玄翁玄钞这一名字的记录。

上述各个传记所共同一致的地方就是，源翁师从峨山昭硕，开创了示现寺，最后在那里圆寂。关于源翁卒年有人认为是应永三年（1396 年）正月七日、七十一岁，但也有不同的说法。传记（A）说是弘安三年（1280 年），传记（C）说是永和七年（1381 年），等等。不过所有这些不同看法中也都说去世日是正月七日这一天，由此而言，后者毫无疑问是为了追溯更早年代的编造。正如香西精氏所指出的那样（《能谣新考》所收"杀生石"），既然源翁是峨山的弟子，那么如果不是应永三年（1396 年）去世的话就与时代不相符了。而且，在明应七年（1498 年）还举办有源翁百年忌（《新编会津风土记》所收"塔寺八幡宫长账"），由此也印证了应永三年说法的可靠性。

有关玉藻前生的民间传说（三国传来的狐狸变化谈，安倍泰成的降伏谈，三浦介上总介的犬追物起源谈），在南北朝时期成立的《神明镜》中已有记载，到了文安、享德年间便成了民间闲谈（《下学集》、《卧云日件录拔尤》）。玉藻前生的民间传说成为小说，最早可见文明二年（1470 年）的抄本，后被创作成卷画本和奈良绘图本等等。不过，我们还是大致能从中分辨出其内容是以玉藻前生的民间传说为基础，再结合杀生石超度故事而构成的。后者在室町时期卷画的三卷本系列中还可以看到，虽然没有被全部翻印，但是在《室町时代物语集》四的简介中，翻印并介绍了同系列的彰考馆版本的末尾部分，所以我想参照此资料。其内容不仅把和尚的名字称作心昭，还介绍有他的来历，说是从会津黑川万愿寺来到庆德寺的，最后继承了热盐五峰山慈眼寺，改密宗为禅宗，并将寺院名为护法山示现寺。可以说杀生石超度谈，作为玉藻前生民间传说的日后故事，被添加润色过的破灶堕传中的内容。所以会有如此的创作手法，恐怕是因为与源翁最有渊源的示现寺的相关人员也参与其中的缘故吧。而且，在玉藻前生民间传说中融入杀生石超度谈的这种形式并非源于谣曲《杀生石》。松平定信的随笔《退闲杂记》中就有如下记载：

> 中寺村之常在院，由源翁开基。寺院有奈须野之狐狩绘缘起三卷。……传记书于永享元年（1429 年），颇为古老。……有成天竺谓姐嬉斑足太子成后等文。

我没有见过常在院的版本，因为说有卷画三卷，料想与上文记载相同吧。在《退闲杂记》的记录中，尤为引人注目的是永享元年的传记。根据《新编会津风土记》，我们可以知道那是常在院二世大仙的传记。《福岛县史》第一卷中的《源翁能照大和尚行状之记》说的就是永享元年的那本传记吧。我一直想着无论如何都要确认一下是否为同一本书，可是如果按照上述记录来看，那是在源翁殁后三十三年，才有将杀生石超度谈与玉藻前生民间传说融合在一起的创作。顺便提一句，大仙（硕叟）是源翁的弟子。

如此看来，可以说作为《杀生石》出处的源翁谈应该是源翁心昭的弟子为彰显其师而创作的，后来被运用于到了与源翁有关的各个寺院的缘起中［前文记载（A）的镰仓、海藏寺缘起也是其中一例］，然后又以口口相传的形式传播开来，最后形成卷画、草子等文学艺术形式。不仅如此，还可以找到一些例子表明它还渗透到了犬追物传、《簠簋抄》、《千手经渎蒙记》等非文艺类作品中，从《圣德太子传记》（内阁文库本）就可以了解到这种传播在相当早的时期就已经开始了。记载说：

又私云，日本之玉裳之昧，飞行往奈须野，成石之精也。凡走此石边经过之物，或从空中飞过之鸟类，皆被取杀。故称之为杀生石。源应和尚恰经此地，止其杀生云云。其词曰：如何是杀生石，依止执执执执，去耶否，去耶否，唱三度，以主杖击而石破。

此玉裳之昧，在异国，乃周幽王之宝字妃也。又在天竺，为班足王塚之神也。在日本，为八十二代帝、后鸟羽院之上童也。三国化生之怪物也。身放光，令主上夜夜烦恼，遂命博士占卜之，曰此乃玉裳之故也云云。其之时乘黑云飞去，至奈须野成狐杀生也云云。

这条记事作为太子前生谈被引用在了太子六岁条中。我觉得本书的内容应该是康正至享德年间的事，也就是说早在那时这样的话题就被采用了。如果这样，那么，在差不多时期的《下学集》、《卧云日件录拔尤》中，虽然只记载了玉藻前生的民间传说，但实际上很有可能也同时融合了源翁的事迹，或者已经知道源翁的事迹了吧。

谣曲《杀生石》的唱词与引用了三卷本画卷及其系列的承应刊本《玉藻草子》十分相似。在研究卷画本文形式的时候，虽然还未能弄清楚它的创作时期，不过也很难认同它是在谣曲之后成立的。应该说卷画在探讨《杀生石》的典据出处和创作时期方面占据着重要的位置吧。总而言之，既然在室町时期的各种资料中，都把杀生石超度谈说成是有关源翁心昭的故事，那么，认为《杀生石》配角说的就是"名为源翁的道人"，也是最恰当不过的吧。顺便说一下，虽然在谣曲的各版本中，只有车屋本把读音对应成"源翁"二字，不是一个很明确的判断根据，但将其看作为道晰考证的一个例子也无妨吧。

另外，在前述各种传记中，作为源翁的弟子，（D）和（E）列举出了龄山、大仙、前三、雪庭、大雪、劫外、大庵、雪江、壶天、天海等十个人的名字。我尝试着查了一下

《读史备要》的记载，了解到在日本佛教宗派系图的曹洞宗部中，继承峨山韶硕衣钵的有一人就叫源翁心昭，而心昭又有壶天玄晟、龄山延、天海空广等三位法嗣。

（《观能》二四八号，昭和五十七年十一月）

千手——此乃东屋哉

在一谷之战中遭生擒的平重衡（助演）被押送往镰仓，交由狩野介宗茂（配角）暂为看管，千手（主角）奉源赖朝之命前去抚慰平重衡。这天她又前来拜访平重衡。平重衡成了俘虏，抱怨自己连出家都无望，于是狩野介宗茂摆设酒宴为其准备了慰藉之酒。千手出席了酒宴，吟咏且作舞，平重衡也弹起了琵琶。时间流逝，拂晓时分，平重衡因敕命再次被送回京城，千手流着泪与平重衡告别。

关于谣曲的作者认定，且不说世阿弥和金春禅竹的传书中都有言及，在这种无法参照第一手资料的情况下，人们通常是使用后代所附有作者名字的二手资料来进行推断的。就《千手》而言，没有能确定作者的资料，一般是根据文章开头所介绍的附有作者名的资料，推断是金春禅竹所作。本文在这里主要是想以有关作者的研究为前提，寻找出《千手》原文中所表现出来的特征性表达和作词手法，与其他确定为金春禅竹所作的谣曲比较，寻找出金春禅竹所作的谣曲在特征性表达和作词手法上的共通点。这里所说的金春禅竹的手法是，一边引用和歌歌词一边创作，而且在原文的解释方面，完全按照所引用的和歌词语及和歌的意思。在此，我将从《千手》原文中摘取两处为例。关于金春禅竹的创作特征，诚如原文所记载的那般，而一直被视为作者不明的《春日龙神》为我们提供了探讨金春禅竹所作可能性的契机，我们可以由此来进行推断，这是一个崭新的问题视点。而且，它给我们的启示，并不仅限于对金春禅竹一个人的作品的考证上，甚至可以说，这种考察方法为我们查明历史遗留下来的众多作者不明的作品，提供了一条线索，对此，我将在文末进行论述。

《能本作者注文》和《二百十番讴目录》都认为《千手》是金春禅竹所作，《自家传抄》中也否认是世阿弥所作，认为是金春禅竹所作。禅竹传书中没有记录，而禅凤传书中有几处提及，这或许支持了这种可能性，但未必就是确凿的证据。由此，我们尝试着从作品自身内在的表达技巧方面来寻找可以说明是金春禅竹创作的一些特征吧。如果这点能得到大家的认可，那么不仅能提高《千手》是金春禅竹所作的准确度，而且与最近三宅晶子氏所研究的现在物歌舞能（《熊野》《千手》《小督》）的成立及作者等重要问题也密切相关。

主角的登场歌（次第、平调曲、下歌、上歌）写得颇为精巧，与世阿弥的主角登场歌风格不同，它令人立刻想到与《玉鬘》是出自同一人之手。引用和歌词语，并且隐隐中全完沿袭原来和歌的意思，这就是其特征之一。即"随琴音而访，随琴音而访，此乃东屋哉"，（次第）把"おとづる"双关成"音（おと）、访（おとづる）"，并将表示东国镰仓的"东"，双关为平重衡所住的"东屋"，进而又因"琴音"（沿袭他带着琵琶、琴之事）的缘故双关到《催马乐》的曲名"东屋"，同时照搬了唱词内容"东屋檐下雨如注，吾立身湿求户开"。顺便解释一下，联系琴的演奏情况来看，《小督》的情况也是如此，其唱词"东屋主人且不论，曲调声声广为知"中也包含了"求户开"的意思。

下面是一个融合了好几首和歌的作词例子，"诚然人世间，十月天多变，雨降奈良坂，若入众僧手，如何都不得"（舞曲），词曲参照融合了"十月阵雨忽来忽去，天气多变，乃冬之初也"（《后撰集》冬）以及"十月降阵雨，……"（《古今集》杂下）等和歌，同时通过"奈良坂儿手柏之二面，……"的形式运用了中世流传的和歌（原来的和歌出自《万叶集》。《百万》等中也有），将"儿手（konote）"变形为"众僧之手"，可以说是一篇行文流畅的文章，并没有给人以东拼西凑的感觉。

关于词汇和表达，似乎也能举出几例具有金春禅竹特征的例子，如"帘追风飘香，羞见花都人"（和歌）是将"花香飘来"与"花之都""都之人"连接在了一起，引人注目的是，"花都人"是一个极为特殊的词语用法，除此之外也只能找到"今又花都人"（《贺茂物狂》）的用例。另外还有"思念之露散落，心中之花枯萎，乃至潸潸衣袖，类似今日黄昏哉"（上歌），"类…哉"这一形式被理解成与其相同、同类的意思，措辞和"众人住之类"（《浮舟》）的例子稍有不同，而与"类似纤绳之悲哉"（《玉鬘》）的表现一致。上文的上歌"思念之露"和"心中之花"组成了对句，但作为谣曲惯用表达的"思念之露"，通常会被用作上句的双关词（《葵上》《班女》等）。这里与"心中之花"组对的独立用法，以及"思念之露亦有时"（《小盐》）、"思念之露信夫山"（《杜若》）等等，都是金春禅竹的作品中极具特色的表现手法。当然，这些似乎受到了"何人因何事，染思念之露"（《云林院》）的影响。

　　《伊势物语》，尤其是"东下"一节，对金春禅竹来说是特别的创作素材，这一点我们在《小盐》、《杜若》中也可以体会得到。《千手》也是如此，点缀着"纵至东之尽，人心深邃处，此情即都城"的唱词。而有关"人心深邃处"的意思，我在其他稿件中有解释（请参照"杜若—直衣也衬心深奥—"），所以此处略过。"尽"的说法也是具有特征性的，集中出现在"此乃东无止尽之人心也"（《小盐》）、"尽头起白

浪"御舟此无尽"(《玉鬘》)、"此后心无尽"(《定家》)等
金春禅竹作品中，这一点也颇引人注目。例外的是除了《龙
虎》，还有"宫与茅屋皆无尽"(《蝉丸》)这一和歌的引用
例。其实还有一例，是引自《春日龙神》的"问武藏野无尽之
心哉"。不过，是否可以把它看做是金春禅竹所作，还要结合
其他要素考量，所以我想另作论述。另外有一个例子也是参照
《伊势物语》"东下"的，"川流至八桥，心思乱如麻，不料人
情中，是亲定是恨"(水ゆく川の 八橋や。蜘蛛手に物を思へ
とは。かけぬ情の中々に馴るゝや恨なるらん馴るゝや恨な
る)(上歌)，它和《杜若》近似就不用说了，还铺排着"なさ
け—なかなか—なるる—なるらん"的连韵。结尾处的"却是
愁肠百转"(なになかなかの憂き契り)也是如此，关于这一
手法，我之前谈到《芭蕉》时曾经提到过(《作品研究——芭
蕉》、《观世》昭和五十四年七月)。

　　以上内容不过是摘记了《千手》唱词中具有特征性的表
现，并且探讨了与被认为是金春禅竹所作的各谣曲间的关联。
其中也包括一些不一定是金春禅竹所特有的表现手法，所以
我也不能说只有这些表现手法才是探寻金春禅竹作品的唯一
线索。不过，在类似表现形式的继承过程中所体现出来的个
性，很可能就是探寻谣曲作者的一种线索，这点毋庸置疑。因

此，我期待着以后能够结合对典故出处的处理方法（包括不一定是忠实的改编），来进行更细致的作品分析。

（《观能》二五三号，昭和五十八年十一月）

大会——山生小土块

比睿山的僧人（配角）在庵室静修，这时山野修行者（前主角）来访。修行者说他就住在附近，僧人曾经救过他的命。还说作为谢礼他可以满足僧人提出的一切愿望。于是僧人说想看看释迦牟尼在灵鹫山讲经说法（大会）的情景。修行者答应僧人给他展示法会的情景，不过却告诉僧人看了以后绝不可信以为真，然后消失了身影。

修行者的真身是天狗（后主角），在化身老鹰之时曾受到僧人的救助。正当僧人闭目等待之时，虚空中响起了音乐，传来释迦牟尼的声音。这是天狗化身为释迦牟尼，再现大会的情景，可是僧人在目睹了此番景象之后却信以为真，喜极而泣。这一瞬间，帝释天（助演）出现了，天狗的魔法立刻烟消云散了。帝释天对此十分震怒，狠狠地惩罚了天狗，天狗飞到空中却没有能逃走，于是躲进了深谷的岩洞中。

这是以镰仓中期的说话集《十训抄》为典据的天狗故事，作者不明。制造出太过逼真的幻象而被惩罚的天狗引起了大家的同情。《大会》是如何使用民间传说的呢，这可以从唱词中来了解它的取态。不过需要指出的是，《大会》不单单使用了民间传说的题材，而且还运用到了唱词的表达中。特别是后场的开头，这种现象非常明显，在大量借鉴《十训抄》的同时，描绘出了天狗制造出的幻象。灵鹫山耸立在僧人的眼前，释迦牟尼出现在了狮子座。周围聚集着听释迦牟尼讲经说法的菩萨、龙神。鲜花从天而降，在天人的奏乐声中，释迦牟尼正现身说法。

后主角装扮成释迦牟尼登上舞台，还从视觉上展现了大会的情景。但是，随着助演（帝释天）的登场，庄严的法会一瞬间就从舞台上消失了。一切如梦幻泡影。后主角也通过舞台上的快速变装，变回到了天狗的样子。

很多谣曲在创作之际会参照原版（或典据），其参照方式自然会反映出作者的风格、手法和功力。例如世阿弥的作品，在参照原版的同时，还会将作者对原版的理解加入作品中，创作出一个超越了原版的崭新的文学世界。另一方面，也有一些谣曲忠实地参照典据，原封不动地再现出典据中所描绘的世界。

《大会》就属于这一类作品。早在《谣曲拾叶抄》中就有人指出，《大会》参照了《十训抄》卷一、"第一可定心操振舞事"中的民间传说，不仅在内容和唱词上与民间传说一致，而且后主角登场后的"山生小土块，故而成其高，海不厌细流，故而成其深"，也是引用了《十训抄》中民间传说之外的第一序中的内容。毫无疑问，《大会》确实参照了《十训抄》，而且几乎是照搬，这种引据方式令我对《大会》作者到底是参照了怎样的《十训抄》版本产生了兴趣。

有关对《十训抄》各种版本的研究，永积安明氏将其分为四大类。将比较容易找到的翻印本按类别展示，大致如下。

第一类：新订增补国史大系《异本十训抄》。岩波文库（东大版）。

第二类：古典文库《十训抄》片假名本（书陵部版）。

第三类：（以第二类本文补充了和第一类共通的缺失部）。

第四类：版本。新订增补国史大系《十训抄》（享保版）。

根据以上传本类别的见解，我们来探讨一下《大会》的后场〔合拍处〕的一部分内容。

主角："山即灵山也"

伴唱："大地乃金琉璃"

主角："树乃七重宝树"

伴唱："释迦如来现身狮子座，普贤文殊伴左右，菩萨圣众如云霞,砂上龙神八部各自叩拜围绕"

主角:"迦叶阿难之大声闻"

伴唱:"迦叶阿难之大声闻,坐一面,空中降下四种花,天人列于云中,奏玄妙音乐,如来说重要法门,诚然难能可贵之情景"

上述谣曲唱词在古抄本和各流派间几乎没有差别。与此相对应的《十训抄》文本按第一类版本来看的话如下所示。

① 地乃绀琉璃,树乃七重宝树,释迦如来端坐狮子座上。普贤文殊列左右。菩萨圣众如云霞,帝释四王龙神八部② 合掌围绕。③ 迦叶阿难等大比丘众坐一面……天人④ 列于空中,奏玄妙音乐。如来坐于宝花,⑤ 宣甚深法门。

只要读一遍上文,就可以发现它和谣曲唱词几乎一致,不过,还不能因此就仓促断定《大会》参照的就是第一类的版本。当我们把上文和第二类(第四类也相同)版本进行对照时,就可以发现画线部分有以下不同:① "山乃灵山,地……"② "无所不满"③ 缺失④ "列于云端"⑤ "演说"。实际上,上文摘录的《大会》唱词接下去部分的内容是"一心合掌归命顶礼，恭敬礼拜大恩教主释迦如来"，这在第一类版本中为"合手一心唱南无归命顶礼大恩教主释迦如来，恭敬礼拜"，在第二类版本中则为"手置于额，归命顶礼"。两者间的不同，再结合前述②③，我几乎可以肯定《大会》是参照了第一类版本，而不同处的①④所显示的是第二类版本的特征，这不可能是谣曲作者的修辞文饰。然而，说作者在参照第一类版本的同时，以第二类版本来补充那几处，这种可能性几乎不存在。这么一来，认为《大会》作者所依据的《十训抄》文本就是谣曲唱词的形式，这也是最为自然的吧。近世后期的抄本另当别论，虽然还没有报告说有所谓的混合版本存在，但是我们还是有必要对传存本进行广泛的调查。

　　我在开头提到的"山生小土块……"，在《十训抄》的各本中记为"山不让小土块……"。《谣曲拾叶抄》中指出"管子曰：山不辞土石……文选李斯上书曰：泰山不让土壤……"，后者在《谣曲大观》中列举《战国策》为例，《明文抄》中也有引用。正如《谣抄》一早所言，正是《和汉朗咏集》山水中训读为"泰山不让土壤，故能成其高，河海不厌细流，故能成其深"奠定了《十训抄》的基础，由此转化为"山生小土壤……"，而为《大会》所继承。不过《大会》写作"山生小土块"，这明显是个误解，关于这点，我们可以想象是由"不让→ジヤウゼズ→シヤウズ（生）"这样一个误解过程，不过这也没关系，也许可以从"细石成岩""尘积成山"的联想，理解成"生土块"。无论如何，这种表现形式也有可能是谣曲作者所作的变型，不过另一方面，就目前而言，我们仍不能排除它就是参照了谣曲作者所依据的《十训抄》文本形式这种可能性。

以上分析稍稍有些繁琐，我尝试着将《大会》本文和《十训抄》本文进行了对照，推断出谣曲似乎是参照了与众不同的《十训抄》。这里所介绍的各种翻印文本都是各个类别中的正统文本，由此而暗中思量着，在留存下来的非善本《十训抄》抄本中是否有与《大会》最为接近的文本呢？ 从《十训抄》研究的立场来说，要想找到从未见过的书是件颇费功夫的事儿。从内心而言，本稿的意图就是将《大会》文本中的问题点提出来，是否有过这样的书，或者是压根就没有，还请大家不吝指教。

（《观能》二五一号，昭和五十八年五月）

〔追记〕本稿之后，泉基博氏出版了《彰考馆藏 十训抄第三类本》（昭和五十九年一月、和泉书院出版）。而且对各版本研究中，还有福岛尚氏的"关于《十训抄》的文本——为读《十训抄》上·下"（《国语国文》昭和六十二年八、九月）。

经正——恋恋不舍之夜游

　　大纳言僧都行庆（配角）在御室（位于日本京都市）仁和寺任职，他收到了守觉法亲王德命令，命他为在西国之战中阵亡的平经正祈祷冥福。于是行庆就将平经正生前寄存在寺庙里的琵琶名器"青山"供奉在了佛前，举行管弦讲法。夜深了，平经正的亡灵（主角）在微弱的灯火中现身了，感谢行庆为其祈祷冥福。不过，行庆只能听得到平经正的声音，却看不清他的身影。就这样，行庆和平经正交谈着，之后平经正弹着供奉在佛前的琵琶翩翩起舞。不一会儿，对此番夜游感到恋恋不舍的平经正显现出修罗道的苦患来。而平经正不愿让人们看到他痛苦的样子，于是吹灭了灯火，离场而去。

　　这是以战死于一谷之战的平经正为主角的一出修罗能。在讲述源平合战的《平家物语》中描绘了平经正前往西国之际，把恩赐的青山琵琶归还仁和寺的情形（卷七"经正都落"），但并没有描写通过管弦讲法来悼念阵亡平经正的场面，可以说这是在创作能的时候虚构出来的情节吧。本论是想通过对《平家物语》的手法运用、汉诗文的作词法运用、曲中一贯使用的形象（和小西甚一氏所表达的"统象"相通）以及作品中翔伴奏[①]意思等的探讨，寻找出作品中所体现出的描写修罗痛苦的修罗能的特性，进而通过这部能的创作特点分析，来论证作者为世阿弥的可能性。

本论所引用的"恋恋不舍之夜游"是翔伴奏之前的唱词。所谓翔伴奏是在急缓相间的伴奏中，主角所作的规定动作"动事[②]"之一。在很多场合，修罗能中的翔伴奏是表现坠入修罗道后所遭受的苦患的，但是《经正》中的翔伴奏与此不同。平经正的亡灵在夜间管弦讲法中弹奏琵琶、翩翩起舞，游戏作乐。翔伴奏这时所表现的是他对只此一夜的游乐所秉持的爱惜之情。虽然这只是一部小作品，但可以说它是一曲体现了对音乐怀有强烈的执著之心的优雅修罗能。

《经正》是一部面向能乐初学者的能曲，有很多时候主角是由少年来扮演的。可能它作为能乐而言是一部质朴的小作品，所以才不那么被重视吧。然而，《经正》真的是一部无足轻重的谣曲吗？　金春禅凤（1454—1532 年?）早在艺谈集《禅凤杂谈》中就指出这是一部"非常重要的能"。而且同一书中还有在春日神社前演出的记录，我认为这是最早的有关《经正》记录，所以就先在此介绍一下。

---

① 翔伴奏：能乐或狂言中表示交战或混乱场面的伴奏。
② 动事：指能乐中由表演者的举止和伴奏构成的部分，其举止具有一定的表意、具象要素。

二番目经正。面为童子，赤色长绢，肩不脱，言"入幻"而面向配角下蹲。言"若非雨"而立，即紧闭。扭转扇子道"飞入梧竹"，返扇又道"连翼"。在上台端挥长刀曰"挥刀"，少顷弃刀，似要吹灭灯火似地一面起身一面将扇遮于左则，复蹲。据说挥舞长刀等动作，亦因时而异。

在这份记录之后，《经正》又经历了怎样一个表演技艺变迁的呢？ 这当然也是一个问题，不过我认为现在最要紧的是根据《经正》来探讨作者的创作意图。

《经正》的作者还没确定，只是与世阿弥所作的稳重的修罗物相比，《经正》被评价是轻佻的作品，因此有人就认为是世阿弥之后的作品。对此，我倒觉得还是能够从中找出许多世阿弥的创作特征来的。说起来，在《平家物语》中可以看到平家一门在逃离京城之际，平经正前往仁和寺御堂，归还往年恩赐的琵琶名器青山的故事。平经正年幼时期的师傅、大纳言法师行庆（配角）把青山供奉佛像前，而亡灵（主角）因执迷于青山而现身，能乐《经正》的这一构思毫无疑问是参照了上述《平家物语》中的记事，但正因为《经正》的内容是《平家物语》中所不可描绘的情景，所以对《平家物语》内容的引用，也仅限于平经正的一首咏歌"世如吴竹管中水，此心向宫犹不变"。特别是它还引用了《和汉朗咏集》等汉诗，描写了以琵琶为焦点的管弦夜游，这些都可以说是世阿弥作词风格的一个典型吧。而且，舞曲的"情发于声，声成文"是《毛诗大序》中的一节，也是《音曲口传》等世阿弥传书中所引用的句子，这点同样值得我们注意。总而言之，以《平家物语》中所描写的丁点记事为线索，扩大并构筑起主角对风雅执迷的内心世界，这是世阿弥修罗物的一种创作手法，《经正》也属于这一范畴。

《经正》中还交错出现"灯火"这一形象。平经正的亡灵是在法事的灯火中被引导出来的，将在火影中犹如"似有若无的蜉蝣"般出现的平经正，创作成一个"不为人见""虚幻"般的模糊存在，最终成为了烧身的瞋恚猛火。然后，既是为了避开瞋恚的猛火，也是不愿看到其中的苦患，平经正吹灭了灯火，消失在一片漆黑之中。这种贯穿首尾的形象处理也可以说是世阿弥的创作特征吧。另外，这"灯火"还起着强调平经正人物形象的作用。他恳求"惭愧之鄙身，岂令人得见哉，望灭灯火"，是一种内向的而又对音乐（琵琶）格外执著的形象。这大概和翔伴奏的意义也相关联吧。而《经正》的翔伴奏不仅仅是表现修罗道的苦患，还有表现主角既因修罗苦患的预兆而感到战栗，又难舍对弹奏琵琶的执著的翔伴奏。所谓的"恋恋不舍之夜游"，是主角预感到在"有趣的夜游"中修罗正时时刻刻地在逼近，虽非本意却又情不得已要终止这场夜游。从这层意义上来看，这种翔伴奏与其说是修罗物的翔伴奏，倒不如说是具有四番目物性质的翔伴奏吧。

由此，我认为《经正》虽然在表现形式上属于单场的短篇能曲，但也是一部借鉴和发展了之前作为修罗物（世阿弥所说的"修罗相关"的武士形象）的各种能曲而创作出来的谣曲。并可以推断《经正》作者就是世阿弥。

（大阪市立大学能乐研究会，第十六回演能大会小册子，昭和五十五年十一月）

定家——定家之执迷成葛藤

　　旅僧（配角）初冬来到了京城，在千本一带遇到阵雨，于是就在一座富有情趣的亭子里避雨。这时一位女子（前主角）出现了，她说这是藤原定家建造的时雨亭。接着，她把僧人带到缠绕着蔓草葛藤的石塔边，告诉他说这石塔就是式子内亲王的墓，而葛藤的名字叫做定家葛。僧人问其缘由，那女子讲述了式子内亲王和藤原定家过去的故事。式子内亲王自从贺茂斋院出来了以后经常与藤原定家幽会，而当内亲王去世后，藤原定家的执迷就变成了葛藤，缠绕在式子内亲王的墓上。最终那女子亮明身份说自己就是式子内亲王，请求僧人救助，然后身影消失了。

　　当僧人为其祷告时，式子内亲王的亡灵（后主角）出现了，显现出她在死后还被葛藤缠绕而痛苦不堪的样子。僧人诵读了法华经中的药草喻品，墓上的葛藤渐渐松了开来，式子内亲王从痛苦中被解救出来了。为了报恩式子内亲王跳起了舞，然后再次消失在被葛藤缠绕着的墓中。

　　这是金春禅竹创作的鬘能作品，被蔓草葛藤缠绕的场景令人印象深刻。式子内亲王和藤原定家都是和歌新古今集中具有代表性的同时代歌人，两人之间是否存在恋爱关系值得怀疑。1153 年左右出生的式子内亲王比藤原定家要年长十岁左右。而且，作品中说式子内亲王是在从斋院出来以后开始与定家恋爱的，但是那时的藤原定家还只有九岁。本论因此认为这只是中世和歌学界流传的一个故事。

但是从欣赏谣曲《定家》方面而言，比起两人恋爱的事实关系，更重要的还是其描写手法。生前的恋爱变成了邪淫的执迷，折磨着死后的藤原定家和式子内亲王。被用作象征性代表的是定家葛。另外，帮助其解脱痛苦的是，把众生比作草木来解说佛法教义的法华经之药草喻品。那么主角究竟是式子内亲王的亡灵，还是葛藤精呢？　本论将在两者浑然一体的主角特性中来探寻金春禅竹的创作风格。

《定家》是以式子内亲王和藤原定家轰轰烈烈的爱情被阻挠，藤原定家的执迷变成葛藤缠绕在式子内亲王墓上的故事为主线，并结合时雨亭的由来构思创作出来的。虽然藤原定家和式子内亲王的恋爱事件从年龄来说不可能是事实，但在室町时期似乎就是这样流传的。其中一个例子就是京都大学馆藏中院本《古今抄》和天理图书馆藏的《古今序闻书》等中，记录着藤原定家向北野天神进献和歌，以及式子内亲王被天皇赦免，恢复了名誉（德江元正、宫田和美氏"谣曲杂稿

九"、"金刚"昭和五十九年一月）的事情。还有《杂杂集》
（古典文库出版）中的"定家卿式子内亲王悬想之事"，好像
是从《谣曲拾叶抄》中引用的"杂文集"，它把了俊的《和歌
所之条条疑惑》和《正彻物语》等中的相似故事用在了藤原定
家和式子内亲王的关系上，这些都是同类故事的变型吧。关于
这一点，我已在拙稿（"观世"昭和四十四年十一月）中有所
论及，而且天野文雄氏也指出《宗祇终焉记》中也有类似的现
象（樱枫社出版《谣曲五番》解说）。但是，尚未有确凿证据
来证明有关这两个人恋爱故事的谣曲原版。不过，在佐藤恒雄
氏介绍的《后深草院御记》中，我们能够看到一些令人颇感兴
趣的记事，可以帮助我们去探查这方面信息（"后深草院御记
的一个侧面"、"和歌史研究会会报"五二号，昭和四十九年
四月）。其中就有文永二年（1265 年）十月十七日，后嵯峨天
皇驾临入道相国西园寺实氏的宅邸，就和歌进行了交流的记
载，说"又入道语申云：生不复明日，此歌乃式子内亲王赠定
家卿之和歌也。正彼卿所语云云。自院被申歌之时，恋题之
时，此歌被咏进者后事也云云。先遣定家卿处云云"。据此来
看，式子内亲王的"生不复明日，相见唯今夕"（《心古今
集》恋四）这首和歌是她在进献之前天皇先送到定家那儿去
的，实氏则把这件事作为藤原定家的亲口所述来讲了。正如佐

藤恒雄氏所指出的那样，真相也许是"式子内亲王希望得到藤原定家的点评"，或者是"佯装神秘的玩笑"，然后又在式子内亲王送恋歌给藤原定家的这件事情的传播过程中，被夸大成了原本就不可能有的恋爱事件，这丝毫也不奇怪。果不其然，围绕着这首和歌，《源氏大纲》（稻贺敬二氏编《中世源氏物语梗概书》）中又有如下的记事。

一、某故事说，藤原定家卿心系式子内亲王，暗中私通，后鸟羽院有所闻，召见式子内亲王，令其立下重誓。式子内亲王起誓明日起不再与其相见，其后傍晚式子内亲王赠藤原定家和歌一首，曰：

生不复明日，相见唯今夕。

这是一首在天皇面前立誓自明日起不再与定家相见的和歌。傍晚，藤原定家卿如约前来，执式子内亲王之手，潸然泪下，掩面于胸，痛诉其怨。思念自此开始，后令藤原定家卿卒。式子内亲王亦逝。然藤原定家之思念成葛，缠绕式子内亲王之墓也。其时，藤原定家歌曰：

难得此一见，引我渡河川。

根据稻贺敬二氏的解说，我们可以推测出这样一种可能性：《源氏大纲》是将今川范政的《源氏物语提要》压缩之后产生的，大约成立于永享四年（1432 年）后不久的年代，今川范政赠送给正彻一本《源氏物语提要》，正彻弟子正广又据此创作了《源氏大纲》。正如高松宫家本《西行上人谈抄》书跋中所见，金春禅竹和正彻周边之人有来往（以上内容请参看拙作《金春禅竹的研究》），当我们把这点和正彻与金春禅竹的交往事实结合起来看时，即便不能确定金春禅竹曾经披阅过《源氏大纲》，但可以说金春禅竹对这一话题有所见闻的可能性非常高吧。

正如《源氏大纲》所记载的那样，《定家》也吸收了两人的恋爱因敕命被阻挠的设定。当配角询问前主角定家葛由来时，妙庵手泽本中记载的前主角回答是："昔后鸟羽院御宇内，名为式子内亲王之人，初居贺茂斋宫，不久离宫，改居欢喜寺，藤原定家卿虽力不所及，仍暗中悄悄私通，此事无可隐瞒，帝责令闭门思过，夫妻之缘亦尽……"这记录在之后改写的可能性几乎没有，所以我们判断现行文本是这一记录的简略版，而宝山寺所藏传禅凤亲笔版本也和现行版本相差无几。

这暂且不论，《定家》从素材上来讲就是这样把握故事梗概的，并非从藤原定家和式子内亲王的恋爱事件本身着手，而是以定家葛所象征的邪淫执迷为主题重新构思的，因此《定家》并非所谓依据典故的能乐，这一点可以说是和《芭蕉》等意趣相同，都属于金春禅竹的创作手法吧。而且，连同《拾遗愚草》的和歌，并且在整个谣曲的形象展现中设置了时雨、霜、红叶（蔓红叶）、蔓葛，特别是从葛藤缠绕，势必令人联想到先前的《葛城》吧。落合博志氏在介绍前面提及的佐藤恒雄氏论文的同时，也注意到了这一点（《"定家"笔记》，桥会第十一回公演小册子，昭和五十八年九月），在《定家》中参照了《葛城》的不少表现，可以说借鉴和引用先前谣曲表现的创作风格，也是此谣曲的一大特征吧。还有，将从葛藤的缠绕中解放出来这一描写，与《法华经》药草喻品的草木成佛说法结合起来，也是作品构思上的重点，这与谣曲《芭蕉》相似，都体现了金春禅竹作品的特征。另外，尽管《定家》中的主角是式子内亲王，但从处理手法上来讲，可以说主角是葛藤精。有一些观点认为无论是式子内亲王本身，还是藤原定家自身的心情追述，在曲舞中两者皆有体现（《谣曲大观》等），可以说也是作者之所以把主角设定为葛藤精的一种有意识的手法吧。《杜若》的主角是杜若精，而之前的在原业平和二条后也被赋予了浑然一体的特性，综合这些现象来看，可以推断《定家》同样也属于金春禅竹的创作手法吧。

（《观能》二五九号，昭和六十年一月）

天鼓——真鼓从天而降

在中国后汉时期，有一位大臣（配角）拜访了王伯王母夫妇。王伯夫妇育有一个叫天鼓的孩子，是王母做了一个不可思议的梦以后怀上的。梦曰天鼓腹中育有天之鼓，之后果不其然有鼓从天而降。传闻天鼓擅击此鼓，故皇帝听闻传言欲得此鼓，但天鼓不允。最终天鼓被官府沉入吕水淹死了，鼓也被夺走，但是，那鼓从此不再发声。于是皇帝下令让天鼓之父王伯来击鼓。王伯（前主角）被大臣带进了皇宫。他拼死敲打击鼓，鼓发出了美妙悦耳的声音。随后，皇帝令设管弦讲法事以供奉大鼓的亡灵，并让王伯回家了。

人们把此鼓安放在天鼓被淹死的吕水边，开始进行法事。不久天鼓的亡灵（后主角）现身了，为感谢这场法事。天鼓伴随着管弦讲法事的舞乐击起鼓来，在黎明时分又消失了踪影。

突显父爱的前场和以少年击鼓为看点的后场形成对比，这是一曲将现实能和梦幻能的特征结合在一起的游舞能。曲名《天鼓》中包含着两层意思。一是指从天而降的乐器"天鼓"，另一是指擅长击鼓的少年"天鼓"。这是一出由两者的出现而引发的悲剧。故事本身没有明确的典据，不过其中运用了丰富多彩的主题元素，如因梦怀胎、专横的皇帝、老父的疼爱和少年的游舞等等。本论认为其作品背景素材包含了汉籍、佛教经典中所常见的传说和人物形象。天鼓降临在专横暴戾的皇帝统治时期，其前提是存在着汉籍、佛教经典中所宣扬的惩戒放纵的天之鼓。而且，通过把少年比作牵牛星（也称天鹰座、河鼓星），从而使得吕水与银河、管弦讲法事与七夕祭（乞巧奠）重叠在一起，更加突出了其游乐性的一面。尽管谣曲内容说得是死于非命的少年，但是，该谣曲给人的印象却是出人意料的明快，究其原因或许就在此吧。

一

在古代中国后汉皇帝的时代，有妇人因梦见一只鼓从天而降而怀胎生下了孩子，并取名为"天鼓"。之后，真鼓从天而降，据说在"天鼓"敲击那只真鼓的时候，鼓会发出美妙动人的鼓声，闻者感彻心扉。首先可以排除这一民间传说在谣曲《天鼓》之前就已经存在的可能性吧。那么，谣曲将"天鼓"这一奇妙的人名和天降之鼓融合在一起的构思从何而来呢？关于这个问题，野尻抱影氏的《天鼓和星星》（《能》昭和二十三年七月）以及其他研究中都已有言及，最近石田博氏在《关于天鼓成立的考察》（《国学院杂志》昭和四十二年七月）一文中，根据汉籍类书籍对天鼓与雷电、星星、鼓妖、陨石等的关联进行了考证，并指出天鼓传说反映了一种上天对君主失政残暴进行惩戒的思想。另一方面，从佛教关系来讲，天鼓被解说成"是置于忉利天善法堂之大鼓，不击而自发妙音"（《望月佛教大辞典》）。这是根据《唐华严经》十五所述，即此鼓在诸天众放纵之时自然而然地在空中响起，三十三天听闻鼓声，悉数聚集到善法堂，听帝释天宣讲微妙之佛法，也就是说天鼓的属性之一是"天鼓自然鸣"（法华经、序品）。而嘉祥《法华义疏》一中有如下记载：

> 外国名佛，以为天鼓，贼欲来时，天鼓则鸣，贼欲去时，天鼓亦鸣……天鼓鸣时，诸天心勇，天鼓鸣时，修罗惧怖……是故名佛，以为天鼓也。

据此，又有："次曰修罗，嗔恚盛而无恶心之事。一日三时之愁，嗟叹天鼓自鸣"（《宝物集》上）之说，故可以说这是接受了成语化了的"天鼓自鸣"表现。

二

天鼓的属性之二，正如"诸天击天鼓，常作众伎乐"（法华经、寿量品）所言，它是伎乐演奏时伴奏的天上音乐，在

《过去现在因果经》三中也有记载，说释迦牟尼宣讲佛法之际，天龙八部作众伎乐，而天鼓自鸣。

再者，天鼓作为七夕二星中牵牛星的异名而为人所知。《文选》的"洛神赋"李善注中，就"匏瓜"一词，以"天官星占曰"解释说"牵牛、一名天鼓"。正是基于这种认识，《天鼓》的后半部分才会通过七夕的乞巧祭，也就是供奉丝竹，将游乐游舞与管弦讲法事融为一体。《天鼓》后半部分的乐舞性可以说是将主角命名为"天鼓"的人物设定中精心设计的构思吧。具体说来，〔问答对唱〕的结尾处"天人化身来，菩萨亦临此，从天而降凡，天鼓同击之"，把天人伎乐的演奏和"天鼓"的演奏交织在一起，在〔中合拍处〕缀有和七夕相关的星座故事也是其中一环。举行管弦讲法事以及主角游舞的吕水畔是"天鼓"被淹死的地方，而吕水之意即为吕县（江苏省铜山县东）的河流，又或许是鲁水（孔子出生地、鲁国的河流。泗水）。总之，位于吕县之南的泗水有一叫吕梁的石梁（《水经注》泗水），"孔子观于吕梁，悬水三十仞，流沫三十里，鼋鼍鱼鳖之所不能游也"（《列子》。《庄子》中也有记载），给人一个河流连鱼类都无法栖息的印象。这里是淹死作为罪人的"天鼓"的不二之地，但是当作为河鼓星的"天鼓"在受到管弦讲法事的供奉之际，就又与银河的形象重叠在了一起。

"天海面云波，吕水浪拍堤，啸月共戏水，穿波……"这形容的是夜游舞乐，根据比拟天河月船的汉诗或者万叶集的表现传统，把银河的波涛声比拟为天鼓声。

《天鼓》在演出方面的重点就在于要展现上述层面的夜游舞乐，这点应该很明确了吧。而关于这一点，先于《天鼓》的延年风流也受到了关注。"应永二十八年（1421）十月维摩会讲师房引附"（京大国史研究室藏本。《能乐源流考》所摘）中记录有：

一、今度风流之题目……大风流，寻天鼓之鼓事。

一、大风流有结尾、童舞、拔头、装束公物……

一、作物事……大风流有一山、一兽头瓦、一纸鸢。

由此可见，"寻天鼓之鼓事"为大风流的表演节目。其具体内容不得而知，或许是根据法华经中所说吧，也可能与《天鼓》的内容没有关联。不过《天鼓》诞生的背景中存在着把对天鼓的兴趣文娱化的因素，这点还是需要关注的。

三

谣曲《天鼓》的主题之一就是应该在天上的天鼓来到了人间，当离开了可以说是它分身的"天鼓"的手就发不出声音了，这可以说是对乐器所具有的灵异性的一种应用吧。譬如琵琶，据说弹奏之人如若拙劣，则玄象不鸣（《今昔物语集》四、《十训抄》十等），又说玄象有不着调之日（《续古事谈》五）等等。如果把琵琶换成天鼓的话，就可以知道天鼓的灵异性并非出于异想天开了。另外，还配合了"天鼓"的奇瑞怀胎论（例如《尘添壒囊抄》四，"日梦见事"中也有各传说的集成），加上帝王的专横暴戾，老父的悲叹等等。而后半部分又把天鼓本身所代表的乐舞性与同天鼓异名相关的七夕重叠起来，创作出了颇为凝练且整体奇特的故事情节。以这种方式把一个个主题元素组合起来的构思当然应该归功于作者的才华。那么，作者把时代设定在后汉（由于内容上没有必要性，故而宝生流将其改为汉代）意欲为何呢？　正如前文提到的石田博氏论文所指出的那样，《后汉书》七十二中记载了这样一个故事，说每当王乔进宫时，城门下的鼓就会自鸣，在他死后，皇帝把那只鼓安置到都亭下，之后它再也没有响起过。这个故事也许在构思上给了作者启示。

（《观能》二六〇号，昭和六十年三月）

融——河原院乃盐釜之浦

云游僧（配角）从东国上京，造访了六条河原院的旧迹。这时来了一位汲取潮水的老人（前主角），他向僧人介绍了昔时左大臣源融，并缅怀陆奥国盐釜之盛况，随后，在此地烧制食盐，又和僧人一同眺望秋色。接着，老人讲述了源融的风雅如何如何，激发了高涨的怀旧之情。应僧人的请求，老人又介绍了京城外的众山之后，就在僧人汲取潮水期间，老人随着海潮氤氲而消失了身影。

僧人在梦中正等待着，源融的亡灵（后主角）现身了，他跳起了怀念往昔的舞。赏月之间，就在黎明到来之前，源融消失在月宫之中。

这是世阿弥所作的以嵯峨天皇的皇子源融为主角，以怀旧游舞为看点的贵人物。

在前场，老人描述的是源融在世时的河原院盛景以及他死后的荒废。源融为了在自家宅邸制造出盐釜之景，就让人把难波的潮水运送到京城来烧制盐，而当他死后，极尽奢华的庭院却荒废了。据说纪贯之看到了这番情景，曾作和歌曰："君去如烟绝，盐浦尽凄凉"。这首和歌被收录在古今集中，在题词中还详细记录了创作时的情景，而本曲的制作也参照了当时古典注释所采用的说法。

往日的河原院是一派风雅的生活，对往昔的怀念成为作品的基调。在后场也有怀旧，源融的亡灵唱着"忘却已经年，又归旧时波……"而现身，跳起了早舞。整体而言不断展现出优美的场面，不过在前场，老人除了缅怀之外还流露出了激情。在舞台上，老人唱到"怀念哉怀念，眷慕也罢，祈愿也罢……"缅怀往昔时不禁声泪俱下。本论将对已成幽灵的源融仍然心系京极御息所（宇多天皇后）这一民间传说的投影进行解读，来探寻其与观阿弥所演绎的鬼能古作《融大臣之能》的连接点。

以中秋的河原院为舞台，老人时而情绪高涨地与僧人畅谈，他们的唱词中运用了古典诗歌，其中遗留了一些难以解释的表达。中秋圆月下，鸟儿停留在表现篱岛的旧迹处。目睹这幅光景的僧人说道："月影映四门，此身返古秋，追忆昔日事，思念几时休？"还和老人一起吟诵了贾岛诗的一节（"鸟宿池中树，僧敲月下门"）。其中"しもん（simonn）"和"こしう（kosiu）"是两个难解之词，自室町时期以来就有种种解释，笔者根据与贾岛诗的关联，将两者推断解释为"四门"和"古秋"。

众所周知，《融》在前场的〔问答〕、〔道白〕中叙述了"融大臣仿造陆奥千贺之盐釜搬至都城内"的情形。《古今集》卷十六哀伤中也收录了纪贯之的大意为"君去如烟绝，盐浦尽凄凉"这一和歌，并在序言中解说在"河原左大臣过身之后，虽然家道衰败，然盐釜之景犹依稀可见"，上述内容成为了谣曲故事的出发点，也是构思谣曲《融》的核心，这是众所周知的了。

《显注密勘》中记载："河原左大臣于六条河原建造宅第，挖掘池塘，注水入池，每月灌入三十石潮水，放置海底之鱼贝等。仿陆奥国盐釜之浦，在晒盐人之盐屋中生火制盐以供赏玩，纪贯之见在其逝世之后，盐釜烟绝，遂吟诵和歌也。"

《谣曲大观》讲而结合上文的说法，认为这就是《融》的出处。不过，在世阿弥对古今集的理解中并没有说此曲是依据《显注密勘》所作，正如我在拙稿中多次提及的那样，《三流抄》系的序注、歌注才是其创作根本，这点对《融》而言也不例外吧。在此根据我多次引用的毗沙门堂本《古今集注》，对纪贯之和歌的注释如下：

云河原左大臣者，融卿也。在此卿庭前，仿作六十余州

　　之名所。大臣，后为宽平法皇，御所池中，每月入盐三十石，令住海底鱼虫。此院临六条坊门南、六条北、万里小路东、川原西方等四町也。

　　虽说内容方面比《显注密勘》稍微详细些，但是值得注意的是，毗沙门堂本《古今集注》中的主人公不仅仅说是"河原左大臣"，还添注了"融卿"之名。另外，我认为从这一记录能够解读到《显注密勘》所说的内容，因而世阿弥所依据的《古今集》注释很有可能还要稍稍更详细吧。在表章氏的《作品研究——融》一文中也是这样推测的。

　　东京大学国语学研究室所藏的《和汉朗咏集见闻》是一本古注释书，被认为是室町初期的版本，这一点我在他稿《安宅—辽远东南云起—》中也介绍过。《和汉朗咏集》的纳凉主题中收录有"池冷水无三伏之夏，松高风有一声之秋"的诗句，在《天鼓》、《东北》、《西行樱》等中也都可见，以上诗句所附加的注释如下：

　　　　此乃源之英明，河原院之赋书。云瓦之院，嵯峨天皇之王子融左大臣，于六条瓦建御所而住，云河原院。今之渡部一文字之党，此流也，大臣于后院仿建日本国之名所陆奥盐釜之浦,池大,傍山,山上植松竹,池内养鳞类,海鱼畅游水中,自尼崎每日运潮水六石注入,浦上建制盐屋,常观赏盐屋之烟。古今君如烟绝,盐釜之浦亦满目凄凉,非真正盐釜之浦,乃今河原院之盐釜也。大臣殁后,河原院之名所荒芜。今之赋亦乃大臣之后所作眺望之景。池乃盐釜之浦也。三伏乃……(略)松高乃云河原院池岸边之松。风皆清凉,松风更显寂寞之感,犹冷也。一声之秋乃……(略)。

这是说源英明以"夏日闲适"为题所写的诗是吟咏河原院的,虽然不知根据为何,不过在与上述《和汉朗咏集见闻》不同系列的《和汉朗咏注闻书》(永济注)中,这首诗也被注为"于河原院长秀上人房中所作之诗也",两者具有相通之处,这点引人注目。顺便说一下,所谓"河原院赋",实际上在《和汉朗咏集》中有以松为题收录的"九夏三伏之暑月,含竹错午之风;玄冬素雪之寒朝,彰松君子之德。"这也是出现在《东北》、《善知鸟》等中人们非常熟悉的诗句。而与《和汉朗咏集见闻》同一系列的国会图书馆本中,也以这种方式标示出了前面的注释。这暂且不说,至于河原院的注释,《和汉朗咏集》提出这样的说法,与其说是独自的说法,不如说这也许是根据古今集的注释而在此采用了同一说法更为合适,而这从

《古今集》也包含了纪贯之的那首和歌这一事实中也可得到
印证。

　　但这并不是说世阿弥亦如《和汉朗咏集见闻》那样参照了
《和汉朗咏集》的注释。而且，我们原本就不能确定世阿弥所
依据的古今集注的内容。不过，在构思《融》的时候，有关对
六条河原院旧迹的认识就已经以这种形式存在了，我们因而
由此确定，世阿弥所依据的典据范围基本上也就是这些内容。
按照《融》的唱词具体来看，《和汉朗咏集》注释中的说法几
乎涵盖了整首谣曲，比如融大臣是嵯峨天皇的王子（谣曲方
面，在世阿弥之后把"御子"称为"御宇"）、把盐釜之情景
照搬到河原院、从尼崎（谣曲中是难波浦）汲取潮水、烧制
盐、大臣殁后荒废因而引发了纪贯之的咏歌"君去……"等
等。在探讨能乐《融》时，大家会把它与观阿弥所演的鬼能
《融大臣之能》进行比较。虽说后场已进行了修改，但前场是
否保留了古作的原汁原味，这也是讨论的焦点之一。而关于现
存的唱词，如上所示的出处及其采用手法上，显而易见存在着
世阿弥的风格特征。再者，运用这些特征来描绘月下游舞时候
还有效地使用了汉诗句，这点同样值得注意。实际上，不仅仅
是《融》，只要是世阿弥的作品，都会有脱离原出处而构思起
来的唱词表达，也都巧妙地使用了《和汉朗咏集》等汉诗集中

的诗句，可以说这就是世阿弥创作手法的重要特征，不过有关这一问题，我想借其他机会再来进行论述。

（《观能》二四四号，昭和五十七年一月）

融（续）——眷慕也罢悲叹也罢

《融》为世阿弥所作的能乐，在《申乐谈仪》中是以"盐釜"为曲名的。其唱词的部分内容早在《音曲口传》中通过"盐釜"之名就可以查找到，而且金春禅竹也把它记作"盐灶"，所以"盐釜"应该是其原本的曲名，可到了金春禅凤就变成了"融"。还有《五音》中记作"融"很可能是后人进行的修改（表章氏说）。

大家也都知道，在世阿弥创作能乐《融》以前就有"融大臣之能"存在了。《申乐谈仪》中记载说"令人生怒者，所谓融大臣之能，乃变成鬼后斥责大臣之能，冗长拖拉，逐渐变大……"，"鹈饲之……后之鬼亦模仿观阿弥所演融大臣能后之鬼也"，说明这是一曲鬼能。

原本，河原左大臣融曾因两大话题而自古闻名。其一是风雅之极，他于京城六条一带建宅邸，仿建陆奥盐釜之盛况；另一是怪异谈，作为后日谈，在融殁后，其宅邸献给了宽平法皇

（宇多院），被称为河原院等。这在《今昔物语集》中也有记载，更广为人知的是《古事谈》、《江谈抄》中的民间传说，其中的"融大臣灵抱宽平法皇御腰事"一节说：

　　宽平法皇，与京极御息所同车，渡御川原院，观览山川之形势。入夜，月明。取下御车之草席，且作御座，与御息所行房内之事。殿中有藏室，有人开门而出。法皇问。对答云：融也，请赐御息所。法皇答曰：汝在生之时乃臣下。我乃天子。何出此狂言哉？本该速速退下，灵物忽抱法皇御腰。御息所近半死。御前侍卫等，皆候于中门之外，御声未能及达。牛童为近侍，喂御牛。召此童，令呼召众人。驾御车，使御息所乘之。颜俱无色，未能起立，扶抱而乘，起驾回宫。召净藏大法师，令其加持之后，遂苏醒云云。法皇因先世业行而为日本之王。虽离宝位，仍有神祇守护。驱除融之灵也。又，此户面有击打之迹。守护神，追入制伏云云。

再者，在这个民间传说中，融的亡灵是抱住法皇的腰，而在其他传说中是抱住京极御息所，我想那才是原来的内容吧。而且，融的亡灵做出的这番举动，感觉好像与他生前生活风流的形象不符，其实正是其因生活风流之故，所以才亲口宣称

"我在世之间，行杀生之事，因其业报而堕恶趣"，"因昔日之爱执，时时来此院憩"，"重罪之身，在于暴戾性，虽无害物之意，犹对人有行凶之事。"（《本朝文粹》所收，纪在昌"宇多院为河原左相府殁后修讽诵文"）。由此可见，古作的鬼能"融大臣之能"毫无疑问是参照了这一民间传说。由此，我们可以推断，其基本上是一种模仿秀式的能，融的亡灵出现在河原院的法皇和御息所面前，悲叹着其对御息所的恋慕，同时，还伴随着一些动作，于是作为守护神的鬼现身叱责了融大臣。

有关这一古作与《融》的关系问题，有人认为两者是完全不同的谣曲，也有人认为这是根据古作的改编，而且前场保留了古作的风味，还有人认为其整体进行了大幅度的改编等等，虽然涉及了诸多说法，但无法做出最后判断。不过，当我们对古作内容进行分析时发现，两者之间几乎没有重合部分。不仅如此，《融》的内容主要是融大臣的亡灵现身荒废的河原院，缅怀当年盐釜的盛况，以及他在月下游乐游舞等。正如前稿"融杂记"所述，仅仅是把前述融的风雅生活方面作为素材，主要还是根据《古今集》、《伊势物语》以及《和汉朗咏集》古注等中的古典知识。而且它的唱词在整个曲子的构思中保持着一贯性，很难找出前、后场有什么本质上的不同。另外，从前主角登场的一声，接问答、白道一直到之后对河原院的情景叙述，都使用了《古今集》等中的修辞语句。在《伊势物语》的引用方面，其改编手法也十分巧妙，以至于差一点令人错看了其题材的来源，所有这些都显示出了世阿弥作词手法的独特之处。可以说能乐《融》的创作，主要是根据众所周知的有关融风流至极的古典知识，又具体展现了世阿弥的美意识。因此，要说《融》和古作完全无关，那也未必。前主角目睹荒废了的旧迹，对往事不胜怀念，为了表述缅怀之情，接着"怀念往昔哉"又唱道"怀念哉怀念，眷慕也罢悲叹也罢，岸边浦千鸟，唯留哀鸣声"。而且"眷慕也罢悲叹也罢"这一句，因为不仅现存最古老版本的禅凤本等下挂各流派均唱"眷慕也罢祈愿也罢"，而且上挂流派的室町时期抄本中也确认有过这两种形式，故可推断"眷慕也罢祈愿也罢"为古型。由此而言，把这一句仅仅当做是怀旧就未免太过激进了。重要的是，从意思来看，场上的怀旧文脉也很难完全表现出来，如果说这是由恋慕引起的苦闷叹息，那就另当别论了。前面我之所以推断说古作在于表现"融对御息所的恋慕"，其实也和上文的那句唱词有关。《融》的前主角伫立在荒废了的河原院，沉浸在缅怀往昔的感慨之中，这不仅是对曾经的风雅生活的怀旧，而且从追忆对御息所的恋慕这一视点来看，这一唱词的确是参照了古作的内容。

　　"盐釜"（《融》）是世阿弥所创作的能乐，正如其名，应该与"融大臣之能"截然区分开来。但如上所述，也许和味方健氏的观点有关联（"从鬼到公家"），他认为后主角登场的桥段中包含了灵鬼性，这说明《融》在创作时充分意识到了古作的存在。换而言之，这可以说这曲能乐的创作表现了世阿弥对鬼能的批判，并由此对古作进行扬弃式的继承，这是世阿弥为树立新风而进行具体实践的一环。

　　　　　　　　　（《观能》二五八号，昭和五十九年十一月）

融（再续）——月影映四门

谣曲中还有不少词句至今仍意思不明。《融》前半部分的问答唱词是人气颇高的名曲，配角唱词的大意是：

> 鸟宿篱岛树，婉转鸣枝头，月影映四门，此身返古秋，
> 追忆昔日事，思念几时休？

关于"しもん（simonn）"所对应的汉字，现行谣本中金春、金刚流派对应的是"四门"，而观世、宝生、喜多流派则用假名书写。还有"こしう（kosiu）"，金春流对应的是"古秋"，除此之外还有对应"孤舟"的。

在室町末期的抄本类中这两个词大都是用假名书写的，不过天理图书馆藏的天文三年（1534年）末尾简介署名元安的版本中对应的是"四门"和"古秋"。这里的年记是另写的，所以略存悬念，但这是最早出现对应汉字的例子，应该是

板上钉钉的事。车屋版本使用的也是这两个汉字（但是整版本中对应的是"孤舟"）。《谣抄》中记载说"しもん之字未考证"，而关于"こしう"则记载说"三体诗中有：五湖归去孤舟月。亦云：孤舟归此身，此句乃归去孤舟月的心境乎"。江户初期上挂流派版本（拟光悦本、光悦本、玉屋本、元和卯月本）也据此记录为"しもん"和"孤舟"。车屋整版本采用的应该也是《谣抄》吧。

在谣曲的注释书类中，"こしう"基本上是根据《谣抄》中的说法，而关于"しもん"，似乎知识渊博的前人也思考腻烦了。万治二年（1659年）山长版谣本的提要中记载说"四门因此地昌盛，故建东南西北门"，本文中对应的也是这个词。小栗了云的注释中也提到了本文所对应的"四门"，还说"小按，紫门乎"，并把河原院描绘成"建作仙宫……后成梵刹，由仙宫而称紫门亦可。仿禁里紫阙也"。另外还补充说还可对应为"诗门（贾岛的推敲之意）"或"私门（《文选》赠刘琨庐谌诗）"。

《谣曲拾叶抄》中对应为"诗门"（翻刻本排错字成了"待门"），有"鸟宿篱杜梢鸣啭，莫非有仿贾岛诗句之心哉"之说。《谣言粗志》也是照搬不误，大和田建树的《谣曲评释》中解释为"诗句文字体现诗之意"，而且还提出了一种解释说："仔细想来似乎有些勉强，或亦可能是'紫门'之类乎"。虽然这种说法没有参照了云的注释，但结果却是殊途同归。

堀麦水在《察形子》中认为"しもんの字有诸说。诗门或四门也。然若按诗中乘孤舟归去之意来看，枝门之说亦可。柴门之意也。"这又增加了"枝门"这一新注解，不过从内容而言，与了云的注解还是有所关联的吧。

在近代以来的注释中，有些是江户时期的注释书中未见的，而《谣曲参考抄》等在字意方面也无新解，总而言之，"しもん"可以对应为"四门、紫门、柴门、诗门、私门、枝门"等汉字，而"こしう"似乎只可对应"古秋、孤舟"。这些注释大都没有超出以上范围，或者是在借鉴这些词的同时保留疑问。丰田八千代在《谣曲新释》（1918 年刊）中认为"しもん词意不详。用紫纹不亦可说是波纹？"除了这一说法之外，小学馆版《谣曲集》(2) 的眉批中记载了有"古集"之说，不过就手头资料来看结论还不甚明了。

在本论开头就提到了，重新梳理能乐《融》剧本文脉的时候，主角对配角的唱词所作出的问答道：且将今时景，话与僧人知，或吟贾岛诗。

因为是参考了贾岛的诗句"鸟宿池中树，僧敲月下门"（参照《断肠集拔书》），所以引起这般联想，其契机就是配角把眼前的景色描述成"鸟宿篱岛树，月影映四门"。也就是说，"月影映四门"呼应的是"月下门"，《谣曲拾叶抄》所说"僧人所言之词，是从僧敲月下门这一诗句中摘出的"这一理解准确到位，而前面罗列的各种注释也都围绕着门，可以说这也是理所当然的。而且，考虑到场所是河原院，因此无论是否真的存在，说有东西南北四门也无妨。

如果"しもん"是四门的话，那"こしう"相比对应为"孤舟"来，我更愿意对应为"古秋"。因为所谓"此身返古秋"应该与"归兮归兮，昔时之秋"（《姨捨》）意趣相同，都是怀旧之心境吧。因此，我认为应该说署名元安的版本对应成四门、古秋这两个词是恰当的，不过此处配角僧人把寄予场所的怀旧咏叹成自身之事，这有些不太自然。近代的注释之所以没有接受"四门"、"古秋"的说法，也许正是因为无法解决这种文脉上的整体性吧。前面提到的主角的唱词，在署名元安的版本之后的下挂流派、宝生流中记载如下：

且将今时景，遥寄故人心，话与僧人知……

这段唱词与贾岛的心境相重合形成一个说明性的交代，而配角僧人自身的怀旧依然不变。如此一来，令人觉得似乎是通过与贾岛的诗句"僧敲月下门"相结合，从而对应成配角僧人的唱词。不过，这里的怀旧还不如说是发自主角自身的情感吧。

尽管如此，以融大臣的风雅怀旧为主题的能乐《融》，展示出使主体保持一贯性的世阿弥的精湛表现力，在这前提下，我觉得很难说这是一个破绽。由此可以想象，在主角、配角如此这般的怀旧之中，或许存在着为彼此所认可和理解的背景。正如我在其他稿件［"融（续）—眷慕也罢悲叹也罢—"］中推断"眷慕也罢悲叹也罢"一句中反映了古作"融大臣之能"那样，这里也存在着同样的情况吧。当然，我现在无法指出具体内容，不过一般认为《融》是由古作全面改编过来的，它的怀旧部正是当时大家都熟悉的"融大臣之能"的内容。想到此，我不由觉得，这里提到的一些问题或许是作者在构思《融》时，有意而为的表现吧。

（《观能》二六四号，昭和六十一年一月）

巴——内疚之心

　　木曾国的僧人（配角）来到近江的粟津，看到有一女子（前主角）正流着泪给神社供奉杨桐。僧人困惑不解，那女子说自己是这个神社的巫师，正在祭祀木曾义仲。然后女子请求说："汝若亦是木曾出身，烦请君为义仲诵经"，然后消失离去了。

　　僧人应那女子的请求为义仲祷诵经文，这时一位武者打扮的女子（后主角）现身了，表明自己是侍奉义仲的巴御前的亡灵。接着又讲述了义仲在砺波山和俱利伽罗山口大获全胜后，从北陆进攻京城，但武运不济，在粟津之原遭遇惨败等情形。在粟津，义仲想逃过追兵，于是策马跃入结着薄冰的深田，没想到动弹不了了。于是巴就把义仲带到了附近的松树林，劝他自裁。而巴也打算自尽随主而去，但义仲以她身为女子为由，不允许她自尽，并让她返回木曾，托她把自己的遗物带回去。巴泪流满面地离开了义仲，用长刀①打退近敌，义仲便趁此机会做了自我了断。此后，巴信守义仲的遗言，带着遗物回

---

　　① 长刀：长柄宽刃大刀。日本中世僧兵与近世女子的常用武器。

到了木曾。巴的亡灵讲完事情的来龙去脉后，拜托僧人也为自己诵经，因为她无法释怀对义仲的内疚之情。

能乐《巴》是二番目物，看点是《平家物语》中登场的女武者、巴御前的挥舞长刀，这种设定十分独特，在一般修罗能中是见不到的。主角为女武士，这在现行能曲中也无例可循，而且她并不是请求把自己从修罗道的苦患中解救出来，而是请求供养"她那内疚之心"，这和普通的修罗能也大不相同。巴抱着同生死的决心而战，却没能和义仲共赴黄泉。最后未能尽自己信奉的忠节，因而在死后仍对此耿耿于怀，这应该就是主题吧。本论要指出的是，把前主角设定为巫师①也与这一主题息息相关。

一

能乐《巴》是《自家传抄》、《能本作者注文》中都可见到的曲名，在永正、大永时期就已经存在了。令人不可思议的是，室町时期的谣本中却没有见收录。庆长初年收集到的妙庵手泽本中有多达三百曲能，其中也未见《巴》的踪影，而且下挂流派和车屋本中也没有，所以这是相当稀世的谣曲。当然，《舞艺六轮》中记录着它的装束附等，理应是上演的曲目，但是在室町时期的演出记录中居然也找不到。然而，到了江户时

---

①　巫师：侍奉神的人。奏神乐、息神怒、问神意、传神谕的人。

代，《巴》却被列入了最初的外组本（明历三〈1657〉年，野田本）中。虽然这不是《巴》的问题，不过为何要到那时才被选上呢？　其中缘由就不甚明了了。

二

《巴》中前主角登场唱了〔平调曲〕："趣哉琵琶湖波静，粟津遍松林，敬神明佳处，神灵定可信"，接着配角〔问答〕说："真不可思议啊，有女流泪在拜神，实在令人困惑不已"，实际上这种形式只是在现行观世流中上演，而下挂流派则在〔平调曲〕之后，主角会说："今日粟津原举行神事，想必巫师们亦将前往"，然后唱"实属难得之事，勾起往昔回忆"（观世流的古型也和下挂流派形式相同。宝生流和下挂流派也几乎一致，不过缺少了重要的"巫师们"）。也就是说，在现行的上挂流派的曲中，前主角仅以乡村女子的形象出现在配角面前，但原本前主角设定的是祭祀木曾义仲的神社巫师。这在探讨《巴》主角的性格甚至谣曲整体构思上，是一个极为重要的问题。

三

"巴、板额①"等原本就是勇妇的代名词，在各种《平家

---

① 板额：日本镰仓初期的勇妇。

物语》版本中记载着巴是樋口次郎之女，说其母或是插头师，或是中原兼远的女儿、今井四郎兼平的妹妹，又或是义仲的妾等等，当然其史实性值得怀疑。另外，还好像是侍奉义仲的美女（也叫便女。炊事、伺候饮食之侍女），在《平家物语》的形成过程中逐渐被塑造成了这样的一个人物形象。根据比较古老的《源平斗争录》中描写，在粟津战役中，巴抓住两个敌人，分别夹在左右腋下，然后朝铠甲撞击，把两人打得粉身碎骨；又说，她和以力大闻名的恩田七郎宗春扭打在一起，把他强行摁到鞍车前轮下，拧断了他的脖子，可见巴是一位可怕的女超人。而粟津战役结束后，关于巴，记载着"不知是被杀了还是落荒而逃了，不知去向"；还有一个说法是说她逃往镰仓，与和田左卫门生下了一个儿子，那就是继承了母亲血统、力大无比的朝比奈三郎。可以说这里仅仅是强调了巴的超凡力大，并围绕这点牵强附会地塑造出了传说中的人物形象。

《平家物语》诸版本中的故事情节也大同小异，不过还是存在一些细微差别的。在一方流的道白本（参照通行本）中，义仲召见了巴，说："汝乃女流之辈，速速逃往某处……义仲可不愿被人说最后一战还带着女眷"。这句话表现出了他们的主从关系，以及义仲忌惮世人议论自己携女子作战，在他的意识中是把巴视作女性的，这和《源平斗争录》单单强调巴的勇武有所不同。巴在完成最后的任务之后唱到："脱去铠甲，朝东国方向逃命去吧"。不过，根据八坂流的道白本（参照一百二十句本），义仲说："不愿为世人诟病携女战死之类"，然后命令巴在他死后要为他供养，说："此后逃往某处，由汝祭奠义仲后世"。巴回答道："挥泪与君别，此去向东国"，描写了以泪示人的巴。《源平盛衰记》综合了以上巴的形象并加以夸大，说义仲命巴道："如此，与其伴我共赴黄泉香消玉损，不如活着将此事告诉家人，并为我后世烧香拜祭。速速悄悄逃往信浓，转告众人如此这般"，巴于是"脱下铠甲弃之，着小袖装束赴信浓，转告夫人子女，皆挥泪如雨"。另外还记载说，巴在其儿子朝比奈战死后，便"出家为尼，在佛前敬香献花，供养主、亲、朝比奈之后世"。

四

如此看来，作为能乐《巴》出处的《平家物语》很有可能就是《源平盛衰记》。"汝乃女流之辈，可隐忍苟全于世，将此护身符与小袖送往木曾，若违此旨，则断主从三世之契，永不再兴"，这段描写与其说是要巴为他后世烧香拜祭（八坂流），倒不如说是让她给故乡的亲人带去详细的口信（《盛衰记》）吧。另外，"切断上带，平心静气地脱去铠甲，同时脱下梨打乌帽子弃之，换上小袖装，将义仲一直佩戴的短刀藏于衣内"，我认为这也是取材于《盛衰记》的内容。

这些暂且不说，《巴》的后主角说："身为女流之辈未能伴君到终，悔恨不已，至今仍求侍君左右"，还百般央求说"身为女流之辈，最后舍君而去，憾恨不已"。这种"憾恨"是出于因女儿身没能尽忠保节的悔恨，是没能完成"命该遵守道义之理"的遗憾，是一种"内疚之心"。这就是《巴》的主题，正因为如此，所谓的"至今仍求侍君左右"是联系前主角作为巫师登场来体现的。把前主角设定成巫师，这应该也是参考了《源平盛衰记》中说巴出家为尼，为义仲供养后世的记录吧。但是，将主角设计为巫师这样的想法自不必说，在《巴》的构思中还描画出了一个死后仍要侍君左右的巴的忠义形象，这超越了各种版本的《平家物语》，而令人注目。顺便介绍一下，小田幸子氏的研究（准会小册子、昭和五十五年十二月）认为，《巴》的设定和各种版本的《平家物语》不同，巴一直守着看到义仲死去后才逃走，结合这一点来看，在这样的人物形象背后我们还可以找到《兼平》的影子。

虽说如此，与同样以《平家物语》为蓝本的世阿弥的修罗物比较，坦白说，《巴》要逊色的多。虽然《巴》的作者还不明确，但其构思和唱词等都不及世阿弥的创作水平。不过，我们不能因此就立刻判定作品作为能乐的优劣，这就是能乐的魅力所在。《巴》刻画出了怎样一个女武者的性格呢？ 很多时候还要看表演者的诠释才能及表现技巧。

（大阪市立大学能乐研究会，创立六十周年纪念大会小册子，昭和五十七年十一月）

难波——名为王仁的相面人

侍奉朝廷的大臣（配角）来到摄津的难波，看到一位老人（前主角）和一名年轻人（前主角助演）正在梅花树下扫地。大臣感到很奇怪就去问老人缘由，老人回答说这难波的梅花树可是名贵之树啊。大臣想起了有这样一首和歌，大意是："冬眠难波梅花开，凌寒只为迎春来。"老人说这首和歌与仁德天皇登基有着密切关系，仁德天皇治世国泰民安，最后老人表明自己是从百济国远道而来的王仁，年轻人则是梅花树精，然后消失了身影。

到了夜里，王仁的亡灵（后主角）和木花咲耶公主（后主角助演）出现在了大臣的睡梦中。木花咲耶公主翩翩起舞，王仁接着演奏舞乐，祝福天下太平。

这是世阿弥所作的一曲老神物，是根据有关仁德天皇登基的传说创作的。在后场，有助演跳天女舞，主角以老神打扮，戴着恶尉面具登场，他随乐而舞部分是最精彩的场面（观世流派是由年轻男神跳神舞的）。而且曲终部分的谣曲中又糅合了众多的舞乐曲名。

王仁现在被称为"ワニ（wani）"，据说在应神天皇时代从百济渡海而来，因为是把论语和千字文带到日本来的博士而家喻户晓，但在能乐中其名被音读成了"オウニン（ounin）"，是作为一名"相面人"，也就是占卜师登场的。"冬眠难波……"这首和歌很早以前就广为人知，曾有用万叶假名书写的木简出土，但在这里却被认作是王仁在平安时代所作的和歌。前场的唱词中有一部分内容是王仁通过吟咏这首和歌来劝仁德天皇继承皇位，不过这是中世和歌研究领域的观点，也是《古今和歌集》的假名序和"中世古今注"中流行的说法。世阿弥就是根据这种中世人们对和歌的注释而创作了《难波》的。另外，在世阿弥手抄能本（观世文库藏）中，前主角助演是"童男"，这与现在的演出有所不同。

关于《难波》的出处，诚如我已指出的那样，其根据的是"难波津之歌，作于天皇御统之初"这一《古今集》的假名序以及如下其古注中的记载：

> "大鹪鹩之帝于难波津为皇子之时，相互谦让东宫，到即位之时已过三年，王仁诧异不已，遂吟和歌一首献上。歌中所吟之花乃梅花。"

根据此内容，我整理了一下目前有关《难波》构思方面所存在的一些问题，大致有如下几点。

（1）"冬眠难波梅花开，凌寒只为迎春来"这首和歌是"从百济国渡海而来的""名为王仁的相面人"所作。

（2）"冬眠"的意思是"难波的御子虽为皇子，但至今仍未即位，犹如冬眠梅花"。

（3）"凌寒只为迎春来"的意思是现在"即位"，"宛如花开正当时"。

（4）王仁献上难波津和歌以"劝皇子即位"，由此"谏天皇继承御统之镜影"（参照手书本），"创平安盛世一派繁荣兴旺"。

（5）仁德天皇"免除了三年的税赋"，并作和歌一首，意为"登高远眺炊烟起，丰衣足食民安居"。

其中，首先关于（1）中的和歌，它不仅是在假名序诞生的延喜时期就很已经有名，而且在古注中还作为王仁所作的和歌被传承下来，并与"安积山"的和歌一同被评价为"此二首和歌，如和歌之父母，习歌之人皆始于此"，这些在当时都已成为人们的常识。关于这点，东野治之氏的研究（"万叶"九八号）很值得关注，他介绍早在法隆寺五重塔初层天井组子中就有"奈尔波都尔佐久夜己"的涂鸦字样（和铜四年〈711年〉以前），此外在平城宫出土的土器类中也发现，有好几个土器上有用墨水书写的这首和歌的一部分，通过对这些文字的探讨可以发现，这是从八世纪开始为了学习常用万叶假名而作的所谓习字和歌。东野氏还指出，之所以被视作是王仁所作的和歌而传承了下来，这和相传王仁带来了学习汉字的字帖《千字文》的传说并非没有关系。在假名序古注中，尽管这首和歌早已被认为是王仁所作，但关于王仁本人却找不到任何超出《古事记》和《日本书纪》中所记述的传说的形迹。因而谣曲《难波》中"名为王仁的相面人"的说法，以我浅见是《莲心院殿说古今集注》中所记载的"宇治王子让仁德……仁德让宇治王子……如此一经三年。此时，王仁，从百济国而来之相面人也"（参照片桐洋一氏《中世古今集注释书解题》四），而且飞鸟井荣雅也有此说法（其他，《竹园抄》、《三流抄》等中还说他是"大臣"）。与其说这是飞鸟井家的特殊家学，不如说或稍早之前就已有先例可循吧，不过当下还不甚清楚。

根据称王仁为"博士"的《古事记》和《日本书纪》的记录可知，王仁被称为博士王仁（显昭《古今集序注》）、汉书博士（《和歌无底抄》）、贤明人士（《顿阿注》）等等，但在中世日本，"博士"一词的通用意思是"法术师或者占卜师"（《日葡字典》），我觉得这就是滋生王仁为相面人的土壤，进而假名序古注又因难波津咏歌而将其与仁德即位的实现联系在了一起。在这一认识的展开过程中衍生出如此这般的解释也并非不自然。关于这一点，我不由想起了《源氏物语》桐壶卷中的记载，说"当时高丽人纷纷渡海而来，有贤明之人"，他看了源氏的面相说"此乃帝王之相，可居万人之上"，这也是王仁相面人说法的背后所存在的一个形象。在此，我们也来看一下与此相关的（4）中所举的"御统之镜影"这一说法，《谣曲大观》中指出了它和"相面之镜"的关系。这不是说镜子是观相时必不可少的，而《鹤冈放生会歌合》中所描写的中世相面人也没有拿镜子。不过，相面人给人的印象是占卜之术，而从镜子的相关词语来看，之间未必相互排斥。"御统之镜鉴"在本文脉中属于性质比较不同的和歌表达，可见镜子是有意识地被安插在这儿的。在手抄本中记载的是"谏天皇继承御统之镜影"，但在之后的诸本中都换成了"照影"。从文脉来看，"谏镜影"说的是相互禅让帝位反而成了给本应天下太平的社会蒙上的一层阴影，因而王仁以"讽喻歌"通过讽谏来"劝其即位"，最终迎来了"平安盛世一派繁荣兴旺"的景象。

　　然而，正如大场滋氏所指出的那样（《能、研究和评论》6)，中世人们对于假名序古注的理解是以（2）（3）部分为中心，是根据《三流抄》而来的。但是，关于难波津和歌的情况，《三流抄》有着不同的看法，认为"若感怀疑，不知是否真的即位，可奉读此歌也"，仅就这方面而言，又与认为"奉劝即位"的《和歌无底抄》（同《八云御抄》、《顿阿注》）的解释相近。还有形迹表明，世阿弥也许受到了同书说法的影响（《志贺》等），对此将作为今后的研究课题。如果真是如此，那么可以确信它基本上参照了《三流抄》。《难波》把王仁的人物特性塑造成了皇位继承的推动者，这和整曲的构思有着密切的关系，我认为应该看成是世阿弥参考了以上说法后创作出来的人物形象。

问题（5）中所说的据说是仁德天皇所作的和歌"登高……"，在古今集序注一类中，只有显昭引用过，当然在《三流抄》中也未见。这首和歌首次出现是在《和汉朗咏集》（刺史）中，也许当时认为是仁德天皇所作，不过并没有标明作者姓名。好像是《俊赖髓脑》中最先指明是由仁德天皇所作，世阿弥的认识可能也是如此吧。

（《观能》二六六号，昭和六十一年六月）

鵺——漂至浦曲浮洲上

一位云游列国前往京城去的僧人（配角），打算在摄津的庐屋借宿，却被乡里人（间狂言）拒绝了。僧人迫不得已，打算去洲崎的佛堂借住一宿，但据乡里人说，那里每晚都会出现发光的东西。就在此时，一个样子怪异的船夫（前主角）现身了，请求僧人祭奠他。僧人困惑不已便问其姓名，船夫表明自己是鵺的亡灵。他诉说了从前因为每夜烦扰近卫天皇，被源濑政射落，继而又被家臣猪早太刺死的来龙去脉，然后乘坐大木船消失了身影。

僧人开始为其诵经祷告，鵺的亡灵（后主角）现了原形来表示感谢。当鵺为自己的罪恶忏悔时，它明白到原来被源濑政降伏也是缘自天罚。鵺讲述了天皇赏赐给降伏鵺的源赖朝一把剑，源赖朝由此扬名天卜，而自己却被装进大木船漂流在淀川，请求僧人拯救他，接着它便和月亮一同消失在了海中。

这是世阿弥所创作的鬼畜物谣曲，素材来自《平家物语》中所描绘的源濑政降伏鵺的故事，而谣曲将鵺改编塑造成主角。鵺是一种"头如猿、尾如蛇、足手似虎"（曲舞）模样的合成怪兽，因叫声像

"鵺（<u>虎斑地鸫</u>）"而得名。在后场，鵺的亡灵在僧人面前现出原形，但唱词中仅仅说它是"面如猿、足手似虎"，没有说它有翅膀等类似鸟类的外形。但是，正如本文所述，如果我们明白到当鵺使得天皇陷于恐怖之中的时候，它正在王城附近"翩翻"，那么脑海里就能立刻浮现出鸟儿在空中展翅翱翔的样子。另外，在淀川中漂流的鵺，经过"鵜殿"最终漂流到了"浮洲"上。"鵜殿"是淀川沿岸的地名，和"鵜"有缘。而"浮洲"则是在本曲产生以前没有的词语。如果说这是因为世阿弥联想到了鸟儿的"浮巢"而创作的新词的话，那么鸟儿的形象就更加鲜明了。人们从鵺感受到一种怪鸟的形象并非是无缘无故的。

我们可以看到，在《鵺》后段的唱词中有两三处令人深思的句子。以下是我个人对此的解读，还请方家批评指正。

一

　　原我为邪恶外道之变化，成佛法王法之蘖障，遍满王城附近，又暂飞行至东三条林头……

这是后主角由〔（高调曲）〕到〔（平调曲）〕的部分唱词，自从《谣抄》把"遍满"注释成"遍天满地之义也"以来，谣本中都对应成这两个汉字。就文字来看，意思是"全都充满而丰富"（《日葡字典》），不过因为鵺并非群而居之的鸟类，所以各种注释中都解释成"绕着京城附近兜转"（《谣曲大观》）来表示其猖獗横行的意思，这应该是从谣曲文脉上所进行的处理，并不一定遵循字义。古抄谣本是书写假名"へんまん（hennmann）的"，如果我们由此重新进行探讨的话，也可以把ヘンマン（hennmann）看做是ヘンバン（hennbann）的讹音吧。关于这点，只要引用《平家物语》七、木曾愿书中有"从云中飞来三只山鸠，于源氏白旗上翩翩（ヘンバン）"这一个例子就可以充分说明问题了吧。所谓的"在王城附近翩翩"，根据"平家词"就是指鵺在皇宫附近振翅飞来飞去的意思。

　　顺便提一下，鵺的模样在《平家物语》中被描写为"头如猿，躯如狸，尾似蛇，手足如虎，鸣声似鵺"，谣曲《鵺》也是把这段描写引用到〔曲舞〕中的，而世阿弥只是将鸣叫声酷似鵺（虎斑地鸫）而形体不明的怪物与鸟儿的形象重合在了一起，前主角登场时唱的〔平调曲〕中也比喻成"悲哉，身为笼中鸟……·"（不过，这部分内容也许是后来添加的）。

二

　　不曾料，为赖政之箭射中，失去变身，跌跌撞撞掉落在
地，当即被灭……

　　这是接上文的〔中合拍处〕的一节。"变身"两字在《谣
抄》中被对应成"遍身"，解释为"谓全身之意也"，江户初
期的谣本也是遵照这一解释。可能是大家认为这样一来真实
的意思就消失了，不合适，所以最终对应成了汉字"变身"，
而现行的各流派也都采用该一词语。但这并不是说变化之身
被打回了原形，所以各种注释就把"变身"解释为失去了变化
神通力的意思，我觉得这有些牵强。虽然自《谣抄》以来都把
"へんしん（hensin）"与"身"联系起来理解的，但我个人
认为与其说是"身"，不如可以考虑一下是否有可能是"心"
字。这样的话，还能设想出"偏信"或"偏心"等等的对应
来。不过现在没有更多依据来确定，还得期待方家们的指教。
总而言之，关于《鵺》文本中的"失去へんしん"，我的解释
是天皇之敌——鵺偏执的罪恶之心消失了。正因为如此，所以
才会紧接着说"思来，这是赖政以箭头告诫：此乃君之天罚
尔，吾今方悟"。

三

鹈殿亦同芦之屋，漂至浦曲浮洲上

　　这是整曲结尾部分〔中合拍处〕的一节。此处所言的"浮洲"，根据古语字典，解释有繁有简，一般都解释成看上去像是漂浮在水面的沙洲，而且还引用了谣曲《鵺》这一部分内容作为初见的例子。但是，按字典那样解释成"浮洲"就合适吗？

　　现在我们尝试着对上面的这句话来进行注释，"鹈殿"是位于现在高槻市淀川的一个水运港口，芦苇胜地。世阿弥在《江口》中也叙述过这里的景色，说"淀川舟尽处，忽见鹈殿芦"。由其中的"鹈殿芦"可以引导出《鵺》整曲的舞台——鵺塚传承地的"芦屋"，接在"浦曲"后面，和"芦屋之浦"一起，再参考意为"人心难测奈若何，难波芦叶应有恨"（《后撰集》恋五，作者不明）与"存命今归津国来，难波堀江芦之浦"（《后拾遗集》别、大江嘉言）等的描述，然后把"浦曲"（浦的歌语）双关成歌语"芦之里叶"，这样的表现手法的确值得我们关注。而有关"うきす（ukisu）"，一般首先会令人联想到是"鸠的浮巢"等，是鸟类收集芦苇茎叶制作而成的浮在水面的水鸟巢吧。这里也是将"鹈殿"的鹈和鹬等等鸟类居于"浮巢""漂流"的情况与河口或海"洲"联系了起来，至于又通作"浮洲"，是把歌语"浮岛"的印象重叠在了一起。如此，"うきす（ukisu）"在《鹬》这样的文脉中被用作一个修饰词，也是一个重叠着多种印象的双关语，这已成为一个不是根据词典解释的意思就可以下定义的词。但是，《鹬》中首先使用的"うきす（ukisu）"一词，随着《鹬》中例子的引用，不久便脱离了原本文脉上的意思，而独立形成了类似"浮岛"的"浮洲"的语义了，比如在《藤户》中唱到"见彼浮洲岩，较此稍水深"之时，而这只要按照字典解释来理解就可以了。

如上所述，"浮洲"一词是在《藤户》中被固定下来的，而且也是以《鹬》中的例子为出处的。既然如此，那么溯本寻源，如果可以确认在《鹬》中就有"浮洲"一词的语义的话，那么就可以说"浮洲"一词是由世阿弥所创作的"谣曲语"吧。我想不仅是"浮洲"一词，应该还有很多相同的例子。因此，如果按照有"歌语"这一称呼，那么"谣曲语"也理应成为词汇学研究史上重要的研究课题。

（《观能》二六七号，昭和六十一年一〇月）

白乐天——青苔携衣挂岩肩

　　白乐天（配角）奉皇帝之命去测试日本人的智慧，从大唐渡海到了筑紫松浦潟。这时，一位渔翁（前主角）和一名渔夫（前主角助演）坐着小船出现了。白乐天招呼渔翁，尽管是初次见面，但对方却知道自己的姓名和渡海的目的。白乐天惊叹连连，而渔翁却仍毫不在意地继续垂钓。接着白乐天以眼前的景色为题作诗一首，渔翁也作和歌一首应答，并告诉白乐天说在日本，莺和蛙等生物都会吟咏和歌的。随后，渔翁约定将为白乐天吟咏和歌及跳舞乐后就消失了身影。

　　不久住吉明神（后主角）出现在白乐天的面前，庄重作舞。明神让白乐天速速离开日本，然后和日本众神一起刮起神风，把载着白乐天的船只吹回唐土。

　　这是一曲住吉明神跳真序舞的老神物。现在作为复式能上演，它的结构比较独特，后主角登场后立即进入跳舞部分。唐代诗人白乐天被日本众神送走的这种排外性的设定，以及强调和歌之德的内容是其特征。

　　在前场，白乐天和渔翁之间互相切磋诗歌。白乐天赋诗意为"青苔含衣悬岩肩，白云似带绕山腰"，渔翁吟咏和歌意为"岩肩不曾挂青苔，无衣何须绕山带"。这是化身成渔翁的住吉明神当即把白乐天的诗句翻译成和歌来抗衡的场面。住吉明神原本是海神，在中世被大家尊为歌神，至今仍流传着各种各样的传说。本曲也是借鉴了其中的一个传说。那么为何和歌、歌神会如此受到人们的重视呢？其背后包含着两种思想，一是认为和歌是根据陀罗尼（真言）而来，等同于佛教经典；二是认为在和歌盛行的时代，实行的是正确的治世之道。

一

能乐《白乐天》的构思形式是，带着"测试日本的智慧"皇命的白乐天，在筑紫的海上遇到了化作渔翁得住吉明神，并向其询问和歌风俗、和歌之德的由来。

话说，关于白乐天"青苔含衣悬岩肩，白云似带绕山腰"，和明神"岩肩不曾挂青苔，无衣何须绕山带"的诗歌应答，正如我所指出的那样，《江谈抄》四中就有这样的记载，说"在中：白云似带围山腰，青苔如衣负岩背。妻：青苔如岩衣，白云绕山腰"，《白乐天》当然不是直接取材于此。内阁文库藏《金玉要集》中，在余白部分记载着"唐之白乐天，于明州之津云：青苔似衣悬岩肩，白云似带绕山腰。住吉明神即老翁反云：岩肩不曾挂青苔，无衣何须绕山带"。现在还不是臆测写这段话的时期和具体情形等的时候，这首诗歌与能乐《白乐天》稍有出入，而且是在明州之津所作的，从这点我们可以推断在谣曲之前就已经有民间传说存在了吧。还有，世阿弥在《金岛书》中记载说"白乐天做诗：青苔带衣悬岩肩，白云似带绕山腰。东船、西船……"，参考"东船西舫悄无言"（《琵琶行》），有可能世阿弥认为是浔阳江头而非明州，或者只是为了搭配，总之原本的出处还不详。不过，在《白乐天》中把这种认识转用到了筑紫海上，还配上了住吉明神等，可以说这是当时的改编吧。顺便说一下，《卧云日件录拔尤》享德元年（1452 年）二月六日的条目记载说"白乐天来日本与住吉明神相逢，乐天作诗，有白云如带绕山腰之句，盖俗说，未见所出云云"，这是否就参照了能乐《白乐天》呢？ 再者，蓬左文库所藏《庭训往来抄》四月五日状的原文"渔捕"中注明"住吉大明神始之也"，加之提要中还记载说"渔捕中云：唐白乐天，为计日本之智来时，住吉明神以渔人相出，问答之情形，乐天曰：青苔似衣悬岩肩，白云似带绕山腰。住吉明神随即歌曰：岩肩不曾挂青苔，无衣何须绕山带。闻此歌，乐天即刻投节也。始于神武也，将盏乌尊流放至日向国，投节成大山，成界也。又云：天子御即位之时，亦投节曰：自今以后，非我子也。此乃敬也"（根据黑田彰氏指教）。这段记录的意思暂且不表，有关其中诗歌的问答是否也参照了《白乐天》呢？ 另外，我认为至少《住吉缘起》(《室町时代物语集》五所收) 是参照了《白乐天》的。

二

能乐《白乐天》的主题可以说是在于称赞作为日本国风俗的和歌之德。正如三轮正胤氏早已指出的那样〔《关于镰仓时代后期成立的古今和歌集序注 (中)》,《文库》昭和四十三年二月〕，作为例证的三国和来所说的和歌陀罗尼说，以及作为"吟咏莺歌之证歌"的和歌民间传说，都是参照《古今和歌集序闻书》(《三流抄》) 的。

说到和歌之德，在《白乐天》结尾部分的〔中合拍处〕中，还列举了伊势、石清水、加茂、春日、鹿岛、三岛、诹访、热田、安艺、岩岛等神明。虽然属于诸神劝请那样的类型，然《源平盛衰记》七、和歌德事中的记述令人注目，记述说："凡和歌者，治国化人之源，和心遣思之基也……然，非仅住吉玉津岛有此道崇神，自伊势、石清水、加茂、春日皆始奉之，托宣之词有梦告，鲜有非歌者"。下面又接着说："能因于歌中纳受三岛明神……唯因，非仅合治世之基，神道之妙，且亦通佛法正理之故也……"，在能乐《白乐天》中歌神住吉登场时，还有上述众神相伴，因"春日"之缘，引出"鹿

岛", 又与"三岛"连韵。诹访 [和感叹词"すは (suwa)"
双关] 和住吉一起帮助八幡, 守护神功皇后征讨三韩 (《八幡
愚童训》《太子传》等), 热田是有关夺取新罗僧人道行法师
宝剑的故事, 住吉前往筑紫降伏 (《平家物语》剑卷, 拙稿
"热田深秘"等) 等, 都给人一种抗御外敌保卫本国的印象。
以这些神明的名字为序, 还加上了岩岛神明的本地娑竭罗龙
王的第三女。正如下所述, 说"要说其神明和光同尘利乐众
生, 其中此御神……娑竭罗龙王之第三女, 乃胎藏界之垂迹"
(《平家物语》二, 卒都婆流。《太子传》等中也有"第二女"
的说法), 实际上与这种卒都婆流传相关联的就是上述《源平
盛衰记》中和歌德事的记录, 我认为《白乐天》结尾部分的构
思和唱词也和这部分内容有关。

　　三

　　"文道祖师"白乐天与歌神住吉明神的如此应答, 虽然并
没有强词夺理地说和歌优越性, 而是一种强调和歌之德的方
式, 但是其根本在于将歌道的繁荣与时代的繁荣融为一体, 也
就是将能乐《高砂》中所展现的祝词的根本思想合二为一吧。
《高砂》提倡此即"神与君之道"。关于能乐《白乐天》的作
者, 有研究通过对其结构和唱词等视点的分析, 认为其成立于
世阿弥之后, 可能是直接受到世阿弥影响的作者创作的 (竹本

干夫氏《作品研究—白乐天》、《观世》昭和五十九年二月）。但是，如上所述，我认为此曲不仅在素材和主题方面都显示出了世阿弥的创作特征，而且就是那些乍一看与世阿弥的文章写作手法有所不同的问题，如果注意到配角的登场谣和主角的登场谣的关系是建立在主角针对配角逐句反驳的形式上的，那么就可以发现在单纯而简明的叙景中，也即在两者轮流吟咏佳句的过程中包涵了极富技巧性的意图吧。其中还起着一个接连不断逐一应对诗歌问答的承上启下的作用。因此，《白乐天》虽然与世阿弥正规的神能在性质上稍有不同，但其笔触轻妙，我觉得它开拓了祝言能这一新的领域，应该予以正面评价。

　　《白乐天》在结构上的特点是以接在〔论议〕后面的〔咏〕为幕间休息，〔咏〕的内容为"芦原之国不动，千秋万代"。另外，分神社在幕间之后，没有后主角登场谣，就直接从〔一曲〕进入舞蹈部分，综合这一点来看可以说也是极其特殊的形式。有关这个问题，横道万里雄氏认为"原本的形式就是没有幕间休息的"，并推测只是通过"台上换一下装"后继续演半部分的（世阿弥生诞六百年纪念座谈会。《能谣新考》所收），我也支持这种观点。也就是说，〔论议〕中进行台上换装，然后直接从〔咏〕进入舞蹈部分，原本就没有〔一曲）。〔咏〕不仅起着充当舞蹈部分序言的作用，同时〔咏〕的唱词本身也和结尾部分相呼应，在后半部分又通过住吉明神所说"祝国家千秋万代"的祝福将首尾连贯了起来。现在演出的能乐《白乐天》是在改成复式能的时候把〔咏〕作为幕间休息，再加上幕间狂言，还另附带了〔一曲〕作为舞蹈部分的序言。这点恐怕与信光也有关系。〔一曲〕的唱词在整个《白乐天》能乐中是性质迥异的文辞，给人的印象十分深刻（例如"山阴"的意思用法和世阿弥的迥然不同），而且这段文辞根据的是〔论议〕后半部分的词句。这种手法可以说和例如《右近》的改编情况相同，在后主角登场后点缀上〔一曲〕〔合拍处〕，在幕间休息阶段增加〔上歌〕语句。我认为能乐《右近》和《白乐天》的存在及其改编，在信光创作的具有风流能风格的神能过程中占据着举足轻重的位置。

（《观能》二六九号，昭和六十二年五月）

百万——地狱节曲舞，哀伤之嗟叹

　　吉野的一名男子（配角）在大和国西大寺旁边捡到一个孩子（童角），于是带着他来到嵯峨的清凉寺，那里正在举行大念佛。当众人（串场）正在念佛的时候，一个名叫百万的女疯子（主角）出现了，她说念佛的节拍不好，于是拿起细竹自顾自地开始领唱。百万诉说自己因与孩子生生分离而心智混乱，是来向清凉寺的释迦如来祈求让她与孩子再次相聚。那孩子发现眼前的百万就是自己的母亲，就探问百万的身世境遇。于是百万娓娓道来，说她在奈良和丈夫死别，又和孩子生离，好不容易来到嵯峨，她一边嗟叹无法与孩子重聚的悲痛，一边起舞。男子十分怜悯在大念佛的人群中发狂的百万，于是让百万和孩子团聚了。

　　这是一曲物狂能，以实际存在的女曲舞即百万为主角，描写了在嵯峨大念佛中母子重聚的场景。世阿弥的传书中有一些与《百万》作品形成相关的重要记述，说《百万》虽然是世阿弥创作的作品，但原作则是观阿弥所演的《嵯峨物狂》，而且《百万》也会跳当初的"地狱曲舞"。

本论将根据以上记述，来探讨从原作到现在的谣曲《百万》形成的过程。关于原作《嵯峨物狂》中的唱词情况，遗憾的是原作已经失传了。不过据说是活跃于镰仓末期的导御上人为了祈求和生离的母亲再聚，大力推广大念佛活动，便成了故事最初的由来。我推测《嵯峨物狂》也是根据这一由来而创作出来的物狂能。

而从《嵯峨物狂》发展到现在的《百万》，必须经过另一层阶梯。"地狱曲舞"的内容是巡游八大地狱，现在我们可以在《歌占》中看到这种曲舞。原本是独立的曲舞，但被借用到《百万》中之后，又被替换成了现在的曲舞。从以"地狱曲舞"为看点的《百万》，发展到现在形式的《百万》，这一改编的过程，也是世阿弥在能乐中逐步消化曲舞的过程。

一

能乐《百万》根据《申乐谈仪》中记载为"世子作"，而《三道》中记载说"凡为近代所作，其中多数为稍仿古风体而作之新风格也。昔日嵯峨物狂之狂女，今日之百万，此也"。这好像在说是"模仿嵯峨大念佛之女物狂"（《风姿花传》奥仪），而《嵯峨物狂》因观阿弥演出而赢得天下的盛赞，如果说《百万》是参照《嵯峨物狂》改编的谣曲，那么《百万》究竟在多少程度上反映了《嵯峨物狂》的风貌呢？

关于《嵯峨物狂》，具体内容一星半点都没有能流传下来。但既然是与"嵯峨大念佛"有关的能乐，那么其舞台自然而然就是京都久负盛名的嵯峨清凉寺（释迦堂）举办的融通大念佛会吧。明德版《融通念佛缘起》是在观阿弥殁后数年出版的，其下卷中收录了清凉寺融通大念佛的序言，叙述了由导御上人于弘安二年（1279 年）开始举行，每年三月六日到十五日，京城内外的道人、善男信女汇聚一堂的情况。并解释说这是为了追忆当年的盛况，同时也是曾是弃婴后被寺院收养的元觉上人（导御），为祈求能与生离的母亲再聚而大力推广的融通大念佛，可见此由来（细川凉一氏"导御、嵯峨清凉寺融通大念佛会、百万"，"文学"昭和六十一年三月）在当时也是人尽皆知的。"得见家母之念佛"的称呼在当时是否广为流传，这点暂不置评，不过既然《嵯峨物狂》中的疯女是在大念佛时登场的，那么我们可以推测能乐的情节梗概是：找寻孩子的母亲成了疯女，加入到了大念佛队伍中，然后母子相聚。进而言之，我认为避开世俗的趣味，使物狂的形态表演艺术化，成为"有趣地发疯"，这种物狂能就是经世阿弥梳理完善所表现的世界。而《嵯峨物狂》由于占据了先驱者的位置，所以世阿弥评价它为"无上幽玄之风采"吧。因此《嵯峨物狂》的着眼点并非在于"有趣地发疯"这种物狂艺术，甚至可以这样想象，正如把念佛艺术表演化了的"念佛申乐"（《申乐谈仪》中可见犬王所演）那样，它是以大念佛的舞蹈为看点，并在模仿物狂的框架中进行表演的。总而言之，我认为，这曲能乐作为大念佛缘起的解说，并把祈求母子再次相逢并最后实现的故事搬上了舞台。

二

变成疯婆的母亲为了寻找孩子出现在大念佛的现场，最终与孩子得以重逢，《百万》的这种构思的大框架，在这一点上与《嵯峨物狂》如出一辙。不过正如《百万》曲名所示，以著名女曲舞百万为主角（母亲）的设计是世阿弥的创新。关于这一点，香西精氏已经指出了（"作者与本说 百万"，《能谣新考》所收）。"南都有女曲舞名百万"，贺歌女流乙鹤继承了这一流派，而观阿弥又从师乙鹤学习此曲舞，这些在《五音》之中也都有记录。之所以将相当于该流派鼻祖的百万作为主角，我认为并非因为百万变成疯女又与子重逢是事实，而是能乐《百万》设计曲舞的一种手段。反过来，《嵯峨物狂》中本应是没有曲舞的，可以说这就是《百万》和《嵯峨物狂》在结构上的最大区别吧。

引进曲舞作为猿乐音曲的是观阿弥，这有世阿弥的证言为证，但是把作为音曲的曲舞安排在整个能曲之中，使之成为构成能乐的要素之一的人是不是观阿弥就不清楚了。"住吉迁宫之能"和"葛袴"是经观阿弥之手的能曲,它们与《嵯峨物狂》之间的关系可以作为探讨的一条线索吧。但还是难以消除疑惑,我以为即便把《嵯峨物狂》看成先例,但是在整曲能乐中把曲舞固定下来的人是世阿弥,可以说《百万》恐怕就是最早的例子吧。对于世阿弥来说,为了将曲舞定位成整曲中的要点,那么就该由女曲舞这样的专业艺人来跳,我想他是借此期待大家能自然而然地接受。由此而言,往昔的百万展现的是代表女曲舞的形象吧。顺便说一下,根据"山姥曲舞",女曲舞又采用了京都颓废年轻人的"百万山姥"的异名,这种《山姥》女舞曲的虚构设定也让人联想起这个百万,由此作者想到了引用曲舞来作为整曲的要点。

三

根据《五音》的注释可知,《百万》中跳的曲舞运用了原本是作为独立的曲舞谣而创作的《地狱节曲舞》(作词山本,作曲南阿。现行《歌占》的曲舞)。因为此曲在能乐《百万》中是作为剧中剧来跳的,所以说它是已有的独立曲舞更为自然,而且也有理由说它就是"地狱曲舞"。松冈心平氏指出,实际上"地狱曲舞"的前半部分参照了《贞庆消息》,而落合博志氏也注意到了它的后半部分参照了《目连经》。通过这些说教式的内容，宣扬无常世间"纵然恩爱恼心烦，谁人不受黄泉苦"，揭示无量地狱的苦难，叹息"若是此身难辞咎，常责自身心中鬼，如此这般来受苦"。这也是《百万》在"笹之段"母亲的咏叹中，叹母子缘分浅薄，而借此与参照了目连救母民间传说而创作出来的"哀伤之嗟叹"的"地狱曲舞"联系了起来，因此，按照作者原来的构思，我认为这舞曲是有意识地让它在《百万》的整个曲舞的展开中发挥作用的。

四

随后，《百万》的曲舞又从"地狱曲舞"转换成了现行形态。它的唱词的确是由世阿弥重新为《百万》撰写的，那么为何有此必要呢？ 其理由与世阿弥对物狂能应该具有怎样一种形式的看法是一致吧。"物狂"不单单是指疯，《风姿花传》认为发疯是"此道第一有趣的表演艺术"，说应该是"假托发疯，时而华丽出场"。《风姿花传》第二模仿各条中还说，"所谓因思念而物狂，本意皆是思虑之心"，对此应以上述理解来表演。世阿弥一定是自己在确认了"物狂"的表演性质及其演艺理论之后，才将焦点放在"物狂"这一主题上而不是放在"地狱曲舞"上来修改脚本的，进而完成了《百万》这样一部幽玄而又极富趣味的物狂风格的作品的。而这样的一个与丈夫死别后外出寻找孩子的母亲的悲叹故事，我认为是围绕着清凉寺本尊、生身释迦像的三国传来缘起，重新改编的。此中当然还存在另一个情况，这就是曲舞在整个能乐中的定位已经得到了认可。

论述到此，可以说从以女曲舞百万"地狱曲舞"为最大看点的最初的《百万》，到以"所谓因思念而物狂，本意皆是思虑之心"为主题思想的第二次《百万》的蜕变，不仅仅是对曲舞的更换，也是作为物狂能的一次本质上的改变，这才是我们应该把握住的重点吧。《三道》中所说的"稍仿古风体而作之新风格"的意思，在此应该解释为是根据第二次《百万》的完成所发表的言论吧。

另外，天野文雄氏推测，《嵯峨物狂》是一曲跳女曲舞的母亲因偶然跳"地狱曲舞"而机缘巧合与子再聚的能乐（"形成期的能乐"，"国文学"昭和六十一年九月）。本稿在借鉴天野文雄氏论述的同时，也提出了不同见解。恳请大家批评指正。

（《观能》二六八号，昭和六十二年三月）

富士大鼓——周公出手，潘郎泪流

富士是摄津住吉神社的乐人，听说皇宫要召开管弦乐会，他想进京去争取敲奏大鼓的差事，但是天王寺的乐人浅间已经揽了这份差事，知道消息后的浅间十分憎恨富士的行为，于是将富士给杀害了。萩原院的下臣（配角）十分怜悯富士，此时富士的妻子（主角）和女儿（童角）因为担心富士的安危来到了京城。妻子从那位下臣那儿打听到了事情的来龙去脉，当她收到丈夫的遗物——舞乐用的头盔和服装时，泪如雨注，悲痛欲绝。这位妻子非常懊悔当初没能阻止丈夫上京，她穿上丈夫遗留下来的衣物发疯了。最后，她认定大鼓是致丈夫死的间接原因，于是把它当成了敌人，并说服要阻止她的女儿一起以讨伐敌人的姿态敲打大鼓。狂乱之中，富士的幽魂附在了妻子身上，跳起了舞乐。妻子把拨子当做剑来击打人鼓，终于在解恨泄愤而后哭泣了起来。她与那位下臣辞别后，脱下装束弃之，恢复了原态，而这下又把大鼓看成丈夫的遗物返回了家乡。

这是单场物狂能，因失去丈夫而悲叹的妻子被丈夫亡魂附体而舞乐。富士之死仅由配角口述，本曲所描写的都是富士死后的事情。

富士的妻子从萩原院的下臣那里听闻丈夫富士被杀害的消息，以为只是京城人开玩笑来戏弄她的。但是当那下臣把乐人的装束作为遗物转交给她时，她才意识到丈夫的死已成现实。明明没有接到诏书，丈夫还是为了谋求管弦会大鼓的差事而上了京，结果丢了性命，而妻子则十分后悔，认为当初应该像"しうこう（siukou）"、"はんらう（hannrau）"的故事那样，无论如何都要劝阻丈夫打消不切实际的奢望。从文脉上来推测这个故事所要表达的意思并不困难，但是自古以来其典据出处都不明确，汉字的对应方式也没有统一。本稿在整理归纳既有说法的基础上，提出了那两个词的汉字应该对应为"周公"和"潘郎"的观点。另外，本稿篇幅要比其他章节都长，那是因为我原本是把它当做学术论文来写的。

一

萩原院宫里要举办为期七天的管弦乐会，天王寺的乐人浅间应召担任司大鼓一职，而住吉的乐人富士也想得到这份差事进宫来了，浅间怀恨在心而暗杀了富士。富士的妻子在丈夫上京的当夜因做噩梦而心神不宁，于是紧跟其后也进京了，却得知丈夫的死讯，悲痛欲绝，哀叹道：

　　　早就想到了该劝阻他，该劝阻他的，即便しうこう出手，はんらう泪流，亦该留住丈夫，而如今只恨此身非神，唯有悲叹，唯有悲叹！

　　谣曲《富士大鼓》中富士妻子的悔恨和悲叹，在上述的上歌中，用"しうこう出手，はんらう泪流"的比喻表达了出来。但是"しうこう出手"和"はんらう泪流"自古以来就因其意难解而出名，可以说至今仍悬而未决。在室町末期，五山的学僧们也参与编辑的《谣抄》中注释为："此故事，自古至今无从可考"，由此可见这两个词似乎在《谣抄》之前就已经是一个疑团了。虽然已是自《谣抄》撰述数年之后的事情了，在《能口传之闻书》（能乐资料集成《细川五部传书》）中仍可见有关记事，说"庆长三年（1598年）四月于田边，也足轩、玄旨公等杂谈"之际，"しうこう出手，はんらう泪流之事，连月舟亦不明就里也。据铁叟推测，白氏文集中有诗云：愿斩曹纲手。曹纲乃琵琶之妙手也。又，《太平预览》（卷附不详）中有语云：樊陶蜂目狼声。畏怖心乃谓无德者之心也。如此，即云曹纲出妙手而弹琵琶，樊陶纵使无德者蜂目（照抄）流泪也应制止。樊陶，《琵琶行》注中说其善琵琶。《白氏文集》与《太平御览》当浊（照抄）不致所持本中，不见引用。铁叟亦说觉得樊陶之'タウ（tau）'字太略，认为略有可疑"，有关这一点，田口和夫氏早已指出（参照后面刊载的论文）。这两个难解之词在月舟、铁叟等五山僧人、也足轩（中院通胜）和玄旨（细川幽斋）等当时的知识分子中间也成了议论的话题。

二

《谣曲拾叶抄》的序中记载说，犬井贞恕亲自给谣曲做注释，将大致完成的稿子托付给了空华庵忍铠[注1]，并留下了"犹应二度遂此功"的遗言。下面是这位犬井贞恕给木畑定直的书信：

（前略）

一、吾所作之谣抄，受学者们诸多帮助，有难知事等，抄录下不明的文字记事，多请教＊＊＊＊先师，不厌其烦地向三之、长孝、今之长雅询问。吾寄情于此未足二十年。且所询之事十有八九皆已完成，遂阅览一切注本，自前年始至今已览一、二千卷，二十余难解之处亦皆完成。昔日学者们之考在古注谣本中大致皆有。

一、最前所呈文字记事已有之。如しうこう出手，はんらう泪流，其实かうくはん（kaukuhann）……いんのやうか（innnoyauka）讨伐其父，しんのかくる讨伐其师等，……

诸多道理不通之处，深感遗憾。若能得学者们批评指正，即便知其一二，亦请不吝指教。犹期待欢聚之时。恐惶谨言。

　　七月三日　　　　　　　　　　　　　犬井贞恕（花押①）

　　木畑定直公　　反呈

　　　　　　　　　　　　（参照藤井乙男《江户文学丛说》所收）

《乾贞恕年谱》（古典文库《贞门俳论集》）中推断这份书简写于元禄八年（1695 年）左右，当时贞恕除了"しうこう出手，はんらう泪流"（《富士太鼓》）之外，还举出"其实かうくはん（kaukuhann）……"（《蝉丸》）和"いんのやうか（innnoyauka）……"（《春荣》）等难解不详之词，虚心向他人请教。

关于这句话，《谣曲拾叶抄》中记载说：

　　师闻书云：秋猴乃秋之猿也。秋日怀孕在身，出手亦苦于摘取树上之果实。斑狼乃有花斑之狼也。恩爱无间之猛兽也。有人问大慧禅师：别子不叹如何。师答：材狼云云。其意言，悲叹与子离别乃人之常情也。若不悲叹，等同材狼

---

① 花押：在署名下面添写的将汉字图案化的独特符号。

也。谣曲之意乃云富士之妻后悔不已，曰：若我身为秋猴，
定该出手阻止丈夫，若我身为斑狼，亦应泪流阻止丈夫。

　　如此看来，我认为所谓"师闻书云"，或许是在前述犬井
贞恕书信之后，某人提出了秋猴、斑狼的说法，犬井贞恕将此
记录下来，而忍铠又将贞恕的记录收入了《谣曲拾叶抄》的。
或者还有一种可能，就是在书信之前虽然已经存在秋猴、斑狼
的说法，但因存在疑问，犬井贞恕将其保留在了注释中。总
之，忍铠在上述"师闻书"后还加上了如下评论：

　　　私云：秋猴出手，斑狼泪流，乃自古以来难解之词。其
　　意可明解乎。秋猴二字于汉文可见。而斑狼二字至今不明，
　　可寻证文。

三

　　除了经贞恕、忍铠两代人的注释工作之外，另外尝试进行
注释的人也有不少。我想借助手头现有的资料尝试对近世的
先贤们所作的研究进行梳理。
　　岩濑文库版好像是加藤盘斋《讽增抄》的续篇，它的注释
照搬了《谣抄》，而惠空的《法音抄》（能乐资料集成中有影

印）、小栗了云的注释（明伦舍藏）等中都没有言及那句话。佐久间宽台的《谣言粗志》（参照加越能文库本）作为"旧抄云"，引用了《谣曲拾叶抄》的"师闻书"部分，又根据《和汉珍书考》作如下记录：

> 珍书考云，问：富士大鼓谣中，有しうこう出手，はんらう泪流亦应留之说，如何。答：此事可见黄昏抄之追补十卷。しうこう乃秋猴也，はんらう乃班娄也。魏代有女子云班娄。其夫，因公事行军役，悲与夫别，流血泪，假托夫病不行而留。此乃留住人夫之故事也。又，秋猴，楚国有巫山，乃猴之名所也。其猴当秋至，左肱延长三寸也。此乃比喻欲如巫山之猴般，伸长手来留住夫婿也。或人云，秋猴乃兽也。将其与班娄之人伦对比，如何。はんらう乃烦狼也。狼有病，当痛苦甚时，其鸣声骇人。故闻此声，农民旅客皆留，未能行。泪对手，云哭泣事，乃文之修饰也。犹有原文等。可寻之。

上述所引用的《和汉珍书考》中的记录也被引用到了《类聚名物考》卷三百三十一、杂部六、童谣的条目中，而且还添加了评论说："此同上，黄昏抄之书伪名也。斑狼秋猴也"。

顺便说一下，所谓"同上"是指，有关前面《蝉丸》的那句话也引用了《珍书考》，认同"此书悉引用伪书，可疑"而说的。《类聚名物考》还另立他项，刊载了《谣曲拾叶抄》、《和汉珍书考》中说法的变迁，说："后悔而言：所谓愁猴出手，斑狼泪流，愁猴手短，应特别把手延长来留人，斑狼无声，此时应出声来阻止。出处不详。"

堀麦水的《^{宝生流 谣俚谚}察形子》（参照京大本）中所言如下：

> 此词，前注皆为不知。料想此乃中古物语词之故也。据近年考证，周候（しうこう）乃秦之周蟻，はんろう乃华山范娄（左旁记"又说潘阆"）也。堪笑。华山范处子，引用"长安路上倒骑驴"之诗也。其理，虽大致恰当，然此乃取自万卷书中而合成之物也。非真谣之解。只是，中古物语之词，因今其物语已绝而无词可相对也。里俗云传：しうかう乃秋猴也。秋季猴孕，难出手者也。はんらう乃斑狼也。狼无慈心而食子。且无泪。应该是使如此之猿伸手，如此之狼泪流也要去留住人的，此乃后悔之词也。此方理也。实属和书之事也。犹有他说，暂置之。应寻找物语，复加记录。

从结论来讲，上述文章似乎也是参照了《谣曲拾叶抄》。

延冈内藤家传的《谣曲参考抄》[注2]是旭松下露伞甫所作，但引用了宝生立圃的注释，其注如下：

> 圃注云：自往昔便难知。多异说。想来，周猴攀狼，又或说，蜩蛤攀狼。此皆无用之物乎。

这里提一下，现有被认为可能是内藤家传之一的注本（十一册本），和如上记录也有关联，记载如下：

> 多异说。想来，
> 一　周猴（しうこう、トラワレサル）攀狼（はんらう、ヲリヲホカメ），又或释说，周猴乃蜩蛤（ハマクリ）也。良。无用者故去。

江户时期的注释书中的各种说法，除了《谣抄》和《谣曲拾叶抄》等发行流通的之外，一般认为相互之间几乎不存在影响关系，但正因如此，我想如上面提出的那样的异说，也让我们窥见到了当时考证难解之词的一些情况。

四

“しうこう、はんらう”在谣本表记中又是怎样的呢？　只

要我们没完成详细调查就无法言之凿凿，不过以我浅见来看，除了后述《游音抄》之外，室町时期的古抄本大致都是以假名书写的，刊行的谣本仅能得见一小部分，虽然有极少数对应为"周公"的谣本，但似乎多数都是假名书写的。享和三年（1803 年）刊行的《谣语须知》之下的记载也说"至今不详"，由此可见，参照《谣曲拾叶抄》来对应汉字的谣本，好像出现得要更迟些。不过，有关这点还有待今后继续调查。明和二年（1765 年）的观世元章所撰写的所谓明和修正本中的修订原文记载如下：

> ……若想本该劝阻，即便执行人衣袖，拉扯衣襟，也应阻止，而如今……

这是因为语义不详而作的处理吧。现行各种流派的谣本中，金刚流除了对应为"周行、班娄"之外，还对应成"秋猴、斑狼"。对应为"周行"的根据是什么并不清楚，但"班娄"好像是根据《和汉珍书考》、《类聚名物考》等的说法。

五

对于这些长年以来困扰着许多人的难解句子，田口和夫氏提出了新的见解。他在杂志《观世》昭和五十三年九月号刊上发表了题为《作品研究富士太鼓》的文章，在文中他概括了前面所述的来龙去脉后，通过下挂流派古抄本《游音抄》（天理图书馆藏）所记载的"周公出手，潘良泪流"这条线索，认为"しうこう、はんらう"的典据出自于《蒙求》的故事，而"しうこう伸手"参照的是"周公握发"之说，并解释说那位妻子想要表达的是："周公为了不失贤士紧握正在洗的散发出来相见。而我要放开周公的'握发之手'，即便缠住丈夫也要阻止他，若能如此该有多好啊"。而且，至于"はんらう泪流"，田口氏注意到"潘岳望尘"中所描述的潘岳（字安仁）为侍奉主人贾谧不惜阿谀谄媚的个性，将句子的意思解释为"即便自己一点都不想流泪，也该像潘安一样表面上做出非常真诚的样子来给对方看，如果自己也能当场流泪挽留住丈夫那就好了"。　直以来"秋猴、斑狼"的说法确实很难找到典据，而且前后文脉还欠缺协调性，而"周公、潘郎"的说法提出了划时代的见解，是一个应该给予高度评价的新观点。但是，以"周公握发"和"潘岳望尘"的故事来比拟富士妻子的心理，会给人一种牵强附会的印象，这一点也无法否定。

"周公、潘郎"恐怕已是定论不会有变了，不过我们还是要再重新探讨。关于"潘郎泪流"，田口氏说："一开始我是从潘岳擅长哀悼这一方面来思考的，比如在他为哀悼妻子之死而作的'悼亡诗'也可见的……泪如泉涌，拭之不干，认为可能是根据这种表示哀切的眼泪，才有了'潘郎泪流'的。"我认为正如田口氏所指出的，我们就是应该将这以哀伤诗文而闻名的潘岳最具特征性的一面，来作为"潘郎流泪"的背景来进行探讨。因为即便从说教层面来讲，"亡妻悲叹"这一句中也存在着理解为潘郎的基础，所谓"彼潘安仁之想蕙质也，永留悼亡之篇"（《言泉集》、前大相为亡室临时修善），这也是田口氏指出的。因此，也许就没有必要出示其特定的典据了，例如《文选》卷八中所收录的潘安仁的"寡妇赋"，因友人任子咸去世而留下的子咸之妻，虽与自己的妻子是姐妹，但还是作赋来抒发这位寡妇之心绪。序中写道：

> 乐安任子咸，有韬世之量，与余少而欢焉！虽兄弟之爱，无以加也。不幸弱冠而终，良友既没，何痛如之！其妻又吾姨也，少丧父母，适人而所天又殒，孤女藐焉始孩，斯亦生民之至艰，而荼毒之极哀也。昔阮瑀既殁，魏文悼之，并命知旧作寡妇之赋。余遂拟之，以叙其孤寡之心焉。

正如序中所写，唱的是"口呜咽以失声兮，泪横迸而沾衣"等悲伤之泪。所谓的"潘郎泪流"，在《富士大鼓》文中，我们可以作这样的解释：富士的妻子将因悲伤孤寡之心而泪流的潘郎对照到自身，丈夫如有万一，留下的自己不就成了潘郎为之悲伤流泪那样的寡妇了吗？　当时自己是应该哭着留住丈夫的。

六

　　推翻最初的想法再来看"潘郎泪流"，田口氏认为"必须是不流泪的潘良"，其根据是源于他将"周公出手"与《蒙求》中的"周公握发"对立起来进行解释吧。但是，即便那是"放开握着头发的手"的意思，在其上下文脉中也还是无法解释。我觉得既然不一定要从《蒙求》中去寻找典据，那么应该还是有其他解释的，不过我已经找厌倦了，于是便四处向人求证，这倒并非要效颦犬井贞恕，因为中国文学教室的三浦国雄氏很快就给我回复了。他以《渊鉴类函》卷二六一的手之第三项中"搜神记，周畅至孝，每出，母欲呼之，自啮手，畅心痛，即驰归"的记录为线索，为我整理了相关资料。事实上，我只是从"周公"方面的信息入手探寻，一开始就认定从"手"这方面进行查找是不可能的，对此我感到十分惭愧。总之，《太平御览》三七〇、人事部十一的手之项所记载的内容如下所示：

　　搜神记曰，周畅少孝，独与母居，每出入，母欲呼之，常自啮其手，畅即应手痛而至，治中从事未之信，候畅时在田，母啮手而畅即归。

我顺便将《搜神记》卷十一所记录的内容也列出如下：

　　周畅，性仁慈，少至孝，独与母居。每出入，母欲呼之，常自啮其手，畅即觉手痛而至。治中从事未之信，候畅在田，使母啮手，而畅即归。（以下略）

　　总而言之，周畅孝心宅厚，母亲一咬手，周畅的手就能感应到疼，于是就立即回到母亲身边。《富士大鼓》中所言"周公出手"，恐怕根据的是这个故事吧。尽管妻子费尽口舌想让丈夫回转心意，但丈夫还是"充耳不闻"进京去了，妻子担心丈夫的去向，觉得如果有可能的话，很希望能像那位周畅（周公。但非《蒙求》中的周公旦）一样，咬自己的手，让半路上的丈夫回来，如今后悔不已。

　七

　　《富士大鼓》作者的"周公伸手"，是否是根据《太平御览》或者《搜神记》的内容，或者是有着比这更广泛的历史知识呢？ 我想今后还需多加关注。而"潘郎泪流"，究竟是直接根据《文选》呢，还是根据上面所说的是参考了说教世界之后的认知呢？ 当下很难即刻作出结论，但不管怎样，有些地方还是会令我们欣赏到作者的汉诗文知识和修养吧。所以，视大鼓为敌人，在〔一声〕中唱到：

> 二人：耳闻呐喊之声
>
> 伴唱：比秋风凄凉
>
> 主角：击之击之，攻击之鼓
>
> 伴唱：啊呀，此乃惩罚之泣声哉

以上内容虽然借鉴了《绫鼓》中"击之击之，攻击之鼓……啊呀，此乃惩罚哉，惩罚哉"，但是将"惩罚之泣声"中的"惩（日语发音：kori）"看成是"孤蝥（日语发音：kori）"的双关也无妨吧。我曾提到过在《谣曲拾叶抄》中有《前赤壁赋》之"泣孤舟之嫠妇"的例子，而在《谣言粗志》中则记载说：

> 此惩罚之词中有双关。今据此谣所云，言母子愁叹泣悲为孤嫠之鸣声。'孤'训读为ミナシコ（minasiko），'嫠'训

读为ヤモメト（yamometo）。卓氏藻林曰:孤婺孤儿寡妇也。
先帝托以孤婺云云。

还有，在诸桥《大汉和辞典》中举的是韩愈《复志赋》中
"携孤婺而北旋"的例子。而《佩文韵府》在起拾遗卷四中只
列举了元好问的诗"孤婺平日托，昆季再生缘"，可以说就诗
词用语而言也是一个非常难解的例子吧。通过《绫鼓》的表
达，引导出"惩罚之泣声"这样的表达，我认为这也是有赖于
将"しうこう、はんらう"对应为"周公、潘郎"的作者所具
有的非同寻常的知识和修养。

八

谣曲中所反映的对汉典故事的理解，很大程度上依靠了
黑田彰氏所论述的中世史料记载的内容，这是事实。例如，信
光所作的《张良》等就是其代表之一，那些被断片式地引用的
修辞句等，在参考了中世的注释的同时，很多内容也会被消化
和运用到谣曲文章中。这种演绎，在今后还会给我们带来新的
见识吧。又如，信光所作的《舟弁庆》中的平调曲、曲舞，就
是取材于《史记》越世家所记载的吴越之战，这也是可以在
《太平记》、《曾我物语》中见到的著名故事。而根据黑田彰
氏的示教，《舟弁庆》直接采用的是《胡曾诗抄》（参照新潮日

本古典集成《谣曲集》下卷）中的内容，这又为探讨信光的能乐创作增加一份资料。这暂且不说，现在需要关注的是，这显示了当时《胡曾诗抄》的影响竟然有如至之大的时代背景，或者说表现了当时人们的一种欣赏方式。之前我曾提到过，《横山》以及《项羽》中所说的"名为望云雅的马"，与《胡曾诗抄》的理解有重合之处（项羽—名为望云雅的马—），由此可知它们不仅在语言层面有关联，还存在着直接关系。

上述《富士大鼓》中的汉典故事知识，恐怕与经由注释而得到的知识有着性质上的不同吧。虽然我无法断定，还在犹豫不决，但要是果真如上所述，那么室町时期人们对传统汉文学有着怎样一种认识，这种影响具体是怎样一种情形，我认为还有必要逐一加以确认。

《桧垣》的后主角"因罪孽深重……担热铁桶，提猛火吊桶"去白川打水，一边"反复摆弄汲水的吊桶绳"，一边沉浸在执迷不悟的感慨中说"回到往昔，白川之波……"。关于这位桧垣老妪，除了作为其出处的《后撰集》之外，《袋草纸》、《十训抄》或者《大和物语》等中都未见用吊桶打水的记事，而《桧垣》中加入了用吊桶打水情节，那一定是世阿弥改编添加的。由此可见，这是受到了《白氏文集》四、新乐府中将"井底引银瓶，银瓶欲上丝绳绝……"记为"止淫奔也"的启发，因此把"井底银瓶"改成了吊桶，可以说这是一个象征性的小道具，象征年富力强的桧垣游女（又称白拍子、舞女）的果报。我们还可以参照信救的《白氏新乐府略意》卷下所记载的内容："井底银瓶者，人家女子不得父母许诺，就夫千年之契，一旦乖违，以井底引银瓶，石上琢玉簪，所喻其危事也。"如果这样的想法没错的话，世阿弥或世阿弥所在时代的新乐府、又或是欣赏白氏文集的方式，也都将是今后的研究课题吧。还有这样的例子，在良遍的《日本书纪第二闻书》中，有关神代纪之下所说的"便造丧屋。啼哭悲叹ㄨ"，就说成"此一段者，二亲存生、师君存命之间，努努不可读。例，新乐府母别子段云云"。最近的考证研究中，牧野和夫氏曾就太子传记注释书类所引用的《朗咏注》和《新乐府注》，指出其与中世南都的学问氛围有关（"镜"第二十六号。"围绕释圣云撰《太镜抄》、《太镜底容抄》、《太镜百炼抄》所引轶文的二三问题—中世南都学艺的一部分—"），而佐伯真一氏则对四部合战状本《平家物语》中所见的对新乐府"西凉伎"的摄取十分关注（昭和六十三年八月，传承文学研究会大会研讨会），而这还有待今后结合具体事例来弄清其真实情况。

注 1：《谣曲拾叶抄》版本序文可以读作"宜华庵忍空"

(拙稿"关于谣曲拾叶抄","人文研究"昭和五十三年十月),实际上是"空华庵忍铠",这点感谢落合博志氏的指教。

注2：参照拙稿"旭松下露伞《谣曲参考抄》和宝生立圃"（"鸭东论坛"一号,昭和六十年九月）。另外,关于立圃传的拙稿并不完善,三石友昭氏在"宝生家的一位俳人—以宝生沾圃的阅历为中心—"（箕面学园高等学校"研究纪要"昭和六十一、六十二年）中有补充修改。

附记：本稿的要点主要依据新潮日本古典集成《谣曲集》下的头注和各曲解题中所记录的内容,不过本稿对其进行了补充说明,有部分内容重复,还望大家见谅。

（《文学史研究》29,昭和六十三年十二月）

浮桥——苦难之海

　　熊野的山野修行僧（配角）在前往陆奥的途中，来到了上野国的佐野，在河畔的浮桥上遇到一男（前主角）一女（前主角助演），他们正在为建桥化缘。山野修行僧就万叶集中意为"东路佐野渡，浮桥尽散飞，与妹隔两岸，何日得相会"的这首和歌向两位请教，那男子开始讲起了往昔的故事。说是有一对男女隔河而住，一直通过这座浮桥来幽会，但是父母暗中把浮桥的木板抽走了，结果两人一脚踏空，双双坠入了三途冥河。男子点明这个故事讲述的就是他自己，并请求山野修行僧为他们祈祷，然后消失了身影。

　　当山野修行僧在祈祷之时，那对男女的亡灵（后主角、后主角助演）现身了。已经成佛的女子向僧人表示感谢，可男子却告知说自己还没能成佛，仍身处苦患之中。僧人便劝其忏悔往昔，于是他再现了生前因被抽走桥板而失足溺亡，从此成了执迷鬼，被迫站在三途冥河的桥柱上受苦受难等场景，最终他也成佛了。

　　这是世阿弥对田乐所演的古往作品进行改编后的执迷物。在前场的唱词中所出现的"苦しみの海（kurusimiumi）"，这是根据佛教语"苦海"一词而来的。这是把坠入三途冥河（地狱、畜生、恶鬼三恶道）的男女，死后也继续饱受苦难，无法成佛到极乐世界的这种情形比喻成"海"。因恋爱而坠河而亡，犯的是邪淫罪，因而无法从像大海一样无边无际的苦境中解脱出来。《浮桥》中，是以万叶集中的和歌说教为引子，描绘出那对男女的悲剧和死后的救赎。

《天鼓》和《藤户》中也有"苦しみの海"这一表现，对于熟知能乐的人而言都了若指掌。但是，这里我想要弄清楚的是，在此之前已经有"苦しき海（kurusikiumi）"这一和歌词语存在，而"苦しみ海"则是偏离了和歌传统的词语。能乐的唱词中当然会运用很多和歌词语，这也是事实，不过有时候能乐也会创造出新的词语表达。

谣曲的文章中继承和歌传统表达的情况比比皆是，如今也无需多言了。例如，既有自《古今集》以来流传下来的表现，又或有《新古今集》之后开始流行的中世和歌词语，范围颇为广泛。但是谣曲中也有时并不继承和歌的传统表达，而会选用其他的表现形式。"苦しみ海"与和歌词语"苦しき海"意思相同，可以说就是其中一例吧。

《金叶集》十，杂部下记载说：

根据屏风绘上所画，天王寺西门，法师们乘舟西去图，源俊赖朝臣作和歌意为：

　　念佛声声作导航，渡尽苦海达西方。

俊赖还有一首和歌，意为：

　　罪人唯得法舟助，方能把这苦海渡。

　　这首和歌作为十住毗婆沙论偈文所作的连作之一，被收录在《散木奇歌集》中。最早将《法华经》寿量品"我见诸众生，没在于苦海"之说以及各经书中把无边的痛苦比作大海而谓之"苦海"一词，以"苦しき海"的形式把"苦海"引用于和歌的，好像就是这位俊赖吧。而且，在此之后，除了殷富门院之外还有其他例子，特别是慈圆（《拾玉集》）、良经（《秋筱月清集》）那代人，屡屡把"苦しき海"用于和歌创作中，最终成为和歌的固定词语。随后，在中世和歌中也时常被引用，甚至连歌中也有出现，如《藻盐草》中将"苦しき海"比作凡尘俗世。敕撰集中记载了和歌（释教歌）十首，下面我列举其中的几首以做参考（前言省略）①。

---

　　① 虽将和歌大意翻译成中文诗句，但仍然保留和歌中"苦海"一词。译者注

○《千载集》十九，良经

孤身渡苦海，但见不悟人。

○《新古今集》二十，寂莲

往生极乐土，神通又自在，返回俗世去，救人脱苦海。

○《续古今集》八，后鸟羽院

莫厌苦海翻波澜，清浊皆为佛法水。

○《玉叶集》十九，入道二品亲王觉性

苦海暗行舟，知者不迷途。

○《新千载集》九，花园院

沉浮苦海中，难遇佛法舟。

　　在中世，只是将属于常识的"苦海"训读为"苦しき海"，但不知为何在众多的描写类似情节的谣曲中都没有采用，而使用具有相同意思的"苦しみ海"，这一表现已见到有好几个例子。较早的例子就是《浮桥》吧。

　　红莲大红莲冰封，甚于浮世的苦海波涛汹涌，川桥磐石压身，备受其苦。

　　此句通过苦海这个词，刻画出从浮桥掉进河流中而沉入三途冥河，无望往生极乐世界成佛的状态，不仅如此，还描述了被压在桥底的岩石下，经受着水深火热般苦难的情景。这里的"苦しみ海"，我们可以把它看成是联系前后文脉的修辞句，还没有固定成一个复合词。据说《浮桥》在《申乐谈仪》中原本是以田乐等形式来表演的古能，后来世阿弥对其进行了改编。上述唱词究竟是参照了古作的表达呢，还是世阿弥改编的部分呢？　一时之间还难以判断。　不过，世阿弥在谣曲《实盛》中也使用了"苦海"一词，例如：

　　　　若往生极乐世界，须越过漫漫苦海，与轮回故乡相隔。

　　《浮桥》中的"苦しみ海"是参照了苦海的一种修辞表达，就此而言很有可能是世阿弥改编的吧。

　　自《浮桥》以后，"苦しみ海"一词就与和歌词语"苦しき海"那样，逐渐被当做复合词用于谣曲了。比如：

　　(1)　生于虚幻，离别而悲，烦恼传世，成为羁绊，沉入苦海，须以供奉。(《藤户》)

　　(2)　生生世世皆如此，烦恼绊长世，沉入苦海里。(《天鼓》)

　　(3)　后世亦如此，沉浮苦海里，任凭波浪打，无暇顾呵

斥。（《天鼓》）

（4）世世生涯里，苦海永沉浮，佛法作舟桥，悲哉不得渡。（《春荣》）

不过，在现在流行谣曲中，"苦しみ海"的用例除了上述内容之外，只有《阿漕》中可见。

（5）伊势渔夫罪孽深，此身苦海浮又沉，重罪之上复重罪，黄泉路上亦鬼魂。

不过，《阿漕》表现的是现实中的大海，其性质与其他例子稍有不同，而且考虑到它成立得时间较晚，所以把它排除在目前论述的问题之外。（1）～（4）是三首谣曲中的四个例子，说的都是水边而非大海，而且都是用来比喻沉沦于烦恼的，再加上文脉上的位置、用法等，让人强烈地感觉到这是同一个人的语气。

"苦しみ海"这一词虽然也是参照汉字"苦海"的训读表达，但与和歌词语的"苦しき海"这种传统表达不同，是一个非常特殊的词语。因此，它也不一定会被普遍地使用在其他谣曲中。当然，上述（1）～（4）的用法，并不是和歌词语"苦しき海"的另一种说法，恐怕是受到《浮桥》的影响，有意识地将此用法约定熟成化，可谓是一种富有个性的表现手法吧。

关于《天鼓》和《藤户》，我早已指出它们在构思、主题、表现手法方面的相似之处了。现在,"苦しみ海"这一特殊表现词语不仅出现在了这两首谣曲中,而且其性质也和《春荣》相同,由此是否可以推断它们的作者就是元雅那个年代的呢? 这将是我们今后需要进一步探讨的课题。

(《观能》二六五号,昭和六十一年三月)

松虫——花鸟游乐之琼筵

有一名商人（配角）在摄津的阿倍野卖酒，这时来了一群来路不明的男客。商人正想打听他们名字，一名奇怪的男子（前主角）和友人（前主角助演）结伴出现在了松虫①欢歌的秋天原野上。商人招呼其饮酒，那男子摆开了酒宴，并称赞至死不渝的友情才是宝。商人问他"松虫声里忆友人"这句话的由来，男子便娓娓道来。说有两位友人结伴而步在阿倍野的松原上，松虫鸣声不绝于耳。其中一人追随虫鸣声进入原野深处，另一人左等右等都不见其回来，开始担心起来，便去寻找他，结果发现友人已经身亡。说完，那男子消失了身影。

商人正在祭奠，男子的亡灵（后主角）出现了，感谢商人为其祭奠。男子无法忘怀友人，怀念着往昔，他讲述了虎溪三笑的故事，随之赞美酒宴，举杯起舞。秋天的原野中虫鸣此起彼伏，从中还可分辨出松虫的叫声，这时黎明来临了。男子身影渐消，徒留虫鸣

---

① 松虫：金琵琶。蟋蟀科昆虫。秋天鸣叫的昆虫之一。在日本分布于关东以西地区。

绕耳。

这是一曲执心物，主要讲述男子在松虫鸣叫声中因思念友人而跳起怀旧之舞。主角的出现与其说是为了寻求从妄执中解脱出来，不如说是在怀念、在酒宴与友畅饮，享受"花鸟游乐之琼筵"。这曲能乐是以怀念酒友的游舞为主题的"歌舞能"，它发展性地继承了谣曲《锦木》。在这里我将根据创作手法和表现特征推断出其作者是金春禅竹。

《松虫》的构思起源于古今集假名序中"松虫声中忆友人"一节，直接的依据是其注释书（《三流抄》）中所记载的民间传说。在中世，新产生的民间传说多被作为"事实"应用在古今集的序文以及和歌的注释中。"中世古今注"中的民间传说也成了诞生新作品的母体之一。

一

关于《松虫》的作者，很多附有作者介绍的资料认为是世阿弥，只有《自家传抄》认为其是金春禅竹所作，还标注说"观世又三郎所望"。《芭蕉》似乎也一样，强烈暗示出《松虫》是金春禅竹所作。

诚如我在前面所指出的，《松虫》在构思方面的典据是《古今集》假名序中"松虫声中忆友人"一节所引用的《三流抄》中的民间传说。不过,《松虫》并非因为出于对该民间传说的关注而照搬其编写成曲的,它在借鉴该民间传说的同时,把主题设定成了思念友人的怀旧游舞。由此,通过琴、诗、酒这三友把朋友之间的盟约转化为风雅的友情结交,在花鸟游乐的琼筵上乘着酒兴引导出了酒后的游舞,还在曲舞中将古代的贤人雅士之交与自身进行对比。

说到怀旧游舞的作品,世阿弥有《姨捨》、《融》等,有人认为《松虫》的唱词表达和这些作品有关联,其实我觉得倒可以看作那是作者有意识的处理吧。此外,《松虫》还受到《井筒》、《西行樱》,《养老》等内容的影响,特别是“栖身古乡里,同为难波人,茅屋与豪门,不变是乡音”这部分,参照了《芦刈》的内容,这些都是世阿弥之后的创作手法,而在金春禅竹的作品中尤为显著,这点值得注意。

不过,最重要的应该是《松虫》与《锦木》之间的关系。早就有人指出这两部谣曲是成双对的能曲,它继承了古作《浮桥》和《通小町》等妄执物的体系,同时又不属于模仿能,而是歌舞能。因此,也被人称作“游乐执心物”。虽然也有人指出这是一曲表现对友人思念和眷恋的谣曲(《谣曲大观》等),但我觉得这并不是整个谣曲的主题。从《松虫》的作品内容来说,怀旧游舞才是其主题,因此可以说在其唱词中几乎看不到有所谓的执迷或妄执的因素。不过，后主角的装束和《锦木》中一样，所以当人们把其看成具有鬼能风格的歌舞能时，就可以将这两部谣曲纳入同一范畴了吧。而这与我们把《松虫》的后主角看成是死去男子的幽灵也有关联吧。其实，无论是那男子还是友人，究竟谁是谁还都不清晰，模棱两可，不过既然是意外身亡的男子亡灵，那么把在黑头上戴着怪士面罩的后主角看成是《锦木》中表示执迷的幽魂，也在情理之中。但是，是否果真如此呢？我认为后主角是那男子，同时，在其幻化了以后与松虫融为一体了，也就是所谓的松虫精。因为后主角的形象带有强烈的《锦木》的表现色彩，其源自于作者进行这种性格转换的有意识的形象塑造手法。正因为如此，《松虫》的风格和整个谣曲的主题并不矛盾。到是后主角性格的二重性，让我联想到谣曲《定家》也有相似之处，其中式子内亲王与定家葛精也难以辨别。

正如最近落合博志氏在论文"《四季祝言》考"，(《能乐研究》第十二号) 中指出的那样，《松虫》发展性地继承了《锦木》的创作风格，是一部彻底地建立在歌舞特性之上的能乐。综合上文所述的几个特征来看，不仅可以说《松虫》的作者不是世阿弥，而且还可以说某些地方与金春禅竹的创作风格有着密切的关联。譬如说"为世遗漏""手先遮心""思念之露""黑夜之声"等，这些都是在金春禅竹作品的文脉中所见的表现特征。归纳而言，我觉得可以推定《松虫》是由金春禅竹所创作的。

二

《松虫》有一节被作为"九月九日"的祝词谣收录在了《四季祝言》中。也就是从平调曲谣的"听闻白乐天作酒功赞，喻琴诗酒为友……"开始，到上歌结尾部分的"至死不渝之友人，方为买得之瑰宝"为止。

《四季祝言》收集的基本上都是在四季节气中都会吟诵的独立小谣，虽然有很多小谣在世阿弥那个年代都已经存在，不过既然认为"九月九日"是借用了《松虫》的内容，那么《四季祝言》的编写和成立就不可能出自世阿弥之手。落合博志氏在上述论文中认为，《四季祝言》的内容及其成立是世阿弥完成的，而我在拙著《金春禅竹的研究》中曾对《四季祝言》的相关问题提出了不同看法。不过，既然落合博志氏以《四季祝言》的编辑、成立为问题视点的旧稿，其所涉及的内容仍被误解为非世阿弥所作，看来上面所提到的问题并没有得到解决。如果我们接受《松虫》是金春禅定所作这种观点，那么包括落合博志氏曾经提到过的"有的时候还影响到对《四季祝言》所收谣曲成立年代的推算"这样的问题在内，就有必要对《四季祝言》进行重新探讨。

（《观能》二七〇号，昭和六十二年十月）

三轮——女相三轮神明

一位名叫玄宾的僧都（配角）住在大和国的三轮山，有一位女子（前主角）拿着茴香和供奉佛前的水来到他那里。女子为了抵挡夜寒向他乞求一件衣服。玄宾给了她衣服，并询问她家的住址，她回答说住在三轮山的山麓附近，标记是"立杉树为门"，说完后就消失不见了。

玄宾去那个地方拜访，发现给那女子的衣服正挂在杉树神木上，衣服上还用金色的文字写着神作的和歌。这时传来了请求救赎自己罪孽的祈求声，三轮明神（后主角）现身了。明神讲述了三轮的神婚传说故事，还跳了神乐之舞给玄宾看。然后她再次呈现了天照大神躲在天之岩户中的神代往事，并告诉玄宾，三轮明神和伊势的天照大神实为　体，最后随着黎明到来明神消失不见了。

这是一曲三轮明神跳神乐舞的夜神乐物。大家都知道三轮明神是位男神。而后场的曲舞讲述了如下的传说，说在从前有一名男子每到夜里就来到住在大和国的女子身边，有一天男子告诉女子说今夜是最后一次幽会了。女子想知道男子家住何处，于是就在他的和服衣襟上系了根线。在男子回去后的第二天清晨，女子沿着那根线一路寻找过去，一直走到三轮的神木杉树下。结果发现那男子其实是三轮明神，这也被称作三轮神婚民间传说，但谣曲中所说的这个传说中的明神却是以女神相登场的。而且以"女相示人"的"三轮明神"衣服上还披着下级神职人员"祝子①"所穿的"乌帽子狩衣"。身着男装的女神亲自讲述作为男神的神婚故事，在这种多重反串的性别中存在着各种解释，在此，我将回归到用中世神道的说法来进行解释。

还有就是三轮神明是以背负孽障的身份登场，并请求佛教中人玄宾救赎的。可见中世的神明并没有超越凡人，他们有苦于五衰三患的罪孽，是近似凡人的存在。这反映出了中世的神道观是：佛以神的相貌与众生交往，而神则服从于佛。

《三轮》有许多添加的特别演出，属于最上乘的能乐。尤其从二段神乐·诸神乐·誓纳·白式神神乐（观世）、三光（金春）、神道（金刚）、神游·岩户之舞（喜多）等添加的名称就可以窥见，前人对《三轮》所表现出的神道性质抱有强烈的关注。在这一点上，即便与包含神乐、岩户之舞、主角是女神的《葛城》，以及包含神乐留、二段神乐、诸神乐、移神乐等特别表演的《龙田》相比，也是十分突出的。《三轮》通

---

①　祝子：日本侍奉神的职务。侠义指神职中祢宜（中级神官）以下的职务。

过所谓三轮神婚的民间传说、天岩户的故事以及跳神乐之舞，突显出了遥远神代故事中女神的神圣庄严。

　　《三轮》中，后主角是作为女神相现身的，那为何是女儿身呢？如果是讲述神婚的三轮神明，那就应该是男儿身，这点以现代人的感觉来说，总感觉充满了矛盾，因此有人企图将这点合理化，解释为那是转告神嘱的巫女形象。但是，正如谣曲所唱"思来三轮与伊势之神，乃一体分身尔"，我认为最晚从镰仓时期开始，中世人们就已经相信无论是三轮神明还是伊势神明，都是本地大日如来的垂迹化身，所以讲述神婚故事的三轮神明也讲述天照大神（伊势）往昔在天岩户的故事，以及他以女子相现身，这绝非不自然或者无缘无故的。而且，从平安时代开始人们就认为丑陋险恶的葛城之神（一言主）是女子。而在《葛城》中，葛城山被认为是天岩户的所在地，所以把它与天照大神的形象重叠在一起跳天岩户的神乐。

　　后主角以女神相貌现身，向配角僧人祈求把自己从罪责苦难中救赎出来，这和《葛城》异曲同工，不过中世的人们相信神明有三患之苦，只要众生受苦，神明们也会留在娑婆世界受苦。因此，神明请求从罪责苦难中获得救赎，也就是普度众生的一条途径。向僧人恳求救赎的《三轮》女神，因为"神代故事乃普度末代众生的方便之法"，所以而有了神婚传说和天岩户的故事。这与众多能乐中讲述凡夫俗子为消除罪孽而忏悔的人间传说的类型相重合。

　　谣曲《三轮》包含了中世神道卑俗且极富人性的一面,并将高度升华后的神圣庄严呈现在舞台上,而添加的特别演出也强调了这点。《三轮》中所呈现的是经过时代妆饰后的女子神明形象。

　　　　　　（第三十回产经观世能小册子,昭和五十八年二月）

《谣曲杂记》由来

　　本书所收录的内容主要是发表在大阪能乐观赏会发行的机关杂志《观能》上的连载杂记，另外还有刊登在一些宣传小册子上的相关小文。在《观能》的最后一篇稿子《松虫杂记》（昭和六十二年十月）中，我还增加了如下一段内容。

　　《谣曲杂记》在本杂志上的连载始于昭和五十三年八月（二二七号）的《浮舟》，而在昭和五十四年七月（二三一号）的《春日龙神》之后每期都有刊载。到这次的第四十一回已满十年，所以我觉得连载到此也该告一段落了吧。也不是说不能考虑连载到五十回这样的整数再结束，不过原本就是杂乱无章的杂记，所以半途而废与杂记也挺般配吧。

　　即便如此，在本杂志上的连载自始至终都承蒙已故橘丰秋氏周到的关照。今年夏天将迎来橘丰秋氏的一周年忌,恰逢本稿终结,我在此深表感谢,同时也由衷地为他祈祷冥福。

　　橘丰秋氏继任负责大阪能乐观赏会事务局的工作,而我把稿子投到《观能》去也是受他怂恿。最初投稿是昭和五十二年七月(二二一号)发表的《〈讴秘事歌袋〉—近世谣道歌—》,主要是介绍《讴秘事歌袋》(家藏本)的,其中收录了宽政二年(1790年),小川庄右卫门门人、速水圆斋弟子、青地茂左卫门周盈等创作的七百九十五首谣道歌。稿子共分九部分发表,介绍了一百八十九首谣道歌,在第六部分之后,插入发表了《浮舟杂记》。当时在附言中我解释是说:"正在连载发表有关《近世的谣道歌》的文章,没完没了感到很不好意思,所以这次就发表别的内容了。但也都了无趣味,这点恐怕是毫无改变,如果这样也行的话,我想尝试着时不时地穿插一些其他内容"。第二次投稿的《春日龙神杂记》也属于其他内容,这我已有说明,但在这之后未作任何解释而继续发表了谣曲杂记的连载,结果使得《讴秘事歌袋》方面的文章烟消雾散不了了之。

　　《谣曲杂记》原本也是我在撰写新潮日本古典集成《谣曲集》之余的闲暇拾贝。说实话,我还打着自己的如意算盘,计

划把时时刻刻的想法记录下来，再把阅读此书的各位读者给
我的指教和批评活用到《谣曲集》的编写中去。同时，作为谣
曲研究的一环，我甚至打算先制作一份私人备忘录，来对比其
与各时代背景下的文学史百态的关联。备忘录中许多内容成
为了《谣曲集》的头注，也是各曲解题。因为是原封不动地照
搬备忘录内容或者对其进行了增补，所以我打算把从中引申
出来的饶舌部分当做不为人知的部分就此尘封起来，可自己
又在《谣曲集》各曲解题中多处提示说"参考观能"，对于自
己这种不彻底的做法，我还是感到懊恼万分，耿耿于怀。《谣
曲集》下部在 1988 年 10 月出版了，出乎意料地获得了第十届
观世寿夫纪念政法大学能乐奖。 有两位我多年来一直崇敬的
朋友片桐洋一和信多纯提议说要给我庆祝一番，百般推辞不
果，刚决定准备要接受两位的盛情厚意却又突然变卦，那时可
能也是因为惦记着要把在《观能》发表的内容复制后弄成简易
版，制作成《私家版谣曲杂记》之类的，不过这可有些得意过
头之嫌了吧。我从他处听说，和泉书院的广桥研三氏答应可以
在他那出版此杂记，我由衷地感谢他的这份侠义心肠，可这原
本不过是私人的备忘录而已，如果要编辑成一本书，那还是要
稍加润色的，这样一来何时能付梓将会变得遥遥无期了，而且
内容上也与《谣曲集》有重合的部分，这也让我顾虑重重，于

是便推托两者视点稍有不同谢绝了。最终《谣曲杂记》作为
《谣曲集》的附加篇出版了，并且原封不动地保留了未解课
题。另外，我修正了误植，在表记上也进行了一定程度的统
一，由于上述原因我没能在内容上加工润色，不过我想至少弥
补一下吧，所以在极少一部分的篇幅后面添加了追记。为不想
被大家责难，我把自己在编写这本杂乱无章的书时的愧疚之
心镌刻在了书名的"杂记"二字上。

（一九八九年一月二十一日记）

解　说

　　本书以和泉书院于一九八九年四月出版的伊藤正义所著《谣曲杂记》为基础，并在各曲之前添加了解说后重新编集而成。《谣曲杂记》中收录的文章主要是发表在大阪能乐观赏会的机关杂志《观能》上的连载文章。大阪能乐观赏会现在已经不存在了，而这个会一直得到本身就是"表演大家想看的谣曲，受大家欢迎的演员"们的大力支持，当时每年都要在位于大阪梅田最繁华区的大阪能乐观赏会馆中举办好几次演出，这个会馆至今还在。我那时还是个学生，在读研究生期间，凭学生票去此会观赏来自东南西北的名人表演能乐。想必其中有很多演员都是为此会的气度和诚意所感动，所以才会不计出场费的低廉而将精彩的表演奉献给舞台的吧。我记得门票费远抵不上那充实的演出内容，而把在这能乐盛会上发送会志连载的任务拜托给伊藤氏的人就是已故的橘丰秋氏，当时他主持此会的运营工作，还开放了事务所作为研究会的活动场所。

　　那时伊藤氏正埋头忙于即将出版的新潮日本古典集成《谣曲集》谣曲注释的工作。同时，伊藤氏也将在注释工作中关注到的点滴内容记载下来，作成这本闲暇拾贝，并最终送达为观赏最上等能乐而造访大阪能乐会馆的观众们的手中。

　　将《观能》中连载的四十篇文章和大阪市立大学大学祭的小册子等中刊载的几篇文章汇集在一起付梓出版之时，正是《谣曲集》上中下三册出版后，伊藤氏也获得了观世寿夫纪念法政大学能乐奖。在大阪举行获奖庆贺会的时候，把作为"杂记"所写的文章重新整理，再添加了各谣曲的一节作为副标题，还在序章中附上了已发表的两篇相关文章，由此汇集成一册书，赠发给前来参加祝贺会的人们。其间的原委已详细记载于和泉书院出版的《谣曲杂记》中的《〈谣曲杂记〉由来》一文中了（本书末尾再次记录）。

　　如此这般诞生的《谣曲杂记》是用静冈县行兴寺所藏的珍贵熊野绘卷（伊藤氏在大阪能乐观赏会主办的探访谣曲遗迹之旅中与之邂逅）进行装订的，堪称诚意之作。称其为"杂记"实在可惜，我最初拿到这本书的时候，问了句："为什么取了一个这么不相称的名字呢？"伊藤氏回答说："好比急忙赶制的土特产，这本书是突击工程，是把信手涂鸦的东西再凑合在一起。其中包含着我对自己的告诫，那就是今后不可采取这种写书的方式。而且，因为说到底这还是本杂记。"我接着说："但这本书文章精练字字珠玑，而且还用这么珍贵的绘卷装帧，却称之为'杂记'，这书也太可怜了吧。"他苦笑着说："是吗？"周边人都知道，伊藤氏在写书方面是毫不妥协的，他的这个回答成了描述伊藤氏的词语之一，我很珍惜地将此铭记在脑海里。

　　不过，这自然是伊藤氏的谦虚之言，他本人格外地喜爱这本《谣曲杂记》。这本书绝版已久，如今已成为讲谈社学术文库中的一册，它跨越了能乐堂的壁障，受到了更多读者的喜爱，或许此时在彼岸的伊藤氏也正眯起眼睛在看着吧。

　　在把《谣曲杂记》收入文库之际，编者上田哲之氏提出了三个条件。一，每一项要附上曲目的解说，制作成一本能乐入门的指南书；二，与此相关，书名改成《谣曲入门》；三，要附上全面讲解此书意义的解说文。关于第一个条件，我把这项工作拜托给了三位新秀研究者（川岛朋子、惠阪悟、中嶋谦昌），他们在研究会一直受到伊藤氏的指导，并让他们在各章节前面附上研究意义。我们在高中时期品读过《谣曲杂记》并深受感动，十分期待这本书能在我们这代人的推动力下带给新一代的读者。

以下是我为满足第三个条件所写的"伊藤正义其人与学问"。

二〇〇二年六月二十九日，能乐学会第一次大会在早稻田大学大隈小讲堂召开。会议第一天的安排是被称为"东之表"（学会代表表章）和"西之伊藤"的东西二雄的公开讲演。表章氏比伊藤大三岁，他的研究领域主要是能乐史，而伊藤氏则以能乐作品研究为主。两人共同开垦了能乐研究领域的处女地，是引领战后能乐研究的火车头。

那时伊藤氏讲演的题目是"能乐研究和文学史研究"。《能和狂言》创刊号（二〇〇三年）刊登了演讲内容的全文，其中伊藤氏认为近年来的能乐研究虽然出现了多样化的势头，但是国文学研究在其中所占的比例还是很高的，关于能乐研究的未来，他认为应该打破中世文学史的束缚，探讨能乐在文学史上的意义。

由此可见，伊藤氏在能乐研究方面的特征之一就是立足于文学史的视角。其中包括了好几次幸运的机缘，这不仅是对伊藤氏本人而言，对于能乐研究来说也是一种幸运。

一九五〇年四月，伊藤氏考入京都大学文学部。之后，他便立志于能乐研究，关于其理由，他作了如下说明：

　　同年级学生中有晃实（金春流主角扮演者，金春晃实）、帆足（森田流笛子演奏者，帆足正规）、木村（大藏流狂言扮演者，木村正雄），还有到大学外面去北星先生（观世流主角扮演者，河村北星）那里学习谣曲的味方（观世流主角扮演者，味方健），我想这可怎么得了啊。我只有研究能乐了吧。

　　在伊藤氏上大学的那些年，京大文学部的历史上也正是学习能乐的空前绝后的大好时期。

　　伊藤氏所属的班级是 L3 班。毕业后，这个班级成立了名为三文会的同窗会，一直延续至今，其中有伊藤氏一生的挚友、研究近松的信多纯一氏。同年级学生中还有一位是研究中古文的片桐洋一，同学们给他和伊藤取绰号为"饭桶和饭勺"（注：饭勺指伊藤氏）。不久三人意气相投，还将各自研究对象的时代错开，一直到晚年，他们之间仍会定期举办研究会，彼此互相影响和支持。

　　如果金春晃实氏没有在四年级的暑假为搜集毕业论文材料而涉猎金春家仓库的话，那么《拾玉得花》的发现将会大大推迟吧。另外，如果不是信多纯一氏的父母亲与宝山寺关系亲近的话，那么或许伊藤氏也就没有机会接触到宝山寺所藏的

书籍，就不会对金春禅竹产生浓厚兴趣，不会与表氏共同出版
《金春古传书集成》（わんや〈wannya〉书店刊行，一九六九
年），更不会有第二年出版的专著《金春禅竹的研究》（赤尾
照文堂刊行，一九七〇年）了。又或者，如果没有片桐洋一氏
倾心竭力地推进对古今和歌集和伊势物语的古注释研究，那
么或许就不会有如下所示的青年时期伊藤氏的一系列论
文了。

《谣曲和伊势物语秘传—以井筒的例子为中心—》

（《金刚》六十四号，一九六五年）

《谣曲"云林院"考——围绕改编的唱词变迁和主题转化》

（《文林》一号，一九六六年）

《谣曲"杜若"考—关于透过主题所看到的中世伊势物语
欣赏和业平形象—》

（《文林》二号，一九六七年）

《谣曲"富士山"考—世阿弥和古今注—》

（《言语和文艺》六十四号，一九六九年）

《古今注的世界—来自中世文学和谣曲的折射—》

（《观世》一九七〇年）

《谣曲"高砂"杂考》

（《文林》六号，一九七二年）

　　二雄之一的表章氏常常说自己作为一名研究者，有着非常好的运气（表章《能乐研究讲义录　回顾六十年的足迹》笠间书院刊行，二〇一〇年），不过从伊藤氏那儿却从未听过这样的话。这也是二人性格不同而形成的鲜明对照，而两者的共同之处就是各自都在这千载难逢的环境中开始了能乐研究。这也好比是能乐研究领域做好了准备殷切盼望着两位研究者诞生似的。

　　在这份幸运的基础上，伊藤氏的学问得到了进一步深化。"伊藤学"以朦胧的轮廓问世的处女作是刊登在《文学》杂志上的论文《中世日本纪的轮廓》（四十卷十号，一九七二年）吧。论文的开头有这样一段文字，他说："在中世文学的底层存在着一个深厚的中世教养基础，那是如今的我们无法想象的，如果说所有体裁的秘传及注释之类已经雄辩地证实了这一点，这也不言过其实吧。"

　　伊藤氏再次强调，不仅是一直以来我们所使用的古今注和伊势注，就是那些在迄今的文学史上从来都把它们视为荒诞无稽，不屑一顾的秘传、注释之类，对于我们理解中世文学也是不可或缺的。并且他还提倡研究中世知识及其根底所蕴含的中世学问的必要性，他指出："如果说在中世，这些资料中所记载的各种说法才是知识，才是学问的话，那么我认为用现在学术水平的尺度去衡量由这样一个背景世界为母胎所发酵、酿成的当时普通的文学艺术，是肯定不合时宜的吧。"

　　在这篇论文中，伊藤氏创造了"中世日本纪"这一新词，他说："歌学、日本纪注和神道论相融合的中世神代形象绝不会是单一的。同时，一定会不知不觉地形成一个与日本书纪原典渐行渐远的中世日本纪。"

　　此后，这个词语被广泛使用，专指中世人们对《古事记》和《日本书纪》特有的理解，还诱发了"中世史记"等新词的产生。

　　每个时代都存在特有的常识和对事物的理解，文学就是其产物，这是理所当然的事情。伊藤氏最先在中世文学研究方面对所谓正统研究方法的落后敲响警钟，这无非是因为"能乐"作为研究的核心对象，最需要的就是这一点。伊藤氏从研究能乐的出典起步，之后又对注释产生了兴趣，然后又将这种研究深入扩展到了中世古典学领域，从而使中世文学研究找到了注释和考证这样一个崭新的突破口。

　　具体成果之一就是《和汉朗咏集古注释集成》三卷（大学堂书店刊行，一九八九～一九九七年）。从《日本纪一、神代卷取意文》（《人文研究》一九七五年）、《热田探秘》（《人文研究》一九八〇年）到《慈童说话考》（《国语国文》一九八〇年），都是他对日本书纪注释书类的探索。

《和汉朗咏集古注释集成》是伊藤氏和黑田彰、三木雅博两位合编的，中世日本纪资料的发掘是和阿部泰郎氏等的共同努力，而注释中对中世的思考以及对思想的探究将忠实地为下一代人所继承。

为纪念伊藤氏七十大寿编辑了《矶驯帖》松风篇、村雨篇两册（和泉书院刊行，二〇〇二年），其中再版了十七份资料，分为和歌资料、物语·绘卷资料、谣曲资料、和汉注释资料、说话说教资料和中世日本纪·良遍相关资料六个部分。这不仅是在大学听过他课的人，还有在番外谣曲研究会、中世文学研究会、六麓会、神户古典文学研究会等校外研究会上受到伊藤氏指教的研究者们各自挑选的，是一部研究中世文学所必备的资料集。伊藤氏播撒下的种子将由此进一步发芽、开花、结果。

伊藤氏经常教导我们说，研究国文学的人必须把撰写文学史作为目标，而且他自己也想什么时候写一下文学史。伊藤氏执教的大阪市立大学国文学研究室所发行的《文学史研究》杂志，其命名开宗明义就是要让专攻各个时代的教员纵观文学史，并立足于自身的研究方法发表论文，这也是由来于净琉璃研究学者森修氏私人开设的研究会的名字。伊藤氏就是这个"文学史研究会"最早的会员之一，他一贯主张写论文必须常常注视文学史动向。伊藤氏最终还是没能写成题为"文学史"的书，但他的论文总是纵观了各个时代的文学动态以后而写成的。因此，他对研究中古到近世的许多年轻学者都产生了重大影响。

伊藤氏从探索能乐出典开始对注释产生了兴趣，进而又转向对谣曲本身的注释书的研究。主要论文有：

《中根香亭和〈谣文评释〉》（《谷山茂教授退职纪念国语国文学论集》墙书房刊行，一九七二年）

《〈谣抄〉考》上中下，（《文学》一九七七年十一月～一九七八年一月）

《关于谣曲拾叶抄—著者及其方法—》（《人文研究》三十号，一九七八年）

《旭松下露伞〈谣曲参考抄〉和宝生立圃》（《鸭东论坛》一号，一九八五年）

这些论文也都是围绕作为谣曲欣赏史的文学史而写的，伊藤氏本身就是做注释的学者。他所写的研究能乐作品的论文绝不算多。而他对谣曲的研究都凝结在新潮日本古典集成《谣曲集》上中下三册的注释里了，其中有一些是对以前写的有关作品研究的论文的进一步深化，并收录在册。

　　他这种把注释看作国文学研究集大成的研究态度是来自
在学校期间耳濡目染所接受的教育，当时在他身边的前辈中
有冈见正雄氏。冈见氏是《太平记》（角川文库）的校注者，
他所作的脚注和补注远远超过了原文的分量。初出茅庐的伊
藤氏曾是冈见氏在家自办的中世资料阅读会（中世文学研究
会）成员之一。冈见氏的博览强记能力应该说是超群的，他的
注释仿佛就是一部独行而永不停留的中世史。伊藤氏的注释
当然不是这类"生物"，他所收集的资料则是排列得井然有
序。《谣曲杂记》中收录的四十五篇，从头注的字数开始自然
铺陈，这是伊藤氏无意识的流露，读者们只要侧耳倾听着这种
自然流露，便可窥见谣曲本文这一小宇宙以及整个中世时代。

　　伊藤氏在注释《谣曲集》之后，开始在课堂上讲授宴曲，
留下了关于宴曲的如下注释。

　　品读宴曲—从《宴曲集》卷一开始—"春"（《文学史研
究》一九九二年）

　　品读宴曲—从《宴曲集》卷一开始—"春野游"（《神女
大国文》一九九三年）

　　品读宴曲—从《宴曲集》卷一开始—"花"（《神女大国
文》一九九四年）

　　品读宴曲—从《宴曲集》卷一开始—"夏"（《神女大国

文》一九九五年)

　　品读宴曲—从《宴曲集》卷一开始—"郭公"(《神女大国文》一九九六年)

　　正如冈见氏的《太平记》注释没有完稿一样,伊藤氏的宴曲注释也是未竟之业。我总觉得伊藤氏现正在彼岸一边翻阅着自己晚年所编著的《宴曲索引》(伊藤正义监修,神户古典文学研究会宴曲部会编,和泉书院刊行,二〇〇九年),一边在乐此不疲地进行着注释。

　　伊藤氏的最后著作是《花传诸本对观》(和泉书院刊行,二〇〇八年),它和上文的《宴曲索引》一前一后出版。他虽然提供了最基本的世阿弥能乐论《风姿花传》原文,但并未制作校本,而是将主要传本系统的四个版本排列在一起进行"对观"。"对观"一词虽然在《大汉和辞典》中也未有记载(关于其由来,请参照《花传诸本对观》所收"备忘录"),对此伊氏作了如下说明。

　　　　因为这既不是校本,也不是比较对照本。主要是期望
　　读者对各传本系统的原文进行确认,解读各传本系统的特
　　征,并在此基础上,按照各自的目的去想办法该如何修改,
　　如何发挥其作用了。

我们从《谣曲杂记》可以领会到，如果不对原文进行严谨的分析和批评，那么谣曲研究便会成为空中楼阁，《风姿花传》的研究也必须从严谨的文本批评分析开始，而《花传诸本对观》传递的正是这样一个信息。

伊藤氏经常嘟囔说，能乐研究必须要做到能引领今后中世文学的研究，另一方面，他也深切痛感到目前能乐研究方面的基础研究还不够充分。

二○○九年十二月二日，伊藤正义逝世，享年七十九岁。他的一生都奉献给了能乐研究，并在这一天完美地谢幕了。

附记

《谣曲杂记》中所附替代序的两篇文章，收录在预计二○一一年秋季发行的《伊藤正义的中世文化论集》第一卷（和泉书院刊行）中。另外，《谣曲杂记》能成为讲谈社学术文库中的一册，承蒙田中贵子氏的推荐。田中氏也是把资料复印寄给《矶驯帖》的其中一人。在此谨表感谢。

大谷节子
（神户女子大学教授）

编集后记

本书把《谣曲杂记》（和泉书院，一九八九年刊行）中收录的四十多篇文章按照曲名的五十音图顺序重新编集而成，各曲的本论中还在前面附加了解说。前附解说的执笔分担如下：

- 川岛朋子……"葵上""安宅""蚁通""鹈饲""浮舟""右近""采女""鹦鹉小町""女郎花""杜若""柏崎""春日龙神""葛城"
- 惠阪悟……"邯郸""吴服""源氏供养""源太夫""恋重荷""项羽""樱川""自然居士""俊宽""猩猩""隅田川""杀生石""千手"
- 中嶋谦昌……"大会""经正""定家""天鼓""融""巴""难波""鹈""白乐天""百万""富士太鼓""舟桥""松虫""三轮"

伊藤正义（itou masayosi）

生于 1930 年。毕业于京都大学文学部国文学科。文学博士。历任关西大学教授、大阪市立大学教授、神户女子大学教授。担任大阪市立大学、神户女子大学名誉教授。校注了《新潮日本古典集成谣曲集》全卷。著作有《金春禅竹的研究》、《谣曲杂记》。2009 年去世。